出土文獻譯注研析叢刊

戰國楚簡詞典

（文書卷）

賴怡璇　著

目次

前言

　　楚地出土的戰國竹簡數量龐大、內容豐富,既有當時的實用文書檔案記錄,又有可與傳世文獻對讀的古書,還有不少佚籍,在史學、哲學、語言文字學等方面都有很深厚的研究價值,受到海內外學者高度關注,相關研究日新月異,成果豐碩。由於楚地出土的戰國簡帛資料在文獻性質、時空來源等方面存在內部差異,不同材料反映的用字習慣互有異同,值得學術界進行深入、細緻的調查和研究。

　　戰國楚簡依內容可分為古書和文書兩類:古書類楚簡見於信陽簡一號楚墓第一組、郭店楚簡、上海博物館藏戰國楚竹書、清華大學藏戰國竹簡與安徽大學藏戰國竹簡;文書類楚簡見於信陽簡一號楚墓第二組,曾侯乙簡、包山簡、望山簡、九店簡 56 號墓、新蔡葛陵簡、夕陽坡簡、五里牌簡四〇六號墓、仰天湖簡、楊家灣簡、天星觀簡、老河口簡、唐維寺簡、熊家灣簡。

　　本書討論的對象為文書類楚簡,內容有遣策、卜筮祭禱、司法文書與日書等資料,文書類楚簡為戰國楚人當時實際使用的文字與語言習慣,內容與楚地有密切的關係。雷黎明認為文書類楚簡是應用性質的文獻,多見為專有名詞而造的專門字,也受文獻類型特殊性的影響,因此認為文書類楚簡較不能全面展現當時常用字的情況。[1]文書類楚簡的確有較多的專字,同時也因現代人對古代用品的不熟悉,導至難以通讀遣冊記載的物品,然而,不論日書或是司法文書、遣冊等文書楚簡,皆是戰國楚人當時使用的文字資料,此類別未經過轉抄,具有瞭解戰國楚人用字習慣的珍貴意義,其價值不可忽視。

　　漢字是記錄漢語的符號,用字習慣承載本身文化的語言,字與詞之間不僅有一對一的關係,另有一字多音義、一詞用多字,以及多字對應多詞等關係,這些現象是受到時代、地域與抄手等不同因素影響。黃德寬〈從出土文獻資料看漢語

---

[1] 雷黎明:《戰國楚簡字義通釋·前言》(上海:上海古籍出版社,2020),頁 2。

字詞關係的複雜性〉指出「出土的同一時期和類型的文獻資料表現出的字詞關係，尤其能顯示出漢語字詞關係的複雜性」。[2]因此，本書以同時代（戰國）、同類型（文書類）楚簡為對象，整理研究文書類楚簡中複雜的字、詞關係。

　　文書類楚簡是記載、保留楚國時人書寫的文獻，最為貼近當時人的用字習慣，雖未經傳抄，但此類楚簡的用字亦有內部差異，例如楚簡中的｛解｝以「迲」與「解」二字表示，其中「迲」字只有三例：包山簡 137 與簡 137 反的辭例為「迲（解）苟（枸）」、九店 M56.28 為「利以迲（解）凶」，甲骨文以降多以「解」字表示｛解｝（解開），包山簡和九店簡皆屬楚地文書，以「迲」表示｛解｝很可能是楚地特有的用字習慣，然而此種字詞關係並非文書簡的通例，包山簡中與「迲苟」相似的詞例有簡 12「解句（枸）」與簡 144「解小人之桎」，二例皆用「解」字，可見雖同為包山楚簡，但用字習慣仍有多元性。

　　本書依據《說文》排序將詞頭分為十四章，整理文書類楚簡各個詞彙的用字習慣，編纂條例為「以詞繫字」，確立詞頭，然後整理此詞彙於文書類楚簡中記錄的字形，以及字義或詞義，同時標明不同字形出現的頻率，用以整理、比較文書類楚簡較常使用的字詞關係，可快速掌握戰國楚地時人表達同一個詞彙時所使用的文字，了解文書類楚簡字、詞的對應關係。

　　以下兩例說明本書的編纂體例，第一例為｛行｝：

行　　**彳亍**（行，包 269）　　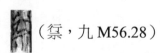（禜，九 M56.28）

「**行**」：

❶ **出行**：包 259：「以行」。（2 例）九 M56.61：「西亡行」。（2 例）九 M56.92：「西南行」。（2 例）九 M56.33：「遠行」。（2 例）

❷ **巡視、巡羅**：包 130 反：「返行」。

❸ **做，從事某種活動**：九 M56.35：「行有得」。

❹ **疏通，疏浚**：九 M56.27：「行水事」。

❺ **品行，德行**：葛乙四 95：「君有行」。

---

[2] 黃德寬：〈從出土文獻資料看漢語字詞關係的複雜性〉，《歷史語言學研究》第七輯（北京：商務印書館，2014），頁 84-90。

❻ **路神名，即行神**：包 208：「賽於行」。包 233：「舉禱行」。包 229：「舉禱宮行」。望 M1.28：「宮行」。葛乙一 28：「禱行」。（3 例）

「𢓜」：

路神名，即行神：包 210：「舉禱宮𢓜（行）」。包 219：「賽禱𢓜（行）」。望 M1.115：「冊於東石公，社、北子、𢓜（行）」。望 M1.119：「舉禱𢓜（行）」。九 M56.27：「以祭門、𢓜（行）」。九 M56.28：「利以祭門、𢓜（行）」。

【行作】**出門辦事**：九 M56.31：「行作」。（3 例）

【行水事】**治水利之事**：九 M56.27：「行水事」。

【行師徒】**用兵，出兵**：九 M56.30：「行師徒」。

　　{行} 為詞頭，此例可見單字條例與多字條例，用以表示 {行} 的單字條例有兩種字形：「行」與「𢓜」，楚簡的這兩種字形（原圖版）置於詞頭之後。用「行」字形表示 {行} 詞有六種字義：「出行」、「巡視、巡邏」、「做，從事某種活動」、「疏通，疏浚」、「品行，德行」、與「路神名，即行神」，而用「𢓜」字形表示 {行} 詞僅有「路神名」的意思。多字詞條置於【 】中，多字詞條皆以「行」表示 {行}，例如【行作】見於九 M56.31，文書簡有三例，表示出門辦事。

　　第二例為 {常}：

常　　　（裳，包 222）

【裳（常）牲】**常規用牲**：包 222：「裳（常）牲」。

　　詞頭為 {常}，文書類楚簡僅見「裳（常）牲」一例多字頭條例，詞義為「常規用牲」，其中的 {常} 以「裳」字形表示。

　　本書盡力收集、整理目前所見的文書類資料，由於學識有限，部分遣冊、法律文書等資料的字義，尚未能全面了解，此類資料，沒有收入本書，期待未來能更進一步討論。

凡例

一・首字為詞頭，詞頭之下「 　」的文字為記錄此詞頭使用的楚簡隸定字形，字形的楚簡原圖版置於詞頭之後。

二・全書分為單字條目與多字條目：

　　1・單字條目詞例為條列文書類楚簡詞例，多字條目則僅列所論字形為詞條首字的詞例。單字字頭排列次序依據楚簡隸定字形的筆劃由簡至繁，多字條目先依筆劃排列，再依多字條目字數排列。

　　2・單字條目先列文書類楚簡隸定字形，再列字義、詞例。

　　3・多字條目置於【　】中，【　】包含楚簡使用的字頭隸定字形，於字形之後以（　）表示通假字，而後再列文書類楚簡詞義、例句。

　　4・〔　　〕表示缺字。

三・楚簡字形若是相同偏旁，僅有偏旁位置上下或左右變動，皆視為同一字。

四・詞條次序基本依《說文》，《說文》未見之字則附於部末。

五・字形、詞例相同僅舉一例，於詞例之後標明出現次數，詞例之後沒有加次數者皆為一例。

六・詞例中除了所論字形、未釋字之外，其餘字形皆以通行字表示。

七・楚簡的合文字形若不影響詞例，皆不標作合文亦不標出合文符號。

八・同一句簡文，同樣字形但不同字義，將以「字」下方加橫線的方式表示，如「嫁給」：九 M56.43：「某敢以其妻□妻汝」。

九・「復旦大學出土文獻與古文字研究中心網站論文」皆簡稱為「復旦網」，「武漢大學簡帛研究中心網站」皆簡稱為「武漢大學簡帛網」。

十・楚簡的紅外線圖版出自：武漢大學簡帛網「古代簡帛字形・辭例數據庫」（網址：http://www.bsm.org.cn/zxcl/index.php）；李守奎、賈連翔、馬楠編：《包山楚墓文字全編》；武漢大學簡帛研究中心、湖北省文物考古研究所、黃崗市

物館編：《楚地出土戰國簡冊合集・二，葛陵楚墓竹簡、長臺關楚墓竹簡》；
武漢大學簡帛研究中心、湖北省文物考古研究所、黃崗市物館編：《楚地出
土戰國簡冊合集・三，曾侯乙墓竹簡》；武漢大學簡帛研究中心、湖北省文
物考古研究所、黃崗市物館編：《楚地出土戰國簡冊合集・四，望山楚墓竹
簡、曹家崗楚墓竹簡》；武漢大學簡帛研究中心、湖北省文物考古研究所編，
李家浩、白於藍著：《楚地出土戰國簡冊合集・伍，九店楚墓竹書》。天星觀
摹本出自：中央研究院歷史語言研究所「漢字構形資料庫 2.7」。

十一・簡文詞例不明、人名、地名、天干地支、數詞（沒有異體字，且僅有「數
　　詞」的詞例，如｛二｝）皆不列入本書的詞頭或字例。

資料簡稱對照表

資料全名	簡稱
包山楚簡二號墓	包
夕陽坡二號楚墓	夕
仰天湖楚墓	仰
長沙五里牌四〇六號楚墓竹簡	五
信陽楚墓（第二組）	信
望山楚簡	望
曾侯乙墓	曾
新蔡葛陵楚墓	葛
九店楚簡 56 號墓	九
老河口安崗楚墓	老
天星觀楚簡	天
唐維寺楚簡	唐
熊家灣楚簡	熊

卷一

一 　▨▨（一，葛零191）　　▨（罷，葛甲一22）

　　▨（弍，葛乙四148）

「一」　　❶ 程度副詞：葛零191：「疾一〔已〕」。葛甲三110：「續一已」。
　　　❷ 數詞：包10：「一夫」。（16例）包111：「一鎰」。（3例）包115：「一百鎰」。包128：「一職獄之宝」。包135：「一執事人」。（2例）包145反：「一兩」。（6例）包149：「一邑」。（13例）包149：「一賽」。（4例）包213：「一環」。（15例）包213：「一小環」。（5例）包214：「一班」。包202：「一羖」。（17例）包207：「一貑」。（30例）包237：「一犅」。（7例）包248：「一豬」。（28例）包210：「一全豬」。（2例）包208：「一白犬」。（8例）包210：「一全豢」。（4例）包217：「一牂」。（32例）包248：「一犧馬」。包253：「一金匕」。（2例）包254：「一籩蓋」。包254：「一鼎」。包255：「一歚」。（3例）包255：「一缶」。（8例）包255：「一皿」。（5例）包256：「一害」。包257：「一筲」。（5例）包258：「一帚」。（6例）包259：「一獬冠」。包259：「一魚皮」。包259：「一韃鞥」。包259：「一巾帚」。包259：「一緯粉」。包259：「一檳枳」。包259：「一縞席」。（2例）包263：「一秦縞之〔席〕」。包263：「一會」。包263：「一綺縞之幃」。包263：「一金鈔」。包263：「一寢席」。包263：「一坐席」。包264：「一冠」。包263：「一青縠冠」。包263：「一圩縠冠」。包264：「一栗」。包260上：「一曲轄」。包260上：「一錶」。包260上：「一憑几」。包260上：「一收牀」。包260上：「一瑟」。（5例）包260上：「一羽翣」。包260上：「一敝扉」。包260上：「一寢薦」。包260上：「一竹枳」。包262：「一白氈」。包262：「一

狐青之表」。包 261：「一縞衣」。包 261：「一鎮柜」。包 261：「一戈」。（2 例）包 260 下：「一鄭弓」。包 260 下：「一紛繪」。包 260下：「一繪□」。包 260 下：「一〔漆〕」。包 265：「一牛鑊」。包 265：「一豕鑊」。包 265：「一湯鼎」。（3 例）包 265：「一貫耳鼎」。包265：「一鋚鑫鼎」。包 265：「一盤」。（3 例）包 266：「一匜」。（5例）包 266：「一鉛甗」。包 266：「一廣橛」。包 266：「一側橛」。包 266：「一屠橛」。包 266：「一宰橛」。包 266：「一大房」。（2 例）包 266：「一小房」。包 266：「一房几」。（3 例）包 266：「一食桱」。包 268：「一紡蓋」。包 271：「一乘」。（27 例）包 269：「一就」。包269：「一桯」。包 270：「一和緱甲」。包 270：「一彫桮」。包牘 1：「一彫桃」。包牘 1：「一彫椱」。包 270：「一緻繡之囊」。包 270：「一鐃」。包 277：「一筝」。包 277：「一臼骰」。包 277：「一紅」。包 277：「一縢組之纓」。包 277：「一會」。包 277：「一献」。包 277：「一緄組綏」。包 277：「一緄」。望 M2.51：「一豕」。望 M2.12：「一紫箬」。望 M2.13：「一秦縞」。望 M2.15：「一輴」。望 M2.45：「一牛楃」。望 M2.45：「一豕楃」。望 M2.45：「一羊楃」。望 M2.45：「一尊楃」。望 M2.45：「一雕桯」。望 M2.45：「一盍」。望 M2.47：「一大羽翣」。望 M2.47：「一大竹翣」。望 M2.47：「一小翣」。望 M2.47：「一小雕羽翣」。望 M2.47：「一几」。（2 例）望 M2.47：「一丹緅之茵」。望 M2.47：「一靈光之尻」。望 M2.48：「一大鑒」。望 M2.48：「一匡」。望 M2.48：「一端戈」。望 M2.50：「一端環」。望 M2.49：「一緄帶」。（3 例）望 M2.49：「一大冠」。望 M2.49：「一生絲之屨」。望 M2.49：「一緅」。望 M2.50：「一革帶」。（3 例）望 M2.50：「一囡」。望 M2.50：「一雙璜」。望 M2.50：「一雙琥」。望 M2.50：「一玉鉤」。望 M2.50：「一金」。望 M2.54：「一辻缶」。（2 例）望 M2.56：「一圲」。望 M2.57：「一紅緅」。望 M2.61：「一小紡冠」。九 M56.81：「一日」。九 M56.1：「一粲」。九 M56.3：「一擔」。九 M56.7：「一篙」。（2 例）信 2-8：「一浣盤」。信 2-1：「一罍」。信 2-2：「一笱」。（3 例）信

2-2：「一組帶」。(2 例) 信 2-2：「一緙」。信 2-7：「一素緙帶」。信 2-3：「一箴竽」。信 2-3：「一彫韅」。信 2-3：「一威盟之柜□土螻」。信 2-3：「一良翣」。信 2-3：「一翣」。信 2-4：「一良圓軒」。信 2-4：「一良女乘」。信 2-7：「一繡」。信 2-8：「一鈔席」。信 2-8：「一合□」。信 2-9：「一浣巾」。(2 例) 信 2-9：「一捉臭之巾」。信 2-9：「一齒〔篦〕」。信 2-11：「一厚奉之疊」。信 2-11：「一篓」。信 2-11：「一尊〔橛〕」。信 2-12：「二十又一」。信 2-13：「一友齊緅之袷」。信 2-13：「一陽笲」。信 2-13：「一小陽笲」。信 2-13：「一紅介之留衣」。信 2-14：「一汲瓶」。信 2-14：「一沬之鐈鼎」。信 2-14：「一沬盤」。信 2-14：「一承燭之盤」。信 2-15：「一寸」。信 2-15：「一青緅纓組」。信 2-15：「一絞裳」。信 2-15：「一丹緅之衦」。信 2-15：「一絲裛」。信 2-15：「一紡□與絹」。信 2-16：「一銖」。信 2-17：「一漆梎」。信 2-17：「一橛」。(3 例) 信 2-18：「一檠」。信 2-19：「一友贏膚」。信 2-19：「一長羽翣」。信 2-19：「一翌翣」。信 2-21：「一瓶」。(2 例) 信 2-21：「一篟箕」。信 2-21：「一帚」。信 2-21：「一梍首絪」。信 2-21：「一縉紫之寢茵」。信 2-21：「一錦坐茵」。信 2-22：「一圓□」。信 2-22：「一大囊糗」。信 2-23：「一錦終枕」。信 2-23：「一寢莞」。信 2-23：「一寢筵」。信 2-23：「一柿枳」。信 2-24：「一錯鈬」。信 2-26：「一組」。(2 例) 信 2-26：「一簦□」。信 2-27：「一膚合」。信 2-27：「一鋑朼」。信 2-27：「一鸞刀」。信 2-27：「一鉤」。信 2-28：「一文〔竹翣〕」。葛乙三 42：「一冢」。(54 例) 葛甲三 393：「一豢」。(24 例) 葛乙一 28：「一犬」。(3 例) 葛甲三 56：「一羊」。(3 例) 葛零 43：「一牛」。(9 例) 葛乙四 139：「一搏」。(8 例) 葛零 402：「一牲」。(16 例) 葛甲一 7：「一騂牡」。(2 例) 葛甲一 7：「一黔牡」。(2 例) 葛乙四 70：「一元□」。葛零 198+零 203+乙四 48+零 651：「一元牲牂」。葛乙一 15：「一青犧」。(2 例) 葛乙三 50：「一璧」。(10 例) 葛乙一 13：「一佩璧」。(2 例) 葛甲三 121：

「各一玉」。葛甲三 35：「屯一」。葛甲三 81+甲三 182-1+甲三 171+乙三 44+乙三 45：「一疏璜」。葛零 237：「峗山一□」。葛甲三 237-1：「一紛玉緱」。葛甲三 308：「一社」。（3 例）葛零 88：「禱於其社一」。葛甲三 337+甲三 333：「刉一」。葛乙四 90：「一稷」。（3 例）葛甲三 220+零 343：「一釜」。葛甲三 220+零 343：「一鈞」。葛甲三 220+零 343：「一赤」。（2 例）葛甲三 206：「一臣」。（3 例）葛乙三 4：「臣一」。葛甲三 90：「一半」。仰 1：「一紡衣」。仰 4：「一綎衣」。（2 例）仰 5：「一結衣」。仰 13：「一十二笄」。仰 15：「一舊鞎屨」。仰 15：「一新鞎屨」。仰 16：「一板韋之□」。仰 18：「一策柜」。仰 18：「一樊柜」。仰 20：「一紫錦之席」。仰 21：「一純筵席」。仰 21：「一儇席」。仰 23：「一越鍺劍」。仰 26：「一□矛」。仰 28：「一鎬」。仰 31：「一偶」。（2 例）仰 33：「一鑑」。仰 34：「一齒梳」。仰 35：「一贏□」。仰 36：「一周□」。仰 37：「一匣」。曾 99：「一箙」。曾 2：「一縣箙」。曾 14：「一綠魚之箙」。（2 例）曾 2：「一襠」。（17 例）曾 3：「一戟」。（16 例）曾 3：「一翼」。（38 例）曾 3：「一杸」。（7 例）曾 14：「一晉杸」。（9 例）曾 19：「一貍蟊之聶」。（3 例）曾 88：「一豻蟊之聶」。曾 26：「一纂聶」。（4 例）曾 29：「一綠魚之聶」。曾 32：「一紫魚之聶」。曾 102：「一虎蟊之聶」。曾 102：「一貍聶」。曾 102：「一狐白之聶」。曾 36：「一狐白」。曾 20：「一猾綏」。（2 例）曾 43：「一秦弓」。（10 例）曾 46：「一翰」。（7 例）曾 60：「一緳」。曾 61：「一旆」。曾 68：「一貂旂」。曾 97：「一弇」。曾 116：「一白莑」。曾 120：「一田車」。曾 120：「一王僮車」。曾 120：「一短轂」。曾 120：「一韎軬」。曾 123：「一氏裯」。曾 123：「一裳」。曾 123：「一革」。曾 123：「一革衦」。曾 126：「一楚甲」。（4 例）曾 122：「一真楚甲」。（2 例）曾 130：「一索楚甲」。曾 125：「一吳甲」。（10 例）曾 123：「一真吳甲」。（4 例）曾 125：「一革緧」。（2 例）曾 128：「一緧」。（4 例）曾 137：「一氏裯」。曾 137：「一玉」。曾 162：「一騏」。曾 162：「一黃」。曾 199：「一

黃駝」。曾 197：「一黃駝左驂」。曾 197：「一驌駝為右驂」。曾 198：
「一帮輦車」。曾 199：「一驌駝」。曾 210：「一馬」。（7 例）曾 212：
「一人」。天 7-2：「一佩玉環」。（2 例）天 7-2：「一吉環」。老 M1.3：
「一蓋」。老 M1.3：「一鑠」。老 M1.4：「一吳牆劍」。老 M1.4：「一
素者劍」。老 M1.4：「一真□甲」。老 M1.4：「一坐薦」。老 M1.5：
「一竽」。老 M1.5：「一獬冠」。老 M1.5：「一籁」。老 M1.6：「一
曲弓」。（2 例）老 M1.6：「一弩」。（2 例）老 M1.6：「一□弓囊」。
老 M1.7：「矢十又一」。老 M1.11：「一箕」。（7 例）老 M1.12：「一
縞」。老 M1.12：「一偶壺」。老 M1.15：「一吳牆妻文」。老 M1.15：
「一索鍺縷敝」。老 M1.17：「一雕竽」。老 M2.1：「一絑朱帶」。老
M2.1：「一初王錦之□」。老 M2.1：「一筡枳」。老 M2.2：「一苦苶」。
老 M2.2：「一絨」。老 M2.2：「一會釪」。老 M2.2：「一縞紽」。老
M2.2：「一帛冠」。老 M2.2：「一縞冠」。老 M2.2：「一□緅帶」。老
M2.2：「一絲」。（2 例）老 M2.4：「一緄□」。老 M2.4：「一布□」。
唐 6：「一兆玉環」。

「罷」 **程度副詞**：葛甲一 22：「罷（一）續罷（一）已」。（3 例）

【弍（一）禱】**祭禱名**：葛乙四 148：「弍（一）禱」。（2 例）

【罷（一）禱】**祭禱名**：包 200：「罷（一）禱」。（18 例）

元 （元，葛乙四 48+零 651）

「元」 **大**：葛零 207：「元龜」。（3 例）葛乙四 48+零 651：「一元儖祥」。

天 （天，葛零 114）

「天」 **萬物的主宰**：葛零 114：「于天之若」。

【天子】**神祇名**：包 213：「天子」。（17 例）

上 （上，包 269）　　　（走，葛乙四 9）

「上」 ❶**方位詞**：包 246：「水上」。❷**物體的上部**：包 269：「其上載」。
（2 例）老 M2.2：「上下綴」。❸**上天**：九 M56.26：「卡=（上下）

之禱祠」。

「走」 方位詞：葛乙四 9：「沮、漳及江走（上）」。

【走（上）氣】病名（氣喘）：包 236：「走（上）氣」。（6 例）

帝 （帝，九 M56.43）

「帝」 最高的天神：九 M56.38 貳：「帝以命益齎禹之火」。九 M56.40 貳：「帝之所以戮六擾之日」。九 M56.43：「帝謂爾無事」。九 M56.47：「黃帝□□庶民居之」。

下 下 （下，包 220）

「下」 ❶方位詞：包 218：「其下心而疾」。（2 例）❷低：九 M56.46：「三方下」。九 M56.46：「二方下」。（3 例）❸地：九 M56.26：「卡=（上下）之禱祠」。葛甲二 40：「〔上〕下內外鬼神」。❹物體下部：老 M2.2：「上下綴」。天 7-2：「車馬下之人」。

禮 （豊，包 21）

「豊」 職官名：包 21：「司豊（禮）」。

祿 （彔，葛甲三 4）

「彔」 職官名：葛甲三 4：「司彔（祿）」。

祥 （羊，九 M56.28）

「羊」 吉凶的預兆，亦偏指吉兆或凶兆：九 M56.28：「除不羊（祥）」。

神 （神，葛甲二 40）

「神」 神靈：九 M56.26：「神饗之」。葛甲二 40：「〔上〕下內外鬼神」。唐 4：「大神」。（2 例）

祭 （祭，包 225）

「祭」 祭祀：葛零 127：「祭」。（3 例）包 225：「犒祭之」。望 M1.86：「敓非祭」。望 M1.110：「饋祭之」。望 M1.110：「速祭」。望 M1.137：「祭喪」。望 M1.138：「祭馬」。望 M1.140：「嘗祭」。九 M56.25：「以祭」。

（3 例）九 M56.27：「祭門」。（2 例）九 M56.36：「利以大祭」。九 M56.49：「祭室」。葛甲三 212、199-3：「祭昭王」。（2 例）葛甲三 201：「祭景平王」。葛甲三 304：「祭之大牢」。葛甲二 38+甲二 39：「祭子西君」。葛乙三 24：「祭王孫厭」。（2 例）葛零 313：「祭王孫」。葛零 666：「祭王」。葛甲三 207：「祭之以一猎於東陵」。（2 例）

【祭祀】祀神供祖的儀式：九 M56.13 貳：「祭祀」。（6 例）

齋 （齋，望 M1.106）

「齋」 古人在祭祀或舉行其他典禮前清心寡欲，淨身潔食，以示莊敬：望 M1.157：「齋」。（2 例）望 M1.106：「內齋」。（5 例）望 M1.154：「所可以齋」。望 M1.156：「野齋」。

祀 （祀，九 M56.41）

「祀」 古代對神鬼、先祖所舉行的祭禮：九 M56.13 貳：「祭祀」。（6 例）葛零 282：「五祀」。

福 （禀，包 205）　　（票，葛甲一 21）

「禀」 福氣：包 205：「既禱致禀（福）」。（2 例）望 M1.51：「不得禀（福）」。

「票」 ❶ 福氣：九 M56.59：「居之票（福）」。❷ 賜福、保佑、造福：葛甲三 217：「致票（福）」。（6 例）葛甲一 21：「祈票（福）」。（8 例）

祠 （祠，葛乙四 53）　　（禰，九 M56.26）

（祴，九 M56.41）

「祠」 祭祀：葛乙四 53：「禱祠（祠）」。

「禰」 祭祀：九 M56.26：「禱禰（祠）」。

「祴」 祭祀：九 M56.41：「禱祴（祠）」。

祝 （祝，葛零 209）　　（䄻，包 231）

「祝」 ❶ 祝禱：葛乙四 128：「祝其大牢」。葛乙四 145：「祝其特牛」。葛

零 127：「☐☐祭，祝☐」。❷ 職官名：包 231：「思工祝」。葛零
209「祝云」。葛甲三 159-1：「祝昗」。

【祝號】六祝六號，用以祭告鬼神：葛甲三 298+甲三 295：「祝號」。

【祝禱】祝告神靈以祈福保平安：葛零 439「祝禱」。（5 例）

禱　（禀，葛乙四 13）　　（禰，包 220）

（禠，包 243）

「禀」　❶ 向神祝告祈求福壽：葛乙四 139：「祝禀（禱）」。❷ 祭祀名：
包 248：「舉禀（禱）」。

「禰」　❶ 向神祝告祈求福壽：葛乙四 14：「禰（禱）」。（15 例）望 M1.50：
「宜禰（禱）」。葛零 439：「祝禰（禱）」。（4 例）葛乙一 4+乙一 10+
乙二 12：「禰（禱）之」。（24 例）葛甲三 276：「文君☐禰（禱）」。
葛乙四 145：「靈君子祝其特牛之禰（禱）」。葛乙一 11：「禰（禱）
於文夫人」。葛甲三 134：「禰（禱）楚先」。葛乙四 14：「禰（禱）
北方」。葛零 442：「禰（禱）門」。葛乙三 17：「禰（禱）地主」。（3
例）葛甲一 4：「禰（禱）一牂」。葛甲三 400+甲三 327-1：「禰（禱）
一豢」。（24 例）葛乙三 52：「禰（禱）二豢」。（6 例）葛甲三 320：
「禰（禱）三豢」。（4 例）葛零 310：「禰（禱）四豢」。葛甲三 282+
零 333：「禰（禱）以九犉」。葛乙四 88+甲三 394：「里人禰（禱）」。
（9 例）葛乙二 7：「禰（禱）於其社」。（6 例）葛甲三 138：「禰（禱）
已」。天 44：「禰（禱）白朝特牛」。天 98：「禰（禱）大禍特牛」。
唐 7：「其未可以禰（禱）」。❷ 祭祀名：包 200：「一禰（禱）」。（19
例）包 202：「舉禰（禱）」。（96 例）包 210：「賽禰（禱）」。（36
例）葛乙四 96：「就禰（禱）」。（30 例）葛零 281：「塞禀禰（禱）」。
唐 2：「前禰（禱）」。（2 例）唐 5：「賽其一牂之禰（禱）」。唐 5：「賽
其禰（禱）各一羖」。

「禠」　祭祀名：包 205：「一禠（禱）」。（2 例）包 243：「舉禠（禱）」。（3
例）

【禧（禱）祠】謂向神求福及得福而後報賽以祭：九 M56.41：「禧（禱）祠」。
（3 例）

祈 　（忻，葛甲一 21）　　（旂，葛甲三 111）

　（慭，葛甲三 419）　　（斯，葛乙三 27）

　（愿，葛乙四 113）

「忻」　向天或神求禧：葛零 448+零 691：「忻（祈）」。

「旂」　向天或神求禧：葛零 287：「旂（祈）」。（3 例）葛甲三 111：「旂（祈）之」。（2 例）

「慭」　向天或神求禧：葛甲二 10：「慭（祈）」。

「斯」　向天或神求禧：葛乙三 27：「斯（祈）之」。

【忻（祈）福】祈求上天賜予福祉：葛甲一 21：「忻（祈）福」。（5 例）

【愿（祈）福】祈求上天賜予福祉：葛乙四 113：「愿（祈）福」。

【慭（祈）福】祈求上天賜予福祉：葛甲三 419：「慭（祈）福」。

祟 　（祟，包 236）　　（祝，葛甲三 40）

　（敓，葛甲三 3）　　（縈，包 218）

「祟」　鬼神的禍害：包 236：「毋有祟」。（7 例）葛甲三 112：「無恆祟」。
（2 例）

「祝」　鬼神的禍害：葛零 265：「祝（祟）」。（2 例）望 M1.54：「有祝（祟）」。（18 例）望 M1.49：「有見祝（祟）」。（2 例）葛甲三 40：「無祝（祟）」。（7 例）葛甲三 39：「祝（祟）與龜」。葛甲三 219：「說其祝（祟）」。（2 例）葛乙二 2+乙二 30：「逐彭定之祝（祟）」。葛甲三 99：「逐文君之祝（祟）」。

「敓」　鬼神的禍害：望 M1.24：「有敓（祟）」。（14 例）望 M1.76：「北方有敓（祟）」。望 M1.77：「南方有敓（祟）」。葛甲三 235-2：「無敓

（祟）」。（7 例）葛零 388：「敓（祟）見」。（2 例）葛甲三 3：「同

敓（祟）」。（2 例）葛乙三 50：「生之敓（祟）」。葛乙三 28：「巺良

之敓（祟）」。葛甲三 212+甲三 199-3：「迻鹽盲之敓（祟）」。

「祟」　鬼神的禍害：包 218：「有祟（祟）」。（26 例）葛甲三 110：「求其祟

（祟）」。（2 例）葛零 38：「祟（祟）見」。天 1-2：「有祟=（祟示）」。

（2 例）

社 （社，包 138 反）　　　　（坛，望 M1.115）

（祂，葛乙四 76）

「社」　地神，《周禮》：「二十五家為社，各樹其土所宜木」：包 138 反：

「同社」。包 210：「舉禱社」。（2 例）葛甲三 271：「癰邓社」。天

29：「嘗於社」。天 43：「舉禱社」。望 M1.115：「冊於東石公，社、

北子、行」。

「祂」　地神，《周禮》：「二十五家為社，各樹其土所宜木」：葛零 430：

「☐祂（社）」。（3 例）葛甲三 308：「一祂（社）」。（3 例）葛甲三

349：「二祂（社）」。（12 例）葛甲三 334：「三祂（社）」。（5 例）

葛甲三 317：「四祂（社）」。葛甲三 335+甲三 251：「五祂（社）」。

葛零 338+零 24：「芒祂（社）」。葛甲三 343-1：「灈唇祂（社）」。葛

零 45：「其祂（社）」。（4 例）葛零 88：「禱於其祂（社）」。（9 例）

葛乙四 76：「禱於雏郫之祂（社）」。葛乙四 74：「祂（社）一豢」。

（4 例）葛零 43：「祂（社）一牛」。

【社稷】古代的土神和穀神，社，土神；稷，穀神：九 M56.13 貳：「立社

稷」。

禍 （禞，包 213）

「禞」　神祇名：包 213：「司禞（禍）」。（10 例）

禗 （禜，葛乙三 5）

「禜」　神祇名：葛乙三 5：「司禜（禗）」。

裕　　裕（裕，包 202）

　　「裕」　祭名：包 202：「裕於親父」。包 202：「裕親母」。

祗　　祗（祗，信 2-18）

　　【祗瑟】大瑟，主要用於祭祀娛神：信 2-18：「祗瑟」。[1]

禁　　鍂（鍂，包 266）

　　「鍂」　木禁：包 266：「二鍂（禁）」。

三　　三（三，包 58）　　　　弎（厽，包 12）

　　晶（晶，曾 122）

　　「三」　數詞：包 58：「三受不以出」。包 116：「三鎰」。包 214：「秋三月」。
　　　　（3 例）葛乙四 35：「三月」。（4 例）包 244：「衣裳各三稱」。包
　　　　269：「三就」。望 M2.49：「三革帶」。望 M2.49：「三亡童」。九 M56.1：
　　　　「三擔」。（3 例）九 M56.1：「嵩三」。（3 例）九 M56.4：「三赤」。（3
　　　　例）九 M56.7：「三半」。（2 例）九 M56.12：「三稫」。九 M56.45：
　　　　「三方下」。（2 例）九 M56.50：「三增」。九 M56.50：「三沮」。九
　　　　M56.5：「方三」。九 M56.54：「夏三月」。九 M56.40 壹：「冬三月」。
　　　　信 2-3：「三漆瑟」。信 2-11：「三彫㤅」。信 2-18：「十又三」。葛乙
　　　　一 17：「三楚先」。（7 例）葛零 693：「三駢」。葛甲三 320：「三貑」。
　　　　（3 例）葛甲三 320：「三豕」。（4 例）葛甲三 334：「三社」。（4 例）
　　　　葛甲三 90：「三臣」。葛甲三 255：「三人」。五 16：「下三箄」。五
　　　　17：「三十筍」。曾 8：「三貂」。曾 16：「三豜」。（2 例）曾 29：「三
　　　　貍」。（3 例）曾 20：「三果」。（6 例）曾 6：「三菓」。（3 例）曾 19：
　　　　「三箙」。曾 29：「三襠」。曾 5：「三襠貂」。曾 43：「三吳甲」。曾
　　　　124：「三真楚甲」。（3 例）曾 127：「三真吳甲」。曾 131：「三鵰畫
　　　　甲」。曾 66：「三矢」。（2 例）曾 117：「三乘」。（9 例）曾 119：「三

[1] 范常喜：〈信陽楚簡「樂人之器」補釋四則〉，《中山大學學報（社會科學版）》2015 年第 3 期，頁 62-66。

洛車」。曾 124：「三軛」。（5 例）曾 187：「三匹驨」。曾 213：「三夫」。（2 例）天 15-2：「三歲」。天 92：「三月」。（2 例）老 M1.3：「三盟童」。老 M1.4：「三关褭」。老 M1.4：「三戈」。老 M1.12：「三篢」。

「厽」 **數詞**：包 12：「厽（三）璽」。（3 例）

「晶」 **數詞**：曾 122：「晶〈厽（三）〉真吳甲」。

王 （王，包 103）

「王」 **國家最高統治者**：包 147：「王」。（59 例）包 103：「王命」。（5 例）包 152：「王士」。（4 例）包 213：「王事」。包 2：「王大子」。包 7：「王之歲」。（2 例）包 16 反：「王屬」。包 161：「王命囑之正」。包 246：「荊王」。（4 例）包 246：「武王」。包 58：「宣王」。（3 例）包 200：「昭王」。（25 例）包 172：「威王」。（4 例）包 174：「肅王」。葛乙四 96：「文王」。（6 例）葛甲一 21：「惠王」。（6 例）望 M1.10：「柬大王」。（4 例）望 M1.88：「聖王」。（3 例）望 M1.88：「悼王」。（4 例）夕 2：「悼哲王」。望 M1.109：「逗王」。望 M1.112：「哲王」。葛甲三 137：「聲桓王」。葛甲三 201：「景平王」。（5 例）包 15：「君王」。（6 例）包 197：「侍王」。（11 例）包 209：「出入侍王」。（9 例）望 M1.5：「問王」。（20 例）九 M56.42：「公王」。

【王父】**祖父**：包 222：「王父」。（2 例）

【王室】**王朝、朝廷**：天 15-2：「王室」。

皇 （皇，包 266）

「皇」 **鳳凰羽的花紋**：包 266：「皇俎」。（4 例）[2]

【皇豆】**飾有鳳凰羽花紋的豆，相當於墓葬中的無蓋豆**：包 266：「皇豆」。（3 例）[3]

---

[2] 包山楚簡的整理者將「皇」訓為「大」，李家浩認為「皇俎」以「皇」為名，表示其花紋可能取像於鳳凰羽。本書的匿名審查委員認為整理者以及李家浩之說皆有可能，但也都還有進一步討論的空間。湖北省荊沙鐵路考古隊：《包山楚簡》（北京：文物出版社，1991），頁 64，註 602。李家浩：〈包山 266 號簡所記木器研究〉，《著名中年語言學家自選集・李家浩卷》（合肥：安徽教育出版社，2002），頁 222-257。

[3] 筆者原認為「皇豆」即為「無蓋豆」，經由匿名審查委員審訂，應結合「皇」字字義，故將此詞條改為「飾有鳳凰羽花紋的豆，相當於墓葬中的無蓋豆」。

玉 （玉，包3）

「玉」 ❶ 溫潤而有光澤的美石：望 M1.106：「玉」。（2 例）天 39：「吉玉」。

❷ 泛指玉石的製品：包 213：「玉一環」。（8 例）望 M2.50：「玉鉤」。

葛乙四 96：「兆玉」。（14 例）葛乙四 97：「璧玉」。（2 例）葛甲三

137：「佩玉」。（6 例）仰 17：「玉環」。仰 18：「玉頁」。曾 123：「玉

墜韋」。曾 137：「玉墜鼻」。天 34：「玉玩」。老 M1.15：「玉結刀」。

（2 例）

【玉府】泛指收藏寶物的府庫：包 3：「玉府」。

【玉兆】古代灼龜甲占卜吉凶時，其裂紋似玉之裂痕者，稱為「玉兆」：葛

甲三 4+零 219：「玉兆」。（4 例）

【玉緒】飾玉的馬冠：葛甲三 237-1：「玉緒」

璧 （琣，信 2-10） （璧，葛甲三 181）

「琣」 玉器名，扁平，圓形，中央有圓孔：信 2-10：「一青尻□之琣

（璧）」。

「璧」 玉器名，扁平，圓形，中央有圓孔：葛甲三 136：「璧」。（2 例）葛

乙三 50：「一璧」。（10 例）葛甲一 4：「二璧」。（2 例）葛乙一 13：

「一佩璧」。（2 例）葛甲三 137：「加璧」。（4 例）葛零 207：「珪璧」。

【璧玉】上等美玉：葛乙四 97：「璧玉」。（2 例）

玨 （玨，包 214）

「玨」 印鈕：包 214：「一玨」。

環 （罬，望 M2.50） （罬，老 M1.9）

（環，包 190） （環，望 M2.50）

（鐶，唐 6）

「罬」 圓圈形的玉器：望 M2.50：「一端罬（環）」。望 M2.50：「一罬

（環）」。

「睘」　圓圈形的玉器：老 M1.9：「鋪睘（環）」。

「瑗」　圓圈形的玉器：包 213：「一瑗（環）」。（10 例）望 M1.114：「一小瑗（環）」。曾 58：「七聚瑗（環）」。曾 115：「鉤瑗（環）」。天 7-2：「佩玉瑗（環）」。（2 例）天 7-2：「吉瑗（環）」

「環」　圓圈形的玉器：望 M1.54：「一環」。（6 例）望 M1.54：「一小環」。

「鐶」　圓圈形的玉器：仰 16：「二鐶（環）」。仰 17：「玉鐶（環）」。唐 6：「玉鐶（環）」。

琥

（虎，望 M2.50）　　　（琥，包 218）

「虎」　雕成虎形的玉器：望 M2.50：「一雙虎（琥）」。

「琥」　雕成虎形的玉器：包 218：「袄見琥」。包 218：「璧琥」。

璜

（璜，葛乙四 44）

「璜」　玉器名，狀如半璧：望 M2.50：「一雙璜」。葛甲三 137：「羿璜」。葛乙四 44：「一疏璜」。

玟

（交，望 M2.18）　　　（玟，望 M2.6）

「交」　器物上的某種飾品或附件：望 M2.18：「黃生角之交（玟）」。望 M2.19：「白金之交（玟）」。仰 35：「骨交（玟）」。

「玟」　器物上的某種飾品或附件：望 M2.6：「骨玟」。

珥

（珥，葛甲三 207）

「珥」　❶珠玉做的耳飾：信 2-2：「翠珥」。信 2-2：「齒珥」。葛甲三 207：「珥」。（3 例）❷車馬飾：曾 10：「珥瑱」。曾 64：「紫組珥」。[4]

瑱

（填，曾 10）

「瑱」　車馬飾：曾 10：「組珥填（瑱）」。

---

[4] 裘錫圭、李家浩指出「珥瑱」與車器記在一起，當為車飾，「紫組珥」與馬器記在一起，當為馬飾。蕭聖中指出「珥」本來是耳飾，在此用作「馬飾」，羅小華指出馬飾「珥」，文獻罕見，目前亦未見出土文物。見裘錫圭、李家浩：〈曾侯乙墓竹簡釋文與考釋〉，《曾侯乙墓》（北京：文物出版社，1989），頁 512，註 72。蕭聖中：《曾侯乙墓竹簡釋文補正暨車馬制度研究》（北京：科學出版社，2011），頁 216。羅小華：《戰國簡冊中的車馬器物及制度研究》（武漢：武漢大學出版社，2017），頁 106-107。

靈　　**[靈]**（霝，包261）　　　　**[緟]**（緟，包268）

【霝（靈）光】楚國絲織品的名稱：包261：「霝（靈）光」。（16例）

【緟（靈）光】楚國絲織品的名稱：包268：「緟（靈）光」。

士　　**[士]**（士，包151）　　　　**[事]**（事，曾62）

「士」　職官名：包151：「左尹士」。曾199：「卿士」。

「事」　職官名：曾62：「慶事（士）」。

【士尹】職官名：包122：「士尹」。（3例）

【士師】職官名：包12：「士師」。（2例）

中　　**[中]**（中，包139）　　　　**[审]**（审，包198）

「中」　❶ **中等**：葛甲三275：「中邑」。[5] ❷ **中間、當中**：包139反：「此書之中」。包140反：「襄溪之中」。包140反：「畢地鄰中」。包253：「肜中刲外」。九M56.54：「正中」。[6]仰35：「骨交□於中」。仰37：「一匜之中」。❸ **指一個時期內**：葛甲三17：「幾中」。（5例）葛甲三43：「中幾」。（2例）葛零28：「中無咎」。❹ **指一個地區之內**：葛乙四136：「封中」。天29：「宮中」。

「审」　❶ **中間、當中**：望M2.11：「枕审（中）」。❷ **指一個時期內**：包198：「幾审（中）」。（14例）葛甲三236：「幾之审（中）疾」。葛甲三303：「八月之审（中）」。（2例）天15-2：「三歲之审（中）」。天40：「夜审（中）」。天122：「审（中）月」。❸ **指一個地區之內**：葛乙一8：「室审（中）」。天6-2：「宮审（中）」。九M56.41：「邦审（中）」。

【中干】兵車上的一種旌旗：包269：「中干」。（3例）

屯　　**[屯]**（屯，包147）

「屯」　總括之詞，皆：包147：「屯二擔之食」。信2-1：「屯青黃之劃」。

---

[5] 簡文為「大邑以牛；中邑以豢；小〔邑〕」，因此「中邑」的「中」應指「中等」。

[6] 詞例為「宮正方，非正中，不吉。」「正中」的「中」應指「中間」。

信 2-29：「屯緅巾」。信 2-5：「屯赤綿之巾」。信 2-6：「屯紫緅之巾」。信 2-9：「屯彤裏」。信 2-11：「屯雀韋」。信 2-12：「屯有蓋」。（5 例）信 2-13：「屯有裳」。信 2-17：「屯有鐶」。信 2-20：「屯□彤」。信 2-25：「屯漆彤」。信 2-23：「屯結芒之純」。信 2-23：「屯錦純」。葛乙一 17：「屯一牂」。（2 例）葛乙一 28：「屯一羖」。曾 2：「屯璊組之綏」。（13 例）曾 56：「屯紫組之綏」。曾 37：「屯八翼」。（2 例）曾 3：「屯一翼之翻」。（22 例）曾 10：「屯二翼之翻」。（2 例）曾 100：「屯六翼之翻」。曾 3：「屯八翼之翻」。（13 例）曾 62：「屯六翼之哀」。曾 9：「屯九翼之鱟絆」。曾 42：「屯豪羽之翻」。曾 61：「屯瀙羽翻」。曾 44：「屯戠豪羽」。曾 2：「屯歛軐」。曾 23：「屯狐聶」。（4 例）曾 29：「屯狐白之聶」。（3 例）曾 19：「屯貍甕之聶」。（4 例）曾 5：「屯貂毭之聶」。曾 29：「屯脃甕之聶」。（3 例）曾 99：「屯紫魚之聶」。曾 16：「屯綠魚聶」。曾 16：「屯鑾聶」。（2 例）曾 26：「屯一鑾聶」。曾 19：「屯襺紫魚綠魚之簏」。曾 32：「屯襺豻與貍」。曾 54：「屯貂定之毭」。曾 57：「屯貂毭」。曾 59：「屯紫棆之裏」。曾 89：「屯紫裏」。曾 43：「屯紫縢」。曾 122：「屯玄組之縢」。曾 137：「屯紫組之縢」。曾 190：「屯麗」。（5 例）曾 6：「屯三茱」。（2 例）曾 117：「屯脃鞇」。曾 6：「屯歛軐」。

莞　（茮，包 263）　　　（筊，望 M2.48）

「茮」　小蒲之席：望 M2.48：「策茮（莞）」。信 2-23：「一寢茮（莞）」。

【茮（莞）席】用莞織成的蓆子：包 263：「茮（莞）席」。

【筊（莞）筵】用莞織成的蓆子：望 M2.48：「筊（莞）筵」。

劗　（劗，包 216）　　　（惻，包 220）

「劗」　卜筮用具：包 216：「長劗（劗）」。

「惻」　卜筮用具：包 220：「長惻（劗）」。

苴　（蒩，包255）

「蒩」　植物名：包255：「糟蒩（苴）之菹一缶」。包258：「蒩（苴）一簪」。

藕　（茲，包258）

「茲」　荷的根莖：包258：「茲（藕）二簪」。

蔽　（幣，包260上）

【幣（蔽）戶】遮蔽門戶的簾子：包260上：「一幣（蔽）戶」。

芰　（蓛，包258）

「蓛」　菱角：包258：「蓛（芰）」。

蓍　（莟，天40）　　　（管，包201）

「莟」　卜筮用具：天40：「漆莟（蓍）」。（4例）

「管」　卜筮用具：包201：「央管（蓍）」。

薑　（薑，包258）

「薑」　多年生草本植物：包258：「薑（薑）二筴」。

蔗　（俾，包263）

【俾（蔗）席】鼠莞編織的席子：包263：「俾（蔗）席」。

芋　（圩，包263）

【圩（芋）縠冠】麻紗冠：包263：「圩（芋）縠冠」。

蒔　（蒦，包258）[7]

【蒦（蒔）薺】植物名：包258：「蒦（蒔）薺」。

薺　（茈，包258）

「茈」　植物名：包258：「蒔茈（薺）」。

---

[7] 此字隸定參李守奎，賈連翔，馬楠編著：《包山楚墓文字全編》（上海：上海古籍出版社，2012），頁28。

荊　　（聐，包 208）

【聐（荊）层】楚月名：包 84：「聐（荊）层」。（49 例）

【聐（荊）社】楚人鬼名：葛甲三 243：「聐（荊）社」。

莖　　（頸，曾 9）

「頸」　旗竿：曾 9：「𩈔頸（莖）」。（2 例）曾 89：「貂定之頸（莖）」。[8]

蓋　　（建，曾 45）　　　（害，包 268）

　　（盍，包 254）　　　（箑，曾 70）

　　（緁，曾 26）　　　（箁，望 M2.12）

　　（箚，信 2-4）　　　（醶，曾 4）[9]

「建」　遮陽障雨的用具，指車篷或傘蓋：曾 45：「革建（蓋）」。（3 例）曾 65：「茟建（蓋）」。（2 例）曾 67：「篁建（蓋）」。

「害」　遮陽障雨的用具，指車篷或傘蓋：包 268：「紡害（蓋）」。

「盍」　❶ 遮陽障雨的用具，指車篷或傘蓋：望 M2.11：「紫盍（蓋）」。❷ 器物上部有遮蓋作用的東西：包 254：「鎛盍（蓋）」。包 254：「鷇盍（蓋）」。信 2-12：「有盍（蓋）」。（10 例）[10]老 M1.3：「一盍（蓋）」。❸ 語氣詞：九 M56.45：「盍（蓋）西南之宇」。九 M56.46：「盍（蓋）西北之宇」。九 M56.55：「盍（蓋）東南之宇」。（2 例）

「箑」　遮陽障雨的用具，指車篷或傘蓋：曾 70：「篁箑（蓋）」。

[8] 裴錫圭與李家浩認為曾侯乙墓的這兩個詞例「頸」讀為「莖」，並引《文選‧魏都賦》「挎（旌）旗躍莖」，劉良註：「莖，旗竿也。」裴錫圭、李家浩：〈曾侯乙墓竹簡釋文與考釋〉，《曾侯乙墓》（北京：文物出版社，1989），頁 511，註 69。

[9] 此字隸定與訓讀參陳劍：〈釋「建」及相關諸字〉，出土文獻研究方法國際學術研討會（臺北：臺灣大學文學院，2011.11.26-27），頁 197-218。

[10] 詞例為「某物，有盍（蓋）」，如望 M2.45：「四鋁，有盍（蓋）。」望 M2.45：「二卵缶，有盍（蓋）」此處僅引「有盍（蓋）」。

「緤」　遮陽障雨的用具，指車篷或傘蓋：曾 26：「革緤（蓋）」。

「箬」　遮陽障雨的用具，指車篷或傘蓋：老 M1.1：「紡箬（蓋）」。望 M2.12：「紫箬（蓋）」。

「䈿」　遮陽障雨的用具，指車篷或傘蓋：信 2-4：「紡䈿（蓋）」。

「醯」　遮陽障雨的用具，指車篷或傘蓋：曾 4：「革醯（蓋）」。（2 例）

芒　（芒，信 2-23）　　（蘉，包 267）

（蕪，包 263）

「芒」　帶有某種紋飾的絲織品名：信2-23：「結芒」。老 M1.16：「藍芒」。

「蘉」　帶有某種紋飾的絲織品名：包 267：「藍蘉（芒）」。（3 例）

「蕪」　帶有某種紋飾的絲織品名：包 263：「結蕪（芒）」。

芳　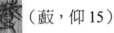（芳，九 M56.44）

【芳糧】以香料調製，用來招請或祭祀鬼神的芬芳米糧：九 M56.44：「芳糧」。（2 例）

若　（若，包 155）

「若」　❶ 如、像：葛甲三 31：「若組若結」。❷ 選擇：包 155：「若葬王士之宅」。❸ 連詞，假如、如果：包 155：「若足命」。

苴　（藪，仰 15）

「藪」　用來作鞋墊的草：仰 15：「藪（苴）疏屨」。[11]

菹　（蘁，包 255）

「蘁」　酢菜：包 255：「蔥蘁（菹）二缶」。包 255：「萬蘁（菹）一缶」。包 255：「糟苽之蘁（菹）一缶」。

---

[11] 吳振武：〈說仰天湖 1 號簡中的「蘁疋」一詞〉，《簡帛》第二輯（上海：上海古籍出版社，2007），頁 39-44。

葦 （葦，望 M2.48）　　（篕，天 45）

「**葦**」　❶ **蘆葦編織之物**：望 M2.48：「二葦圓」。❷ **卜筮用具**：天 15-1：
「大葦」。

「**篕**」　**卜筮用具**：天 45：「長篕（葦）」。

茵 （因，望 M2.47）　　（裛，信 2-21）

「**因**」　**褥子**：望 M2.47：「一丹緅之因（茵）」。[12]曾 53：「紫因（茵）之席」。
（2 例）

「**裛**」　**褥子**：信 2-21：「寢裛（茵）」。信 2-19：「裛（茵）、席」。信 2-21：
「坐裛（茵）」。

春 （萅，曾 1）

「**萅**」　**春季**：曾 1：「適貓之萅（春）」。

蔥 （菟，包 255）

「**菟**」　**多年生草本植物**：包 255：「菟（蔥）菹二缶」。

蒙 （冡，望 M2.6）　　（冒，老 M1.1）

「**冡**」　**蒙覆**：望 M2.6：「狸冡之冡（蒙）」。望 M2.23：「魚皮之冡（蒙）」。[13]

「**冒**」　**蒙覆**：老 M1.1：「鼪冒（蒙）」。

莫 （莫，包 7）

【**莫敖**】**職官名**：包 28：「莫敖」。（21 例）

---

[12] 劉信芳指出此處的「茵」與「几」相配使用，演奏瑟時，瑟擱於几上，演奏者坐於茵上。劉信芳：〈楚簡器物釋名（下篇）〉，《中國文字》新廿三期（臺北：藝文印書館，1997），頁 79-120。

[13] 田河指出「魚皮之冡」與「狸冡之冡（蒙）」似指靮上蒙覆的狸皮。田河：《出土戰國遣冊所記名物分類匯釋》（長春：吉林大學博士論文，2007），頁 136。

葬 （疜，老 M1.1）　　（獘，包 91）

（㙖，包 155）　　（麍，包 91）

（夒，包 267）

「疜」　**掩埋屍體**：老 M1.1：「疜（葬）賢子」。

「獘」　**掩埋屍體**：包 91：「獘（葬）焉」。

「㙖」　**掩埋屍體**：包 155：「㙖（葬）王士」。（3 例）

「麍」　**掩埋屍體**：包 91：「麍（葬）於其土」。

「夒」　**掩埋屍體**：包 267：「左尹夒（葬）」。

卷二

小　**少**（少，包213）　　　**尖**（尖，包265）

「**少**」　形容事物在體積、面積等方面不及一般的或不及比較的對象，與
　　　　「**大**」相對：包213：「少（小）環」。（4例）望M2.47：「少（小）
　　　　翣」。望M2.47：「少（小）彫羽翣」。望M2.61：「少（小）紡冠」。
　　　　九M56.30：「少（小）大吉」。

「**尖**」　形容事物在體積、面積等方面不及一般的或不及比較的對象，與
　　　　「**大**」相對：包265：「尖（小）瓶」。信2-10：「尖（小）鐶」。
　　　　信2-13：「尖（小）陽筓」。信2-18：「尖（小）大十又三」。信2-22：
　　　　「尖（小）囊」。曾146：「尖（小）驕」。

【小人】舊時男子對地位高於己者的自稱謙詞：包136：「尖＝（小人）」。（13
　　　　例）

【少（小）人】舊時男子對地位高於己者的自稱謙詞：包125：「尖＝（小
　　　　人）」。

【少（小）夫】平民百姓中的男性：九M56.26：「少（小）夫」。

【少（小）妾】古稱年輕女奴：包171：「少（小）妾」。（3例）

【少（小）僮】年輕的男僕：包3：「少（小）僮」。（2例）

【少（小）籌】卜筮用具：望M1.3：「少（小）籌」。（2例）

【尖（小）人】舊時男子對地位高於己者的自稱謙詞：包120：「尖＝（小
　　　　人）」。（3例）

【尖（小）臣】臣子在君王前的自稱：葛甲三64：「尖（小）臣」。（7例）

【尖（小）尨】卜筮用具：葛甲三204：「尖（小）尨」。（8例）

【尖（小）房】寬面俎：包266：「尖（小）房」。[1]

---

[1] 胡雅麗指出「房」是俎的一種，因其足制似房而得名，李家浩認為「帶立板俎」為「大房」，「寬面俎」

【尖（小）寶】卜筮用具：包 221：「尖（小）寶」。

【尖（小）蠱】卜筮用具：葛零 376：「尖（小）蠱」。（2 例）

少　少（少，包 197）　　尖（尖，包 201）

「少」稱：包 197：「少又戚」。包 197：「少又戚」。（8 例）包 199：「少間有戚」。包 198：「少遲」。（8 例）包 213：「少有惡於王事」。九 M56.62：「少瘳」。（6 例）葛甲三 12：「少瘥」。

「尖」稱：包 201：「尖（少）有戚」。（4 例）葛甲三 10：「尖（少）有外言戚」。葛乙四 84：「尖（少）遲」。（7 例）

【少師】職官名：包 159：「少師」。（2 例）

【少氣】氣不足：包 207：「少氣」。（3 例）

【尖（少）師】職官名：曾 177：「尖（少）師」。（3 例）

【尖（少）氣】氣不足：包 221：「尖（少）氣」。（2 例）

【尖（少）間】時間短暫：包 199：「尖（少）間」。

【尖（少）廣】諸侯的副車：曾 18：「尖（少）廣」。（4 例）

【少司城】職官名：包 155：「少司城」。

【少司馬】職官名：包 162：「少司馬」。（4 例）

【少司敗】職官名：包 23：「少司敗」。（3 例）

【少攻尹】職官名：包 106：「少攻尹」。（2 例）

【少旬尹】職官名：包 186：「少旬尹」。

【少宰尹】職官名：包 157：「少宰尹」。（2 例）

【尖（少）司馬】職官名：包 129：「尖（少）司馬」。（3 例）

八　八（八，包 145）

「八」數詞：包 140 反：「八十」。（4 例）包 7：「八月」。（71 例）九 M56.81：「八日」。九 M56.2：「八擔」。信 2-12：「八方琦」。信 2-28：「八明

為「小房」，田河補充《禮記》有「房俎」一詞。胡雅麗：〈包山二號楚墓遣策初步研究〉，《包山楚墓》（北京：文物出版社，1991），頁 508-520。李家浩：〈包山 266 號簡所記木器研究〉，《著名中年語言學家自選集·李家浩卷》（合肥：安徽教育出版社，2002），頁 222-257。田河：《出土戰國遣冊所記名物分類匯釋》（長春：吉林大學博士論文，2007），頁 39。

童」。曾33：「八翼」。（2例）曾3：「八翼之翮」。（12例）曾204：「八乘」。老 M1.7：「八弩」。

分 **扮**（分，包47）

「**分**」 ❶ 分開：包47：「分察」。 ❷ 分配：包82：「分田」。

曾 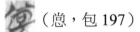（曾，唐7）

【曾臣】自稱的謙詞：唐7：「曾臣」。[2]

尚 **尚**（尚，包221） **恀**（恀，包197）

「**尚**」 希望，表示祈求：[3]天 15-1：「尚宜焉」。天 40：「尚毋以是故有大咎」。包201：「尚毋有咎」。（26例）包221：「尚毋有恙」。（2例）包 236：「尚速瘥」。（9例）望 M1.22：「尚速得事」。（2例）包249：「尚毋死」。（4例）望 M1.9：「尚毋為大憂」。望 M1. 40：「尚毋以其故有大咎」。葛乙一 19：「尚毋有大咎」。（3例）葛甲三 143：「尚毋為憂」。（3例）葛甲三 112：「尚毋有祟」。（2例）包 250：「尚吉」。（3例）葛乙四 136：「尚大熟」。葛乙四 110+乙四 117：「尚怡懌」。葛甲三 198+甲三 199-2：「尚速出」。葛零 148：「尚除去」。葛乙四 35：「尚自宜順」。（18例）葛甲三 58：「尚毋續」。（2例）

「**恀**」 希望，表示祈求：包197：「恀（尚）毋有咎」。（2例）

介 **介**（介，老 M1.6）

「**介**」 量詞：老 M1.6：「廿介」。信 2-13：「一紅介」。

---

[2] 趙曉斌認為「曾臣」置於簡文，指墓主產對神的自稱。趙曉斌：〈荊州棗林鋪楚墓出土卜筮祭禱簡〉，《簡帛》第十九輯（上海：上海古籍出版社，2019），頁 24，註 24。

[3] 學者對於卜筮簡的「尚」字討論眾多，《望山楚簡》整理者解釋為「希望」的意思，陳斯鵬認為是有揣度意思的「庶幾」，單育辰認為是對未來的某種預測或揣度。朱曉雪認為依據簡文的意思，「尚」更多地還是一種希冀的意義。怡璇按：包 199「盡卒歲，躬身恀（尚）毋有咎。」簡文語意比較偏向這一年中，希望不要有災禍，將「尚」解釋為「希望」應該比較好。湖北省文物考古研究所、北京大學中文系編：《望山楚簡》（北京：中華書局，1995），頁 90，註 21。陳斯鵬：〈論周原甲骨和楚系簡帛中的「囟」與「思」——兼論卜辭命詞的性質〉，《第四屆國際中國古文字學研討會論文集：新世紀的古文字學與經典詮釋》（香港：香港中文學學中國文化研究所、中國語言及文學系，2003.10.15-17），頁 393-414。單育辰：〈戰國卜筮簡「尚」的意義——兼說先秦典籍中的「尚」〉，《中國文字》第三十四期（臺北：藝文印書館，2009），頁 107-126。朱曉雪：《包山楚簡綜述》（福州：福建人民出版社，2013），頁 508-509，註 5。

公 **公**（公，包168）

「**公**」 **職官名**：包79：「上臨邑公」。包139：「尹公」。包138：「平輿公」。包150：「白迻（路）公」。 包168：「舟贅公」。包168：「舟斨公」。包168：「司舟公」。包22：「加公」。（25例）包22：「里公」。（18例）曾119：「遴公」。包2：「魯陽公」。（4例）包133：「子宛公」。（4例）葛零236、186：「宛公」。包119：「胡公」。（2例）包125：「盛公」。（4例）葛零495：「許公」。仰1：「許陽公」。包131：「湯公」。（2例）包34：「關敔公」。（2例）包12：「鄡公」。包18：「嬴迻（路）公」。（2例）包61：「長沙公」。包28：「鄧邑公」。包41：「業路公」。 包177：「業陵公」。包47：「斯陽公」。包58：「鄧公鱗」。包70：「匡敔公」。包94：「邾路公」。包85：「魷缶公」。包98：「滋公」。包98：「鄒公」。包81：「郊路公」。（2例）包103：「選陵公」。（2例）包111：「陶公」。包113：「桑夜公」。包117：「安陵公」。包120：「陽城公」。（3例）包125：「邸陽公」。望M1.115：「東石公」。包125：「東敔公」。望M1.109：「東邸公」。（4例）包130：「餗公」。包130：「集陽公」。包141：「鄴公」。（3例）包186：「鄴鄙公」。包155：「南陵公」。包159：「陞公」。包163：「恆思公」。包185：「咸鄙公」。包183：「鱗公」。包166：「陳公」。包191：「邸陽仟公」。包227：「縣貉公」。望M1.110：「祭公」。望M2.63：「奉陽公」。曾57：「欿馭公」。曾198：「贅臚公」。天16：「圉公頌」。老M1.1：「南公癰」。

【**公子**】**職官名**：葛乙四110+乙四117：「公子」。（7例）

【**公王**】**君主**：九M56.42：「公王」。

【**公北**】**神祇名**：葛零161：「公北」。（3例）

【**公孫**】**對貴族子孫的尊稱**：包42：「公孫」。（6例）

必 **（必，葛甲二19+甲二20）** 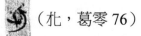（朼，葛零76）

「**必**」 **副詞，必然，一定**：九M56.25：「必死」。九M56.63：「必有大死」。

九 M56.28：「必或亂之」。九 M56.30：「必出其邦」。九 M56.32：「必無遇寇盜」。九 M56.32：「必兵」。九 M56.35：「必美於人」。九 M56.37貳：「必毀」。九 M56.53：「必肉食以食」。九 M56.95：「必以入」。九 M56.97：「必得」。九 M56.99：「必賓」。葛甲三 160：「必瘥」。葛甲二 19+甲二 20：「必徙處焉善」。

「朼」　副詞，必然，一定：葛零 76：「朼（必）至東」。

半　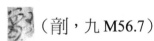（肕，葛甲三 292）　　　　（剒，九 M56.7）

（畔，包 151）[4]

「肕」　❶ 楚國量制「赤」的二分之一：葛甲三 292：「又肕（半）」。（3 例）葛甲三 90：「又一肕（半）」。❷ 二分之一：包 116：「肕（半）鎰」。

「剒」　❶ 楚國量制「赤」的二分之一：九 M56.7：「三剒（半）」。（2 例）❷ 二分之一：包 146：「剒（半）鎰」。（2 例）

「畔」　二分之一：包 151：「畔（半）畹」。

牛　（牛，葛零 383）

「牛」　反芻偶蹄類哺乳動物：包 200：「特牛」。（34 例）

【牛鑊】煮牲肉的飪食器：包 265：「牛鑊」。

【牛櫺】盛放牛、羊、豕等體積較大的食物的木器：望 M2.45：「牛櫺」。

牡　（牡，葛甲一 7）

「牡」　鳥獸的雄性：葛甲一 7：「一駼牡」。葛甲一 7：「一黔牡」。（2 例）

犉　（犉，葛甲三 282+零 33）

「犉」　黃色黑脣的牛：葛甲三 282+零 333：「九犉」。

牲　（生，包 222）　　　　（牲，葛零 207）

（特，葛甲三 146）　　　　（靜，葛乙二 30）

---

[4] 本則的文字隸定依據董珊：〈楚簡簿記與楚國量制研究〉，復旦網，2010.6.6。董珊：〈楚簡簿記與楚國量制研究〉，《簡帛文獻考釋論叢》（上海：上海古籍出版社，2014），頁 174-218。

（辭，葛甲三 111）

「生」　供祭祀、盟誓和食用的家畜：包 222：「常生（牲）」。葛乙三 32：
　　　　「犧生（牲）」。

「牲」　供祭祀、盟誓和食用的家畜：九 M56.39 貳：「六牲」。葛零 207：
　　　　「犧牲」。

「𤞷」　供祭祀、盟誓和食用的家畜：葛甲三 146：「一𤞷（牲）」。（9 例）

「靜」　供祭祀、盟誓和食用的家畜：葛乙二 30：「一靜（牲）」。（2 例）

「辭」　供祭祀、盟誓和食用的家畜：葛甲三 111：「一辭（牲）」。（5 例）
　　　　葛乙四 48：「一元辭（牲）牂」。[5]

犧　　（義，葛甲三 84）　　　　　（𡐛，包 129）

　　　　（羣，葛甲三 99）

「義」　古代祭祀用的純色牲畜：葛乙四 143：「騂義（犧）」。葛乙三 32：「義
　　　　（犧）牲」。（3 例）葛零 167：「義（犧）馬」。（4 例）葛零 163：「山
　　　　義（犧）」。

「𡐛」　古代祭祀用的純色牲畜：包 129：「青𡐛（犧）」。（4 例）

「羣」　古代祭祀用的純色牲畜：包 248：「羣（犧）馬」。（3 例）葛零 2：
　　　　「熊羣（犧）」。

特　　（戠，包 200）　　　　　（戴，包 243）

　　　　（𡄣，包 202）　　　　　（𩥑，包 222）

「戠」　雄性的牲畜：包 200：「戠（特）豢」。（16 例）包 200：「戠（特）
　　　　獵」。（3 例）天 155：「戠（特）牺」。

「戴」　雄性的牲畜：包 248：「戴〈戠（特）〉豢」。

「𡄣」　雄性的牲畜：包 202：「𡄣（特）獵」。

---

[5] 「靜」、「𤞷」、與「辭」三字，何琳儀讀為「牲」，宋華強補充二字的通假證據，認為何說可從。何琳儀：《戰國古文字典：戰國文字聲系》（北京：中華書局，2004），頁 822。宋華強：《新蔡葛陵楚簡初探》（武漢：武漢大學出版社，2003），頁 389，註 2。

【犓（特）牛】公牛：包222：「犓（特）牛」。

【豟（特）牛】公牛：包200：「豟（特）牛」。（23例）

【戠（特）牛】公牛：包243：「戠〈豟〉（特）牛」。

【犦（特）牛】公牛：包205：「犦（特）牛」。（10例）

牢　　**⊛**（牢，葛零40）　　　　**⊛**（牧，葛乙四128）

　　　⊛（留，葛乙四25）　　　　**⊛**（𤲃，葛甲三209）

　　　⊛（𦜵，葛甲三304）

　「**牢**」　❶**養牛馬圈**：包150：「牢中獸」。❷**古代祭祀用的牲畜**：葛乙四96：「大牢」。（9例）

　「**牧**」　**古代祭祀用的牲畜**：葛乙四128：「大牧（牢）」。

　「**留**」　**古代祭祀用的牲畜**：葛乙四25：「大留（牢）」。

　「**𤲃**」　**古代祭祀用的牲畜**：葛甲三209：「大𤲃（牢）」。（3例）

　「**𦜵**」　**古代祭祀用的牲畜**：葛甲三304：「大𦜵（牢）」。

犍　　**⊛**（犍，包270）

　【犍（犍）牛】**閹割過的牛**：包271：「犍（犍）牛」。（4例）

　【犍（犍）甲】**閹牛皮所做的車御**：包270：「犍（犍）甲」。

告　　**告**（告，包17）

　「**告**」　❶**上報、報告（動詞）**：包17：「告視日」。（2例）包135：「告於視日」。（2例）包145：「告子司馬」。包159：「告於少師」。包133：「告子宛公」。（2例）包131：「告湯公」。（2例）包15：「告君王」。包120：「告下蔡廄執事人」。包155：「告僕」。包162：「告於正妻宬」。包15反：「告謂」。（2例）包27：「察告」。九M56.43：「敢告」。❷**報告（名詞）**：包137反：「𠭯慶之告」。❸**宣告**：葛甲三267：「冊告」。❹**禱告，祭告**：葛甲三136：「既告」。葛甲三138：「既皆告」。葛零452：「皆告」。葛零102+零59：「告大司城」。（5

例）唐 4：「告又大神」。（2 例）唐 7：「告北方」。唐 6：「告又北方」。

【告言】告發：包 159：「告言」。（2 例）

名 𤷈（名，包 249 反）

「名」 ❶ 事物的名稱：包 249 反：「州名」。❷ 命名：九 M56.34：「名之曰死日」。

【名族】猶名姓：包 32：「名族」。

君 𠱭（君，包 38）

「君」 古代大夫以上、據有土地的各級統治者的通稱：包 135：「君命」。包 27：「邸昜（陽）君」。（15 例）包 176：「陽君」。（3 例）包 38：「臱皋君」。（5 例）包 36：「蔡君」。（5 例）包 54：「彭君」。（5 例）包 68：「䣜君」。（12 例）包 76：「鄂君」。（3 例）包 133：「百宜君」。（3 例）包 86：「䛊陽君」。包 86：「羕陵君」。曾 119：「䣼君」。（2 例）包 153：「陵君」。（2 例）包 192：「坪陵君」。包 108：「邸壽君」。包 117：「壽君」。包 143：「敔郢君」。包 153：「鄝君」。（3 例）包 153：「酄君」。（3 例）包 154：「鄝君」。包 164：「荐君」。包 165：「佶陵君」。包 165：「䢯君」。（2 例）包 172：「鄴君」。包 173：「野君」。包 176：「葳沠君」。望 M1.116：「葳陵君」。包 180：「鄱君」。包 189：「襄君」。包 181：「平輿君」。（28 例）葛甲三 344-1：「文君」。（16 例）葛零 147：「子西君」。（10 例）葛零 236、186：「子君」。葛甲二 6、30、15：「鹽壽君」。（2 例）葛乙一 13：「壏武君」。夕 1：「越涌君」。仰 2：「中君」。曾 53：「禦君」。（7 例）曾 65：「鄎君」。（2 例）曾 119：「臚城君」。（4 例）曾 119：「臚君」。曾 176：「樂君」。九 M56.26 邦君」。（2 例）

【君子】對統治者和貴族男子的通稱：包 4：「君子」。（9 例）

【君王】古稱天子或諸侯：葛甲三 43：「君王」。（6 例）

【君夫人】諸侯之妻：包 142：「君夫人」。（3 例）

命　（命，包 7）　　　（令，包 161）

（龠，包 130）

「命」　❶ 命令（名詞）：包 7：「為命」。（4 例）包 135 反：「王命」。（2 例）包 11：「至命」。（11 例）唐 8：「志命」。❷ 命令（動詞）：包 32：「致命」。（2 例）包 155：「若足命」。

「令」　❶ 命令（動詞）：包 161：「令（命）以王命屬之正」。❷ 神祇名：包 243：「司令（命）」。

「龠」　❶ 命令（名詞）：包 130：「聽龠（命）」。❷ 命令（動詞）：包 2：「彭圍龠（命）之於王大子」。❸ 神祇名：包 213：「司龠（命）」。（10 例）

問　（䎽，包 130 反）

「䎽」　❶ 訊問：包 130 反：「左司馬之返行將以䎽（問）之」。包 137：「察䎽（問）」。（3 例）❷ 聘問，古代諸侯之間通問修好：望 M1.1：「齊客張果䎽（問）〔王〕於葳郢之歲獻馬之月乙酉之日」。望 M1.5：「郙客困芻䎽（問）王於葳郢之歲」。（4 例）天 1：「齊客申獲䎽（問）王於葳郢之歲」。（9 例）天 12-2：「秦客公孫緤䎽（問）王於葳郢之歲」。（3 例）唐 1：「燕客莊賓䎽（問）王於葳郢之歲」。（3 例）

唯　（唯，包 91）

「唯」　只有：包 91：「唯周躄之妻葬焉」。

嗚　（於，葛零 9+甲三 23+甲三 57）

【於（嗚）呼】表示悲痛之辭，常用以表示對死者的哀悼：葛零 9+甲三 23+甲三 57：「於（嗚）呼哀哉」。

和　（咊，九 M56.16 貳）

「咊」　使和睦，使融洽：九 M56.16 貳：「咊（和）人民」。

哉 （哉，葛零 9+甲三 23+甲三 57）

「**哉**」 語氣助詞：葛零 9+甲三 23+甲三 57：「嗚呼哀哉」。

吉 （吉，包 200）

「**吉**」 吉利、吉祥：包 200：「吉」。（136 例）包 197：「恆貞吉」。（65 例）天 71：「貞吉」。（2 例）包 198：「甚吉」。（6 例）包 250：「尚吉」。（3 例）九 M56.13 貳：「大吉」。（12 例）九 M56.29：「不吉」。（8 例）九 M56.30：「男吉」。九 M56.36：「長者吉」。九 M56.41：「不吉日」。天 45：「長吉」。

【**吉日**】吉利的日子，好日子：葛零 463：「吉日」。（2 例）

【**吉玉**】彩色的玉：天 39：「吉玉」。

吝 （夋，九 M56.25）

「**夋**」 悔恨：九 M56.25：「夋（吝）」。（2 例）[6]

各 （各，包 200）

「**各**」 皆：包 200：「各特豢」。（6 例）望 M1.110：「各特牛」。（5 例）包 217：「各一牂」。（15 例）葛甲三 188+甲三 197：「各兩牂」。（3 例）葛乙二 38+乙二 46+乙二 39+乙二 40：「各牂」。葛甲二 29：「各一殺」。（6 例）包 227：「各狂豕」。 望 M1.117：「各冢豕」。包 237：「各一全豢」。（2 例）葛乙一 29+乙一 30：「各大牢」。（4 例）包 250：「各肥豬」。葛乙一 15：「各一羳」。葛乙一 15：「各一青犧」。葛甲三 121：「各一玉」。包 213：「各一少環」。（3 例）望 M1.109：「各佩玉一環」。天 7-1：「各一吉環」。葛甲一 4：「各二璧」。（2 例）葛乙一 21、33：「各一佩玉」。葛乙一 13：「各一佩璧」。葛甲三 137：「各束錦加璧」。（2 例）包 243：「各三稱」。

---

[6] 二例皆出於九 M56.25，分別為「以祭，夋（吝）」與「以獵田邑，夋（吝）」，「吝」表示「悔恨」。

哀 　[字形]　（悽，葛零 9+甲三 23+甲三 57）

「悽」 表示悲傷或痛惜的感嘆詞：葛零 9+甲三 23+甲三 57：「嗚呼

　　　悽（哀）哉！」。

喪 　[字形]　（桑，包 92）　　　　　[字形]　（喪，葛乙四 122）

　　　[字形]　（甕，葛甲三 270）

「桑」 喪失、失去：包 92：「桑（喪）其子丹」。

「喪」 喪失、失去：葛乙四 122：「喪職」。（2 例）

「甕」 喪事：葛甲三 270：「外甕（喪）」。（2 例）

走 　[字形]　（走，包 122）

「走」 逃跑：包 122：「走於前」。（4 例）

起 　[字形]　（起，葛零 238）

「起」 治愈，病愈：葛零 238：「起病」。

趣 　[字形]　（逝，包 142）

「逝」 疾走：包 142：「逝（趣）至州巷」。

趨 　[字形]　（趣，望 M1.22）

【趣（趨）走】奔走服役：望 M1.22：「走趣（趨）」。[7]

前 　[字形]　（槍，包 122）

「槍」 與「後」相對：包 122：「走於槍（前）」。（4 例）

【槍（前）禱】祭禱名：唐 1：「槍（前）禱」。（2 例）

歸 　[字形]　（逮，包 43）

「逮」 ❶歸還：包 43：「不逮（歸）」。（2 例）包 67：「逮（歸）其田」。

---

[7] 望 M1.22 原作「走趣侍王」，《楚地出土戰國簡冊合集·四》認為「走趣」即「趣走」，指「奔走服役」。
武漢大學簡帛研究中心、湖北省文物考古研究所、黃岡市物館編：《楚地出土戰國簡冊合集·四，望山
楚墓竹簡、曹家崗楚墓竹簡》（北京：文物出版社，2019），頁 22，註 22。

❷ **返回**：九 M56.44：「來遉（歸）」。❸ **歸附**：夕 1：「遉（歸）楚師」。

【遉（歸）胙】臣子祭祀后，將祭肉奉獻給國君：包 58：「遉（歸）胙」。（17 例）

登 （隓，包 3）

「隓」 **登記**：包 2：「隓（登）剗人」。（2 例）包 3：「未隓（登）剗之玉府之典」。

歲 （戠，包 230） （戠，望 M2.1）

「戠」 ❶ **年**：包 211：「三戠（歲）」。（5 例）天 15-2：「三十戠（歲）」。天 18：「集戠（歲）」。（8 例）包 226：「就集戠（歲）」。（7 例）包 230：「盡集戠（歲）」。（3 例）葛乙四 85：「卒戠（歲）」。（19 例）葛甲三 117+甲三 120：「來戠（歲）」。❷ **歲星，太歲，木星**：包 238：「思攻解於戠（歲）」。

「戠」 **年**：望 M2.1：「周之戠（歲）」。

正 （正，包 271）

【正方】正向一方：九 M56.54：「正方」。

【正令】職官名：包 128：「正令」。（4 例）

【正史】職官名：包 102：「正史」。

【正佐】職官名：包 51：「正佐」。（3 例）

【正車】相對於「副車」而言的車：包 271：「正車」。

【正妻】職官名：包 19：「正妻」。（7 例）

是 （是，葛甲三 102） （氏，葛甲三 41）

「是」 **代詞，此，這**：葛甲三 102：「是日」。（7 例）九 M56.53：「居是室」。九 M56.26：「是謂」。（18 例）葛乙 43：「是以謂」。（2 例）

「氏」 ❶ **代詞，此，這**：葛甲三 41：「氏（是）日」。（7 例）葛零 13+甲三 200：「氏（是）月」。葛甲三 132+甲三 130：「氏（是）處」。

（3 例） ❷ **連詞**：葛甲三 4+零 219：「於是」。

【是故】因此，所以：九 M56.33：「是故」。（4 例）

徒 （辻，包 226）

「辻」 **士卒，亦借指軍隊**：包 226：「師辻（徒）」。（11 例）

征 （正，九 M56.30） （政，包 81）

「正」 **征討，征伐**：九 M56.30：「出正（征）」。

「政」 **徵收賦稅**：包 81：「政（征）其田」。包 140：「政（征）於小人之地」。包 155：「政（征）五連之邑」。

迻 （遾，包 204） （遱，葛甲三 99）

（蘷，葛零 270）

「遾」 **移去，移除**：包 210：「遾（迻）應會之祟」。包 204：「既盡遾（迻）」。包 213：「遾（迻）故箴」。包 214：「遾（迻）應會之祟」。包 214：「遾（迻）石常之祟」。天 30：「遾（迻）鹽狂之祟」。天 68：「遾（迻）史丑之說」。天 78：「遾（迻）鹽丁之說」。

「遱」 **移去，移除**：葛乙二 2+乙二 30：「遱（迻）彭定之祟」。葛甲三 300+甲三 307：「遱（迻）其邪祝」。葛甲三 99：「遱（迻）文君之祟」。

「蘷」 **移去，移除**：葛零 270：「蘷（迻）彭定之〔祟〕」。葛甲三 212、199-3：「蘷（迻）鹽怚之祟」。葛零 270：「蘷（迻）彭定之〔祟〕」。

過 （迻，包 105） （訛，葛甲三 21+甲三 61）

「迻」 **超過**：天 40：「夜迻（過）半」。

「訛」 **過失、錯誤**：葛甲三 21+甲三 61：「解訛（過）釋憂」。

【迻（過）期】超過期限：包 105：「迻（過）期」。（10 例）

逾 （俞，葛乙四 96） （偸，葛甲三 5）

（逾，包 102）

「**俞**」　**降、至：**葛乙四 96：「文王以俞（逾）就禱大牢」。

「**徿**」　**降、至：**葛甲三 5：「賽禱於荊王以徿（逾）」。葛甲三 5：「順至文王以徿（逾）」。

「**逾**」　❶**越：**包 102：「將須逾」。包 102 反：「逾於郢」。葛甲一 12：「逾取蒿」。（3 例）❷**降、至：**葛零 301＋零 150：「文王以逾至文君」。葛甲三 201：「景平王以逾至文君」。甲三 280：「景平王以逾至」。

速　（迷，葛甲三 208）　　（溮，包 135 反）

「**迷**」　**迅速、加快：**葛乙四 110：「遲迷（速）」。葛甲三 208：「迷（速）有間」。葛零 12：「迷（速）賽禱」。葛甲三 22＋甲三 59：「迷（速）瘳」。（2 例）葛甲三 22＋甲三 59：「迷（速）瘥」。（2 例）

「**溮**」　**迅速、加快：**包 135 反：「溮（速）為之斷」。包 200：「溮（速）得」。包 200：「溮（速）賽」。（3 例）包 219：「溮（速）巫之」。包 220：「溮（速）瘥」。（20 例）葛甲三 235-2：「溮（速）有間」。（2 例）望 M1.22：「溮（速）得事」。（2 例）葛甲三 198：「溮（速）出」。葛乙二 3：「溮（速）損」。（2 例）望 M1.110：「溮（速）祭」。天 4-2：「溮（速）賽禱」。天 7-1：「遲溮（速）」。天 38：「疾溮（速）有瘳」。天 42：「疾溮（速）瘥」。葛甲三 247＋甲三 274：「疾溮（速）」。唐 2：「疾溮（速）瘥」。

遊　（遊，包 7）

【**遊車**】田車與遊車均為田獵用車，言遊車是總名：曾 120：「遊車」。

【**遊宮**】**行宮：**包 7：「遊宮」。（4 例）

遇　（堣，九 M56.32）

「**堣**」　**遭受，遇到：**九 M56.32：「必無堣（遇）寇盜」。

逢　（奉，葛甲三 64）

「**奉**」　**遭遇：**葛甲三 64：「奉（逢）害」。

通　（通，九 M56.47）

「**通**」　**開闢，疏通**：九 M56.47：「是謂虛井，攻通，安」。

返　（反，葛乙四 100）　　　（返，包 128）

　　（巠，包 122）

「**反**」　**還；回歸**：葛乙四 100：「還反（返）」。

「**返**」　**還；回歸**：包 128 反：「返郢」。葛乙四 44：「還返」。（4 例）

「**巠**」　**回覆**：包 122：「巠（返）子」。（4 例）

遷　（鄨，葛乙四 31）　　　　（遷，包 202）

「**鄨**」　**遷移，搬動**：葛甲三 11+甲三 24：「宅茲沮、漳，以選鄨（遷）處」。
　　　　葛乙四 31：「不鄨（遷）」。

「**遷**」　❶**晉升**：包 202：「爵位遲遷（遷）」。❷**遷移，搬動**：包 238：「遷
　　　　（遷）復處」。

還　（還，葛乙四 4）　　　　（儇，葛乙四 100+零 532+零 678）

【**還返**】**返回**：葛乙四 44：「還返」。（4 例）

【**儇（還）返**】**返回**：葛乙四 100+零 532+零 678：「儇（還）返」。

遲　（迡，包 198）　　　　（屖，望 M1.61）

　　（犀，葛甲三 173）　　　　（遞，包 240）

　　（迖，葛甲三 112）

「**迡**」　**緩**：包 198：「少迡（遲）」。（5 例）包 202：「迡（遲）遷」。
　　　　望 M1.45：「迡（遲）瘥」。（7 例）天 7-1：「迡（遲）速」。

「**屖**」　**緩**：望 M1.61：「屖（遲）瘥」。

「**犀**」　**緩**：葛甲三 173：「疾犀（遲）瘥」。

「**遞**」　**緩**：包 240：「遞（遲）瘥」。

「**迖**」　**緩**：葛乙四 110+乙四 117：「迖（遲）速」。葛乙四 84：「少迖

（遲）」。（6 例）葛甲一 24：「疾逹（遲）」。（2 例）葛甲三 265：「逹（遲）蠲」。葛甲三 96：「逹（遲）已」。葛甲三 112：「逹（遲）出」。（2 例）

逗 （逗，包 219）

「**逗**」 **停留**：包 219：「逗於枝陽」。（2 例）

連 （連，包 6）

【連敖】**職官名**：包 6：「連敖」。（18 例）

逃 （逃，包 144）

「**逃**」 **逃亡、逃跑**：包 85：「受鯱缶人而逃」。包 87：「逿逃」。包 136：「慶逃」。（2 例）包 137：「解枸而逃」。包 144：「小人逃至州巷」。

【逃人】**逃犯**：九 M56.30：「逃人」。（3 例）

【逃命】**逃走以保全生命**：包 156：「逃命」。

遠 （遠，九 M56.35） （覾，葛甲三 42）

【遠行】**出遠門**：九 M56.33：「遠行」。（2 例）

【遠柰】**楚月名**：包 82：「遠柰」。（13 例）

【覾（遠）柰】**楚月名**：葛甲三 42：「覾（遠）柰」。（2 例）

道 （道，葛甲三 174）

「**道**」 ❶ **方法**：九 M56.45：「作邑之道」。❷ **道神**：葛甲三 174：「道一冢」。天 9-2：「道一豢」。

德 （悳，葛甲三 193）

「悳」 **卜筮用具**：葛甲三 193：「承悳（德）」。（2 例）

復 （逿，包 238） （諨，包 90）

「逿」 **還，返回**：包 238：「逿（復）處」。葛零 294：「逿（復）於藍郢之歲」。（4 例）

「諨」 **回覆**：包 90：「諨（復）笁」。

後　鍖（遂，包2）　　　鍖（遙，包152）

「遂」　❶ 時間較晚，與「先」相對：包2：「遂（後）城鄭之歲」。（2例）
❷ 後代，子孫：包93：「奪其遂（後）」。包227：「無遂（後）」。（3例）

「遙」　❶ 後代，子孫：包152：「無遙（後）」。包152：「有遙（後）」。❷ 繼承：包151：「遙（後）之」。（2例）

得　昇（昇，包198）

「昇」　❶ 獲得，得到：包198：「少遲昇（得）」。（2例）包200：「速昇（得）」。望M1.22：「昇（得）事」。（5例）九M56.45：「土田驟昇（得）」。九M56.35：「行有昇（得）」。❷ 捕獲：包120：「昇（得）之」。包133：「昇（得）苛冒」。（2例）包135反：「昇（得）冒」。包156：「不昇（得）」。（6例）九M56.30：「利以行師徒，出征，昇（得）」。九M56.30：「逃人不昇（得）」。（3例）九M56.31：「設網，昇（得）」。九M56.61：「有昇（得）」。（7例）九M56.64：「夕昇（得）」。（2例）九M56.65：「夕不昇（得）」。（3例）九M56.60：「朝盜昇（得）」。（4例）九M56.67：「朝盜不昇（得）」。九M56.62：「晝昇（得）」。（4例）

【昇（得）年】享有高年：九M56.26：「昇（得）年」。

徑　呈（呈，信2-10）

「呈」　直徑：信2-10：「呈（徑）二寸」。信2-10：「呈（徑）四寸」。

廷　助（廷，包7）

「廷」　❶ 朝廷，君主受朝施政的地方：包7：「王廷」。❷ 舊時地方官理事的公堂：包19：「以廷」。（41例）包63：「朔廷」。

【廷志】聆訊或對質的記錄：包9：「廷志」。

行 （行，包 269） （⿱行示，九 M56.28）

「**行**」 ❶**出行**：包 259：「以行」。（2 例）九 M56.61：「西亡行」。（2 例）九 M56 .92：「西南行」。（2 例）九 M56.33：「遠行」。（2 例）❷**巡視、巡邏**：包 130 反：「返行」。❸**做，從事某種活動**：九 M56.35：「行有得」。❹**疏通，疏浚**：九 M56.27：「行水事」。❺**品行，德行**：葛乙四 95：「君有行」。❻**路神名，即行神，五祀之一**：包 208：「賽於行」。包 233：「舉禱行」。包 229：「舉禱宮行」。望 M1.28：「宮行」。葛乙一 28：「禱行」。（3 例）

「⿱行示」 **路神名，即行神，五祀之一**：包 210：「舉禱宮⿱行示（行）」。包 219：「賽禱⿱行示（行）」。望 M1.115：「冊於東石公，社、北子、⿱行示（行）」。望 M1.119：「舉禱⿱行示（行）」。九 M56.27：「以祭門、⿱行示（行）」。九 M56.28：「利以祭門、⿱行示（行）」。

【行作】**出門辦事**：九 M56.31：「行作」。（3 例）

【行水事】**治水利之事**：九 M56.27：「行水事」。

【行師徒】**用兵，出兵**：九 M56.30：「行師徒」。

衛 （衛，葛甲三 114+甲三 113） （⿱衛止，葛甲一 7）

【衛侯】**卜筮用具**：葛甲三 114+甲三 113：「衛侯」。

【衛箽】**卜筮用具**：葛乙一 16+甲一 12：「衛箽」。（3 例）

【⿱衛止（衛）箽】**卜筮用具**：葛乙一 26+乙一 2：「⿱衛止（衛）箽」。（3 例）

齒 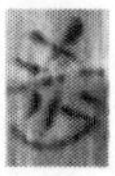（齒，望 M2.2）

「**齒**」 **象牙**：望 M2.2：「齒轅」。（2 例）信 2-2：「齒珥」。信 2-9：「齒〔篦〕」。仰 34：「齒梳」。

足 （足，包 129） （趴，葛零 193）

「**足**」 ❶**基址，底腳**：包 266：「金足」。（2 例）[8] ❷**充分，充足，足夠**：

---

[8] 田河指出包山二號墓所出「矮足案」也安有四個馬蹄形銅足，此處的「金足」當是此物。田河：《出土戰國遣冊所記名物分類匯釋》（長春：吉林大學博士論文，2007），頁 255。

包 129：「足金」。（3 例）

「跂」　充分，充足，足夠：葛零 193：「不跂（足）」。

【足骨疾】足骨痛或足骨痹之類病患：望 M1.38：「足骨疾」。（2 例）

踄　（迶，九 M56.32）

「迶」　往、到達：包 120：「迶（踄）楚之歲」。（3 例）九 M56.32：「迶（踄）
　　　四方野外」。

躔　（邅，信 2-3）

「邅」　足履、足踏：信 2-3：「邅（躔）土蟣」。

冊　（冊，葛甲三 267）

「冊」　典策：望 M1.115：「冊於東石公」。葛甲三 267：「冊告」。（2 例）

卷三

器 （器，包 259）

「**器**」　用具，器具：包 251：「金器」。（4 例）包 259：「相徙之器」。包 266：「木器」。（7 例）信 2-18：「樂人〔之〕器」。信 2-24：「集糈之器」。望 M2.1：「車與器之典」。

句 （朐，望 M2.13）

「**朐**」　曲也，「翠朐」就是用翠鳥羽毛繫於旗杆彎曲處：望 M2.13：「翠朐（句）」。

拘 （𠣿，包 123）　　　（𠣾，包 142）

「**𠣿**」　拘禁之所：包 123：「死於𠣿（拘）」。

「**𠣾**」　拘禁之所：包 142：「故倉之𠣾（拘）」。

鉤 （句，望 M2.50）　　　（鉤，曾 115）

「**句**」　鉤子：望 M2.50：「一玉句（鉤）」。

「**鉤**」　鉤子：信 2-2：「一組帶，一緙，皆有鉤」。信 2-27：「一鉤」。

【**鉤環**】遊環：曾 115：「鉤環」。

十 （十，包 137）

「**十**」　數詞：望 M1.7：「十」。（10 例）包 44：「十月」。（44 例）包 137：「十一」。包 111：「十鎰」。（2 例）包 145 反：「十兩」。九 M56.3：「十擔」。（3 例）五 10：「十合」。曾 120：「十乘」。（5 例）曾 140：「十真」。（2 例）信 2-5：「十簠」。老 M1.7：「十又一」。信 2-6：「十又二」。仰 13：「一十二」。老 M1.3：「十囊」。老 M1.9：「二十八」。老 M1.10：「十又九」。老 M2.4：「十素王錦之紳」。

博　（尃，信 2-15）

「尃」　寬度：信 2-15：「尃（博）一寸〔少〕寸」。

廿　（廿，葛乙四 6）

「廿」　數詞：包 277：「廿=（二十）」。（14 例）

卅　（卅，包 107）

「卅」　數詞：包 107：「卅=（三十）」。（10 例）

世　（殜，葛乙四 109）

「殜」　世代：葛乙四 27：「五殜（世）」。葛乙四 109：「三殜（世）」。

言　（言，包 125）

「言」　❶ 說話：包 90：「言謂」。（15 例）包 125：「言曰」。（7 例）包 137 反：「言之」。（5 例）❷ 言辭：九 M56.20 貳：「結言」。葛甲三 10：「外言」。葛甲三 31：「大言」。葛甲三 31：「小言」。葛零 232：「是以謂之有言」。❸ 記錄：包 14：「集箸言」。❹ 告知、告訴：包 121：「郑倳言於陽成公美睪」。❺ 誓言：九 M56.21 貳：「成言」。

謂　（胃，包 15 反）

「胃」　❶ 說：包 84：「胃（謂）」。（9 例）包 15 反：「告胃（謂）」。（2 例）包 90：「言胃（謂）」。（15 例）九 M56.43：「帝胃（謂）爾無事」。❷ 是，為：九 M56.18 貳：「是胃（謂）」。（16 例）包 32：「是故胃（謂）」。葛乙四 45：「是以胃〔謂〕之」。（2 例）

謄　（笶，包 133）

「笶」　複寫、抄寫：包 133：「笶（謄）志」。

說　（祝，望 M1.24）　　　（敓，包 198）

（繁，包 203）

「祝」　六祈之一，祭祀之名：望 M1.24：「祝（說）之」。（4 例）

「敓」　六祈之一，祭祀之名：包198：「敓（說）之」。（61例）包83：「故敓（說）」。（4例）包86：「敓（說）非祭祀」。葛甲三219：「敓（說）其祟」。葛乙四27：「敓（說）於五世」。葛零295：「敓（說）是祟」。（2例）天68：「迻史丑之敓（說）」。

「繠」　六祈之一，祭祀之名：包203：「畀石被裳之繠（說）」。包207：「繠（說）之」。（15例）包220：「同繠（說）」。包235：「無繠（說）」。包241：「畀盬吉之繠（說）」。（2例）天30：「迻盬狂之繠（說）」。天78：「迻盬丁之繠（說）」。

設　（埶，九M56.31）

【埶（設）網】布網、張網：九M56.31：「埶（設）網」。

謹　（歎，包133）

【歎（謹）客】維護治安的職務：包133：「歎（謹）客」。（7例）[1]

誥　（誥，包133）

「誥」　起訴狀的專稱：包133：「僕以誥告子宛公」。

詣　（詣，包156）

「詣」　前往、到：包156：「弗能詣」。

詛　（虞，包241）　　（禂，葛甲三227）

「虞」　立誓：包211：「盟虞（詛）」。（4例）包241：「思攻解於虞（詛）」。

「禂」　立誓：葛甲三227：「盟禂（詛）」。

---

[1] 「歎客」共七例，《楚地出土戰國簡冊[十四種]》依據《上博・緇衣》篇的用字習慣，認為此「歎」讀為「謹」，文獻中指「嚴禁」，「謹客」或指維設治安的臨時職務。怡璇按：雖然「謹客」未見於傳世文獻中，但此說應該合理的說法。陳偉等著：《楚地出土戰國簡冊[十四種]》（北京：經濟科學出版社，2009），頁65，註49。

訟 （訟，包 84）

「**訟**」 **控告、訴訟**：包 84：「陳德訟聖夫人之人𨛰𩰫」。包 85：「𬬻缶公德訟宋豫」。包 86：「紫訟羕陵君之陳泉邑人趙墧」。包 87：「鄦陽大主尹宋歞訟𨝘慶」。包 88：「邡司敗攸須訟陽路邡邑𥻮軍」。包 89：「蘧乙訟司衣之州人苛𨯘」。包 90：「競得訟緮丘之南里人龔怺」。包 91：「周應訟付與之關人周瑤」。包 92：「宛陳午之里人藍訟鄧令尹之里人苛𨡊」。包 93：「宛人范紳訟范駁」。包 94：「苛獲訟聲蒙之大夫范豎以𤽐田」。包 95：「卲無害之州人鼓𤼵張疑訟鄢之鳴狐邑人梅𠑽」。包 96：「𣿖㝔人范甲訟𣿖㝔之南陽里人陽緩」。包 97：「中陽盤邑人沈㯼以訟平陽之枸里人文适」。包 98：「鄦𪄠以訟邸陽君之人𨚗公番申以債」。包 99：「教令㝯訟其倌人番𣌭」。包 100：「滕敚之邾邑人走仿鄧成訟走仿郘緒」。包 101：「章越訟宋□㠯以𠬝田」。包 80：「少藏之州人冶士石佢訟其州人冶士石䜿」。包 81：「周賜訟鄢之兵甲執事人縣司馬競丁」。包 83：「羅之壦里人湘痼訟羅之廡國之𡉚者邑人邚女」。包 82：「舒快訟郘堅」。

證 （譔，包 138） （𧭹，包 137）

「譔」 **憑證，證據**：包 138：「𨛭人畬𦜓命譔（證）」。包 139 反：「此箸之中以為譔（證）」。包 138 反：「思𦜓之仇敘於𦜓之所譔（證）」。包 138 反：「與其仇有怨不可譔（證）」。包 138 反：「同社、同里、同官不可譔（證）」。包 138 反：「昵至從父兄弟不可譔（證）」。包 149：「將譔（證）之於其尹令」。

「𧭹」 **證驗**：包 137：「盟𧭹（證）」。（2 例）

詬 （訽，葛零 115+零 22）

「**詬**」 **恥**：葛零 115+零 22：「大訽（詬）」。

善 （善，葛甲二 19+甲二 20）

「**善**」 **宜**：葛甲二 19+甲二 20：「且君必徙處焉善」。

妾 𡜖（妾，包89）

「妾」 ❶舊時男子在妻以外娶的女子：包89：「娶其妾」。包83：「易陽公會傷之妾旮與」。包177：「彭君之人潛妾」。❷女奴：包171：「小妾」。（3例）

【妾婦】泛指婦女：包191：「妾婦」。（6例）

僕 𡠹（儓，包15） 𢽤（儀，包137反）

「儓」 自稱的謙詞：包15：「儓（僕）五師宵倌之司敗」。包15：「執儓（僕）之倌」。包15：「儓（僕）以告君王」。包15：「君王屬儓（僕）」。包16：「命為儓（僕）致典」。包16：「儓（僕）有典」。包16：「不為儓（僕）斷」。包16：「儓（僕）勞倌」。包128反：「儓（僕）受之」。包133：「僉殺儓（僕）之兄」。包133：「儓（僕）以諎告子宛公」。包133：「子宛公命魏右司馬彭懌為儓（僕）臘志」。包133：「命為儓（僕）捕之」。包135：「倚執儓（僕）之兄」。包135：「陰之正又執儓（僕）之父逾」。包135：「苛冒、桓卯僉殺儓（僕）之兄」。包135：「儓（僕）不敢不告於視日」。包135反：「執儓（僕）之兄」。包155：「儓（僕）舍於鄙」。包155：「儓（僕）命佢受卟」。包155：「鄙少司城龔頡為故，受卟於儓（僕）」。包155：「不以告儓（僕）」。

「儀」 自稱的謙詞：包137反：「儀（僕）軍造言之」。包137反：「視日以陰人舒慶之告囑儀（僕）」。包137反：「儀（僕）倚之以致命」。

弅 𡴞（弅，葛甲三203）

【弅（弅）至】單位詞：葛甲三203：「弅（弅）至」。（5例）

兵 𠦴（兵，包81）

【兵甲】兵器和鎧甲，泛指武器、軍備：包81：「兵甲」。（2例）

【兵死】死於兵刃：包241：「兵死」。

【兵死者】死於兵刃的人：九M56.43：「兵死者」。

戴　　蚕（旹，包 269）

「旹」　❶把東西加在頭上或用頭頂著：包 276：「馬旹（戴）」。❷加物
於面、手、胸等之上：包 269：「旹（戴）胄」。（2 例）

爨　　嫘（炅，望 M1.10）

【炅（爨）月】楚月名：包 67：「炅（爨）月」。（39 例）

寸　　𡗛（奔，信 2-15）

「奔」　長度單位：信 2-10：「徑二奔（寸）」。信 2-10：「長六奔（寸）」。信
2-10：「徑四奔（寸）□奔（寸）」。信 2-15：「博一奔（寸）〔少〕奔
（寸）」。

革　　革（革，包 264）

「革」　加工脫毛的獸皮：信 2-2：「一革」。

【革弓】加工脫毛的獸皮製成的弓：曾 54：「革弓」。

【革圓】加工脫毛的獸皮製成的圓：包 264：「革圓」。（2 例）

【革靷】加工脫毛的獸皮製成的靷：曾 4：「革靷」。（11 例）

【革衸】加工脫毛的獸皮製成的衸：曾 123：「革衸」。

【革帶】加工脫毛的獸皮製成的帶：望 M2.49：「革帶」。（4 例）

【革綏】加工脫毛的獸皮製成的綏：曾 25：「革綏」。（4 例）

【革綢】加工脫毛的獸皮製成的綢：曾 125：「革綢」。

【革戲】加工脫毛的獸皮製成的戲：曾 46：「革戲」。

【革鞅】加工脫毛的獸皮製成的鞅：包 271：「革鞅」。（2 例）

【革鞁】加工脫毛的獸皮製成的鞁：望 M2.23：「革鞁」。

【革彎】加工脫毛的獸皮製成的彎：曾 66：「革彎」。（3 例）

【革鞏】加工脫毛的獸皮製成的鞏：曾 12：「革鞏」。

勒　　朗（革，望 M2.6）　　　鉤（釦，包 272）

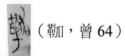（靳，曾 64）

「革」 有嚼口的馬絡頭：望 M2.6：「漆彤革（勒）」。

「釓」 有嚼口的馬絡頭：包 272：「金釓（勒）」。曾 80：「黃金之釓（勒）」。（2 例）曾 44：「紫釓（勒）」。

「靰」 有嚼口的馬絡頭：曾 64：「黃金之靰（勒）」。

鞅　　（鞅，包 271）

「鞅」 套在馬頸上，用以駕車的皮帶：包 268：「鞅」。（39 例）

鞣　　（柔，望 M2.9）

「柔」 熟皮：望 M2.9：「白柔（鞣）之綏」。

鞧　　（靰，包 273）　　　　　（顯，曾 7）

「靰」 繞在馬腹下，用來縛繫馬鞍的皮帶：包 271：「紫靰（鞧）」。包 273：「瞾靰（鞧）」。

「顯」 繞在馬腹下，用來縛繫馬鞍的皮帶：曾 7：「顯（鞧）」。（31 例）曾 10：「靹顯（鞧）」。

鞎　　（韆，包 273）　　　　　（韆，包 271）

「韆」 車廂前面的遮蔽物：包 273：「韆=（革鞎）」。（2 例）

「韆」 車廂前面的遮蔽物：包 271：「革韆（鞎）」。

鞃　　（弅，望 M2.38）

「弅」 馬韁繩：望 M2.38：「弅（鞃）」。

鞮　　（智，仰 15）　　　　　（緹，包 259）

【智（鞮）屨】沒有裝飾的草鞋：仰 15：「智（鞮）屨」。（2 例）

【緹（鞮）屨】沒有裝飾的草鞋：包 259：「緹（鞮）屨」。（2 例）

鞄　　（幹，包 259）

「幹」 鞋子：包 259：「韆幹（鞄）」。信 2-28：「兩幹（鞄）〔屨〕」。

靷 （紳，包 271）　　（鞁，包 270）

「紳」　繫在車軸，拉車前進的皮帶：曾 43：「紳（靷）」。（2 例）包 271：
　　　「紫紳（靷）」。（2 例）望 M2.6：「緄紳（靷）」。曾 103：「朕紳（靷）」。
　　　（16 例）曾 95：「鞁紳（靷）」。（10 例）曾 80：「鞣紳（靷）」。曾
　　　64：「漆紳（靷）」。

「鞁」　繫在車軸，拉車前進的皮帶：包 270：「二曅鞁（靷）」。

鞅 （鞅，曾 3）

「鞅」　套在馬頸上，用以駕車的皮帶：曾 3：「鞅」。（10 例）

鞏 （紱，信 2-12）

【紱（鞏）囊】古人用來盛放手巾細物的小繡囊：信 2-12：「紱（鞏）囊」。
　　　（2 例）

鞭 （攴，望 M2.6）

「攴」　馬鞭：望 M2.6：「黃攴（鞭）」。（8 例）

靽 （蹕，包 273）　　（雙，望 M2.19）

「蹕」　駕套在牲口後部的皮帶：包 268：「紫蹕（靽）」。（2 例）包 273：
　　　「曅蹕（靽）」。

「雙」　駕套在牲口後部的皮帶：望 M2.19：「紫雙（靽）」。[2]

煮 （煮，包 147）

【煮鹽】熬乾含鹽分的水，提取食鹽：包 147：「煮鹽於海」。

釜 （盉，葛甲三 292）

「盉」　古量器：葛甲三 220+零 343：「一盉（釜）」。（4 例）葛甲三 211：
　　　「二盉（釜）」。（2 例）葛甲三 224：「三盉（釜）」。（3 例）葛零 375：
　　　「六盉（釜）」。（2 例）葛甲三 292：「九盉（釜）」。

---

[2] 宋華強：〈楚簡中從「黽」從「甘」之字新考〉，武漢大學簡帛網，2006.12.30。

為　（為，包205）

【為位】**禮事掌管者**：包205：「為位」。（4例）

右　（右，包270）　　（ᐈ，曾36）

「**右**」　右手一邊的方位，與「左」相對：包270：「右二領犍甲」。老
　　　　M1.1：「左右」。

「**ᐈ**」　右手一邊的方位，與「左」相對：曾36：「ᐈ（右）旆」。（4例）
　　　　曾38：「ᐈ（右）彤韔」。曾39：「ᐈ（右）襠展」。（2例）曾133：
　　　　「ᐈ（右）襠」。曾136：「ᐈ（右）展」。（2例）曾142：「ᐈ（右）
　　　　服」。（37例）曾142：「ᐈ（右）驂」。（28例）曾172：「ᐈ（右）
　　　　飛」。（6例）

【右史】**職官名**：包158：「右史」。

【ᐈ（右）尹】**職官名**：曾144：「ᐈ（右）尹」。（6例）

【ᐈ（右）令】**職官名**：曾1背：「ᐈ（右）令」。（2例）

【ᐈ（右）徒】**職官名**：曾211：「ᐈ（右）徒」。

【右司馬】**職官名**：包43：「右司馬」。（5例）

【ᐈ（右）司馬】**職官名**：曾150：「ᐈ（右）司馬」。

【右司寇】**職官名**：包102：「右司寇」。

友　（友，信2-19）

「**友**」　成對：信2-13：「一友齊緅之袷」。信2-19：「一友臝膚」。老
　　　　M1.3：「二友壺」。

父　（父，包126）

「**父**」　父親：包127：「其父陽年」。（3例）包135：「僕之父逾」。包138
　　　　反：「從父兄弟不可證」。包151：「從父之弟」。包202：「親父」。
　　　　（4例）

及 （及，葛甲三 43） （返，葛甲三 268）

（烝，葛乙四 9）

「**及**」 涉及、牽連：葛甲三 43：「未及中旹君王」。

「**返**」 至，到達：葛甲三 268：「返（及）江」。

「**烝**」 至，到達：葛乙四 9：「烝（及）江」。

秉 （秉，曾 5）

「**秉**」 量詞：曾 3：「五秉」。（20 例）曾 43：「二秉」。

取 （取，九 M56.42）

「**取**」 拿：九 M56.42：「取貨」。葛乙一 16+甲一 12：「取薔」。（3 例）

事 （事，包 16）

「**事**」 ❶ **事情**：包 16：「經事」。九 M56.26：「百事」。（2 例）九 M56.27：「水事」。九 M56.28：「大事」。（3 例）九 M56.32：「野事」。九 M56.41：「成事」。九 M56.43：「無事」。天 27：「兵甲之事」。天 150：「喜事」。（2 例）包 18：「官事」。❷ **事業**：包 198：「志事」。（5 例）

書 （書，曾 1 正） ╋（箬，包 4）

「**書**」 書寫、記錄、記載：曾 1 正：「書入車」。

「**箬**」 書寫、記錄、記載：包 4：「箬（書）之」。（2 例）包 139 反：「箬（書）之中」。

畫 ╋（畫，曾 1 正）

「**畫**」 裝飾：信 2-18：「漆畫」。（2 例）信 2-28：「青黃之畫」。曾 1 正：「畫秸」。（9 例）曾 4：「畫趎」。（2 例）曾 15：「畫戲」。（16 例）曾 31：「畫扈」。曾 124：「畫甲」。曾 137：「畫幉」。

畫 （畫，九 M56.71）

「畫」 白天：九 M56.60：「畫不得」。九 M56.62：「畫得」。（4 例）

臣 （臣，包 7）

「臣」 奴隸：包 7：「莊王之墨以納其臣」。

臧 （壯，望 M1.176）

「壯」 善：望 M1.176：「不壯（臧）死」。

殺 （殺，包 84）

「殺」 殺戮：包 84：「殺其兄」。（4 例）包 86 ：「殺其弟」。包 95：「殺之」。（2 例）包 83：「殺益陽公」。包 120：「殺下蔡人舍睪」。包 121：「僉殺」。（4 例）包 134：「自殺」。（4 例）包 136：「殺桓卯」。（2 例）包 137：「殺舒玎」。天 26：「女殤各殺」。

將 （牂，望 M1.23） （迸，包 226）

（遲，夕 1）

「牂」 就要，將要：包 16：「經事牂（將）廢」。包 102：「牂（將）須逾」。包 102 反：「牂（將）須誄」。包 130 反：「牂（將）問之」。包 137 反：「牂（將）至時而斷之」。包 142：「小人牂（將）捕之」。包 144：「州人牂（將）捕小人」。包 147：「牂（將）已成收」。包 149：「牂（將）證之於其尹令」。包 211：「牂（將）有大喜」。（3 例）望 M1.23：「牂（將）得事」。（2 例）九 M56.43：「牂（將）欲食」。葛甲三 10：「君牂（將）有志成也」。葛乙四 44：「牂（將）見王」。葛乙四 122：「君牂（將）喪職」。葛甲三 232+甲三 95：「牂（將）速有間」。葛乙三 2+甲三 186：「牂（將）速瘥」。（3 例）葛零 89：「牂（將）有喜」。（5 例）天 6-1：「牂（將）有惡」。（3 例）天 23：「牂（將）有志事喜」。天 27：「牂（將）稍有戚」。天 81：「牂（將）有續」。唐 5：「牂（將）擇良月良日」。（2 例）唐 5：「牂（將）賽

其一牂之禱」。唐 5：「牉（將）賽其禱各一羖」。唐 6：「牉（將）忻禩其一兆玉環」。唐 7：「牉（將）至秋三月」。唐 8：「牉（將）速賽」。

「迋」　**統率、指揮：**包 226：「大司馬悼滑迋（將）楚邦之師徒以救巴」。（6 例）

「遷」　❶ **帶領：**包 19：「八月乙亥之日不遷（將）龔倉以廷」。包 21：「辛未之日不遷（將）集獸黃辱、黃蟲以廷」。包 25：「癸巳之日不遷（將）玉令䖵、玉妻□以廷」。包 26：「八月癸巳之日不遷（將）鄟陽序大夫以廷」。包 28：「辛巳之日不遷（將）贅尹之鄭邑公蘯忻、莫敖蘯䀠以廷」。包 31：「己丑之日不遷（將）郇之己里人青辛以廷」。包 33：「癸巳之日不遷（將）五皮以廷」。包 34：「己丑之日不遷（將）邡與之關人周敓、周瑤以廷」。包 36：「九月乙巳之日不遷（將）蔡君以廷」。包 37：「壬辰之日不遷（將）苛唇以廷」。包 39：「九月戊申之日不遷（將）周敓、周瑤以廷」。包 40：「九月己酉之日不遷（將）李兼以廷」。包 41：「九月戊申之日不遷（將）鄿鄸蔡以廷」。包 45：「己酉之日不遷（將）鄧扉以廷」。包 46：「戊申之日不遷（將）越異之大師越價以廷」。包 47：「十月辛巳之日不遷（將）頴序大夫胡公魯期、斯陽公穆疴與周悃之分案以廷」。包 48：「癸亥之日不遷（將）鄿蔡以廷」。包 49：「乙丑之日不遷（將）鄢左喬尹穆奨以廷」。包 50：「乙丑之日不遷郜辛以廷」。包 51：「乙丑之日不遷（將）佘大迗尹宋勞以廷」。包 52：「癸丑之日不遷（將）越異之大師價以廷」。包 55：「癸亥之日不遷（將）大師價以廷」。包 56：「己未之日不遷（將）郇遏、䀈慶以廷」。　包 57：「辛酉之日不遷（將）鄧扉以廷」。包 60：「十月辛未之日不遷（將）橐皋君之司馬周駕以廷」。包 62：「十月辛巳之日不遷（將）安陸之下隋里人屈犬、少序陽申以廷」。包 64：「戊寅之日不遷（將）越異之大師越價〔以廷〕」。包 65：「己丑之日不遷（將）胡疕臺、胡獲以廷」。包 66：「壬辰之日不遷（將）鄧皷之子娸以廷」。包 68：「丙戌之日

不遷（將）競酉之司敗郰愴以廷」。包 69：「己丑之日不遷（將）大
廄馭陳己以廷」。包 70：「乙未之日不遷（將）繇發以廷」。包 71：
「爨月辛亥之日不遷（將）中陽之仟門人范慶以廷」。包 74：「乙未
之日不遷（將）辻御率嘉以廷」。包 75：「爨月乙巳之日不遷（將）
胡旱以廷」。包 76：「爨月辛丑之日不遷（將）周緩以廷」。包 78：
「甲辰之日不遷（將）長沙正佐郰思以廷」。包 85 反：「遷（將）
以廷」。❷ **統率、指揮**：夕 1：「越涌君嬴遷（將）其眾以歸楚師」。

皮　鞁（鞁，包 259）

「鞁」　引申指人的皮膚或動植物體表面的一層組織：包 259：「魚鞁
（皮）」。（2 例）

啟　（啟，九 M56.71）

「啟」　❶ **打開**：九 M56.60：「夕啟」。九 M56.61：「朝啟」。（4 例）九
M56.62：「夕啟」。（3 例）❷ **通，開通**：九 M56.54：「啟於北得」。

救　救（救，包 228）　　烖（烖，包 226）

「救」　**救援**：包 228：「救巴」。（5 例）

「烖」　**救援**：包 226：「烖（救）巴」。（7 例）

收　（丩，包 260）

【丩（收）床】**可折迭收斂之床**：包 260：「丩（收）床」。

敗　敗（敗，包 128）　　敚（敚，包 15）

「敗」　**職官名**：包 128：「司敗」。

「敚」　❶ **打敗**：包 103：「大司馬卲易敚（敗）晉帀於襄陵之歲」。包 115：
「司馬卲易敚（敗）晉師於襄陵之歲」。❷ **職官名**：包 15：「司
敚（敗）」。（37 例）

寇　（寇，包 102）

「寇」　**職官名**：包 102：「司寇（寇）」。

【寇（寇）盜】盜賊：九 M56.30：「寇（寇）盜」。（2 例）

攻　**冴**（攻，包 198） 　　　**冮**（冮，包 224）

「攻」　責讓：包 198：「攻解」。（13 例）包 229：「攻除」。

「冮」　責讓：葛甲三 189：「為冮（攻）」。天 42：「冮（攻）解」。

【攻尹】職官名：包 106：「攻尹」。（16 例）

【攻佐】職官名：葛乙四 144：「攻佐」。

【攻府】職官名：包 172：「攻府」。

【攻通】開通：九 M56.47：「攻通」。

【攻婁連】職官名：葛甲三 294+零 334：「攻婁連」。

【冮（攻）執事人】職官名：包 224：「冮（攻）執事人」。（2 例）

教　**敎**（教，包 99）

【教令】教化命令：包 99：「教令」。

卜　**月**（卜，葛零 66+甲三 234）　　（辻，葛甲三 211）

「卜」　古人用火灼龜甲，根據裂紋來預測吉凶：葛甲三 189：「卜筮」。
　　　　葛零 66+甲三 234：「卜之」。

【辻（卜）左】職官名：葛甲三 211：「辻（卜）佐」。

貞　**卣**（卣，包 197）　　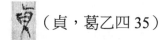（貞，葛乙四 35）

「卣」　卜問、占卜：葛零 172：「卣（貞）」。（15 例）包 20：「不卣（貞）」。
　　　　包 197：「為左尹�336卣（貞）」。（21 例）望 M1.36：「為悼固卣（貞）」。
　　　　（6 例）望 M1.21：「悼固卣（貞）」。（2 例）葛乙四 55：「為君卣（貞）」。
　　　　（30 例）葛乙四 122：「集歲卣（貞）」。（2 例）葛乙四 85：「卒歲卣
　　　　（貞）」。（10 例）葛甲三 219：「既為卣（貞）」。（2 例）葛甲三 215：
　　　　「為坪夜君卣（貞）」。（8 例）葛乙四 98：「三歲卣（貞）」。葛零 329：
　　　　「七日卣（貞）」。天 1-1：「月卣（貞）」。（7 例）

　　「貞」　卜問、占卜：葛乙四 35：「為君貞」。

【卣（貞）吉】謂人能守正道而不自亂則吉：包 197：「卣（貞）吉」。（83

例）

【貞箋】占卜：唐1：「𦎫（貞）箋」。（2例）

占 （占，葛乙四49）　　（𦎫，葛甲一24）

（𧮫，包174）

「**占**」　用龜甲、蓍草占卜，預測吉凶：葛乙四49：「占」。（224例）

「**𦎫**」　用龜甲、蓍草占卜，預測吉凶：葛甲一24：「定𦎫〈占〉」。（3例）

【𧮫（占）人】掌占卜的官員：包174：「𧮫（占）人」。

兆 （𣥏，葛乙四122）　　（逃，葛零100）

「**𣥏**」　指古人占卜時燒灼甲骨所呈現的預示吉兇的裂紋：葛乙四122：「𣥏（兆）無咎」。（18例）葛甲三40：「𣥏（兆）不死」。

「**逃**」　指古人占卜時燒灼甲骨所呈現的預示吉兇的裂紋：葛零100：「逃（兆）無咎」。

【𣥏（兆）玉】獻祭用玉：葛乙四96：「𣥏（兆）玉」。（14例）

用 （用，曾5）　　（甬，葛甲三21+甲三61）

「**用**」　使用：葛零198+零203+乙四48+零651：「用一元牲牂」。曾5：「用矢」。（4例）

「**甬**」　使用：包267：「甬（用）車」。葛乙四70：「甬（用）一元」。葛甲三21+甲三61：「小臣成敢甬（用）解過」。

卷四

相 （相，包 121）

「相」　遞相、前後：包 121：「相與棄於大路」。

盾 （盾，包 277）

「盾」　古代作戰時用來抵禦敵人刀箭等的兵器：包 277：「豹韋之盾」。

自 （自，包 134）

「自」　❶ 自己：葛乙四 35：「自宜順」。（7 例）天 1-1：「自利順」。（18 例）❷ 介詞：包 197：「自荊尻之月以就荊尻之月」。（3 例）包 212：「自夏尻之月以就匜歲夏尻之月」。（2 例）包 228：「自荊尻之月以就匜歲之荊尻之月」。（4 例）包 246：「自熊鹿以就武王」。葛甲三 240+甲二 16+甲三 229：「王自肥遺郢徙於鄩郢之歲」。葛乙一 19：「自夏礻之月以至來歲夏礻」。葛乙一 31+乙一 25：「自夏礻之月以至冬礻之月」。葛甲三 267：「自文王以就聲桓〔王〕」。（2 例）

【自傷】自己傷害自己：包 142：「自傷」。（2 例）

【自殺】自己殺死自己：包 134：「自殺」。（4 例）

皆 （皆，包 140）　　　（譬，葛甲三 138）

「皆」　全：包 16：「皆致典」。包 123：「皆既盟」。包 125：「皆言」。（3 例）包 135：「皆知其殺之」。包 140：「皆告成」。包 200：「皆速賽之」。包 215：「皆成」。包 253：「皆彤」。（3 例）包 253：「皆彤中漆外」。包 256：「皆有糒」。包 259：「皆纂純」。包 270：「皆戴胄」。包 273：「皆侵二就」。望 M2.6：「皆紃」。望 M2.23：「皆錦純」。望 M2.37：「皆有□鐶」。望 M2.47：「皆文宐」。望 M2.47：「皆緅衣」。望 M2.49：「皆紡襦」。望 M2.49：「皆緹衣」。望 M2.49：「皆丹緅之

衣」。望 M2.49：「皆紫衣」。望 M2.49：「皆赤」。望 M2.49：「皆頸素家之毛夬」。九 M56.111：「皆不吉」。信 2-2：「皆有鈎」。信 2-3：「皆有條」。信 2-19：「皆緻襡」。仰 13：「皆有錦巾」。仰 15：「皆有苴疏屨」。仰 30：「皆有蓋」。（2 例）仰 37：「皆藏於一匣之中」。

「臂」 全：葛甲三 138：「臂（皆）告」。（2 例）葛乙二 42：「臂（皆）薦之」。

魯 𩇕（魯，包 2）

【魯帛】魯地之帛：望 M2.48：「魯帛」。（4 例）[1]

百 𤼲（百，包 115）

「百」 ❶ 數詞：包 115：「一百」。（2 例）包 137：「二百」。包 140：「四百」。包 140 反：「百又八十」。信 2-29：「百囊」。❷ 概數，言其多：九 M56.26：「百事」。（2 例）

羽 𦏧（羽，包 269） 𦏧（翠，曾 6）

「羽」 羽毛：包 260：「羽翣」。（4 例）包 269：「侵羽」。仰 31：「羽膚」。

「翠」 ❶ 羽毛：曾6：「紫翠（羽）」。曾42：「豪翠（羽）」。（3 例）曾 81：「白翠（羽）」。曾 79：「玄翠（羽）」。曾 106：「綠翠（羽）」。❷ 鳥類的代稱：包 253：「二翠（羽）縠」。（2 例）[2]包 254：「二翠（羽）」。[3]

---

[1] 劉信芳認為指「竹器之衣」，劉國勝依據《史記·韓長孺列傳》中的「矢不能穿魯縞」，認為「魯帛」應是指「魯地之帛」，《老河口安崗楚墓》整理者亦認為是指「魯地之帛」。怡璇按：「魯帛」共出現 4 次：望 M2.48「魯白（帛）之匭（簣）」、仰 26「魯攷（帛）[之]」、老 M2.1「魯白（帛）之麠」、老 M2.2「魯白（帛）之紃」，可見後二者與「竹器」無關，應以劉國勝之說較為合宜。劉信芳：〈望山楚簡校讀記〉，《簡帛研究》第三輯（南寧：廣西教育出版社，1998），頁 39。劉國勝：《楚喪葬簡牘集釋》（北京：科學出版社，2011），頁 111。王先福主編；襄陽市博物館、老河口市博物館編著：《老河口安崗楚墓》（北京：科學出版社，2018），頁 155，註 8。

[2] 胡雅麗依據包山二號楚墓的出土實物，認為「翠（羽）縠」指飾的圓形銅器。怡璇按：依胡雅麗之說，「翠（羽）」是指鳥類的代稱而非羽毛。胡雅麗：〈包山二號楚墓遣策初步研究〉，《包山楚墓》（北京：文物出版社，1991），頁 515-516。

[3] 包 254 簡文為「二醬白之縠，皆彫，二素王錦之綉。二翠（羽）。」胡雅麗認為是兩件飾有綠松石并經刻鏤的圓形銅器，用兩塊繡有鳥紋、長寬各二尺的方形本色錦包裹。怡璇按：依胡說，此處的「二翠（羽）」的「羽」仍是指鳥類的代稱而非指兩根羽毛。胡雅麗：〈包山二號楚墓遣策初步研究〉，《包山楚墓》（北京：文物出版社，1991），頁 516-157。

翡 （翡，望 M2.13）

「翡」 **指翠羽，用以裝飾車服，編織簾帷**：望 M2.13：「翡（翡）翠之首」。

　　　　望 M2.13：「翡（翡）嬴」。

翠 （翠，望 M2.13）　　　　（翠，曾 6）

「翠」 **指翠鳥的羽毛**：包 269：「翠（翠）之首」。望 M2.13：「翡翠（翠）
　　　　之首」。

「翠」 **指翠鳥的羽毛**：曾 6：「翠（翠）首」。（3 例）曾 9：「翠（翠）絆」。
　　　　曾 9：「翠（翠）頸」。（2 例）曾 9：「翠（翠）籓」。曾 131：「翠（翠）
　　　　睪」。曾 138：「翠（翠）琞」。

【翠（翠）珥】翠玉耳飾：信 2-02：「翠（翠）珥」。

【翠（翠）句】翠鳥羽毛繫於旗杆彎曲處：望 M2.13：「翠（翠）句」。

習 （習，包 223）

【習之】對同一件事再進行一次占卜：包 223：「習之」。（46 例）

翌 （翌，葛甲三 22+甲三 59）

【翌（翌）日】明日：葛甲三 22+甲三 59：「翌（翌）日」。

翟 （翟，望 M2.2）　　　　（翟，包 276）

（翟，老 M1.1）　　　　（樏，包 273）

（糴，包 268）

【翟輪】用翟羽裝飾或繪有翟羽紋飾的車輪：望 M2.2：「翟輪」。

【翟（翟）輪】用翟羽裝飾或繪有翟羽紋飾的車輪：包 276：「翟（翟）輪」。

【輯（翟）車】用翟羽裝飾或繪有翟羽紋飾的車：老 M1.1：「輯（翟）車」。

【樏（翟）輪】用翟羽裝飾或繪有翟羽紋飾的車輪：包 273：「樏（翟）輪」。

【糴（翟）輪】用翟羽裝飾或繪有翟羽紋飾的車輪：包 268：「糴（翟）輪」。

翼　（翼，曾3）

> 「翼」　戈、戟之柲上的翼狀物：曾111：「翼」。曾3：「一翼」。（37例）曾10：「二翼」。（4例）曾62：「六翼」。（2例）曾3：「八翼」。（14例）曾9：「九翼」。曾91：「一翼之翼」。

翼　（翼，望M2.47）　　（篸，望M2.47）

> 「翼」　形像方扇，棺羽飾：望M2.47：「羽翼」。（4例）信2-19：「一翌翼」。
>
> 「篸」　形像方扇，棺羽飾：包260：「羽篸（翼）」。包260：「竹篸（翼）」。望M2.47：「一小篸（翼）」。信2-19：「二篸（翼）」。

翌　（翌，信2-3）

> 「翌」　羽舞用具：信2-3：「一良翌（翌）」。[4]信2-3：「一翌（翌）」。

鸞　（戀，信2-27）

> 【戀（鸞）刀】刀鐶上飾有鈴鐺的刀，古代祭祀時用來切割牲口：信2-27：「戀（鸞）刀」。

雀　（雀，包255）　　（𩁹，葛乙二10）

> 「雀」　泛指小鳥：包255：「雀（雀）醢」。
>
> 「𩁹」　赤黑色：葛乙二10：「𩁹（雀）路」。信2-11：「𩁹（雀）韋」。

雞　（奚，老M1.11）　　（鷄，包257）

> 「奚」　家禽之一種：老M1.11：「炙奚（雞）」。
>
> 「鷄」　家禽之一種：包257：「熬鷄（雞）」。包257：「炙鷄（雞）」。（2例）

難　（難，包236）

> 「難」　困難；不易：包236：「難瘥」。（2例）葛甲三135：「難出」。

4　李家浩：〈信陽楚簡「樂人之器」研究〉，《簡帛研究》第三輯（桂林：廣西教育出版社，1998），頁1-22。

隻　（隻，望 M2.13）

「隻」　鳥名：望 M2.13：「隻（隼）旗」。

奪　（敓，九 M56.28）

「敓」　強取：九 M56.28：「敓（奪）之室」。包 93：「敓（奪）其後」。包 97：「敓（奪）妻」。

舊　（凵，包 271）　　　（臼，包 272）

　　（悬，仰 15）　　　（舊，曾 164）

「凵」　古老的，陳舊的，與「新」相對：包 271：「凵（舊）面」。

「臼」　古老的，陳舊的，與「新」相對：包 272：「臼（舊）戠」。包 272：「臼（舊）氈」。

「悬」　古老的，陳舊的，與「新」相對：仰 15：「一悬（舊）鞮屨」。

「舊」　古老的，陳舊的，與「新」相對：曾 164：「舊安車」。

焉　（女，包 7）

「女」　❶連詞，表示承接，相當於「則」、「於是」：包 7：「女（焉）令大莫敖屈陽為命邦人納其溺典」。葛甲二 19+甲二 20：「且君必徙處女（焉）善」。葛甲三 39：「至癸卯之日女（焉）良瘥」。天 140：「至荊夷之月女（焉）良瘥」。❷語氣詞，表示停頓，用於句尾：包 91：「唯周䙷之妻葬女（焉）」。包 122：「競不害不至兵女（焉）」。唐 1：「而一禱女（焉）」。（2 例）

羊　（羊，望 M2.45）

「羊」　哺乳動物，反芻類：葛甲三 56：「一羊」。

【羊車】古代一種裝飾精美的車子：包 275：「羊車」。

【羊樏】盛放羊的體形較大的木器：望 M2.45：「羊樏」。

【羊鬚】羊嘴下鬍鬚狀的毛：曾 6：「羊鬚」。

牂 （牂，包 217）　　　　（痒，葛甲二 7）

「牂」　母羊：葛甲三 170：「牂」。包 217：「一牂」。（24 例）葛甲三 188+甲三 197：「兩牂」。（4 例）

「痒」　母羊：葛乙一 17：「一痒（牂）」。（10 例）葛甲二 2：「痒（牂）」。（2 例）葛乙二 23+零 253：「兩痒（牂）」。（2 例）葛乙二 38+葛乙二 46+葛乙二 39+葛乙二 40：「各痒（牂）」。葛零 198+零 203+乙四 48+零 651：「一元牲痒（牂）」。

羖 （羖，包 202）　　　　（羻，望 M1.55）

「羖」　黑色的公羊：包 202：「一羖（羖）」。（5 例）包 233：「兩羖（羖）」。

「羻」　黑色的公羊：望 M1.55：「一羻（羖）」。（13 例）天 42：「兩羻（羖）」。

美 （散，九 M56.35）

「散」　指好的品德或表現：九 M56.35：「散（美）於人」。

羘 （勮，葛乙三 27）　　　　（犢，包 237）

「勮」　黑羊：葛乙三 27：「勮（羘）」。葛乙四 139：「一勮（羘）」。（8 例）

「犢」　黑羊：包 237：「一犢（羘）」。（3 例）

雙 （雙，望 M2.50）

「雙」　量詞，用於成對的東西：望 M2.50：「一雙璜」。望 M2.50：「一雙琥」。

集 （集，包 268）

【集組】多條絛編成的組帶：包 268：「集組」。

【集陽公】職官名：包 130：「集陽公」。

雁 （鳶，包 145）　　　　（奞，九 M56.04）

「鳶」　❶指鵝：包 145：「鳶（雁）」。❷雁形容器：葛甲三 90：「鳶（雁）

首」。（2 例）

「奮」 雁形容器：九 M56.4：「奮（雁）一」。（2 例）

棄 （弃，包 121）

「弃」 拋棄：包 121：「相與弃（棄）於大路」。

幼 （幽，九 M56.36）

【幽（幼）子】最小的兒子：九 M56.36：「幽（幼）子」。

幽 （幽，九 M56.45）

「幽」 潛隱：九 M56.45：「幽悗不出」。

幾 （旨，包 19）　　　（畿，葛零 336+零 341）

「旨」 期：包 19：「受旨（幾）」。（57 例）包 81：「旨（幾）甲戌之日」。
包 104：「旨（幾）至屈桼之月賽金」。包 198：「旨（幾）中」。（18
例）葛甲三 43：「中旨（幾）」。（2 例）葛甲三 4+零 219：「是旨（幾）」。
包 114：「過旨（幾）」。（10 例）唐 4：「食之旨（幾）」。

「畿」 期：葛零 336+零 341：「畿（幾）中」。

憲 （夐，老 M1.6）

【夐（憲）矢】弩用之箭：老 M1.6：「夐（憲）矢」。

玄 （玄，曾 79）

「玄」 黑：曾 79：「玄羽之首」。曾 122：「玄組之縢」。

受 （受，包 6）

「受」 接受，承受：包 6：「受之」。（3 例）包 130：「弗受」。

【受幾】接到時間約定：包 19：「受幾」。（57 例）

爭 （諍，包 140）

「諍」 爭鬥，對抗：包 140：「無諍（爭）」。

敢 𣊟 （敢，包 15）

「**敢**」 謙詞，猶冒昧：包 15：「敢告」。（3 例）葛乙四 70：「敢用」。（2 例）葛零 198+零 203+乙四 48+零 651：「敢用一元牲䍿」。

殤 𣱵 （殤，包 222）

「**殤**」 謂非正常死亡：包 222：「有祟見親王父、殤（殤）」。包 222：「殤（殤）因其常牲」。包 225：「殤（殤）東陵連敖子發」。葛乙四 109：「就禱三世之殤（殤）」。葛甲三 271：「大殤（殤）坪夜之楚稷」。天 26：「女殤（殤）各殺」。

死 𠨂 （夗，包 151）　　 𠨂 （仸，包 241）

「**夗**」 死亡，生命終止：九 M56.87：「夗（死）」。包 151：「戌夗（死）」。包 151：「夗（死）無子」。（2 例）包 158：「夗（死）病甚」。葛乙四 22：「毋夗（死）」。（2 例）包 249：「尚毋夗（死）」。（2 例）包 249：「不夗（死）」。（6 例）包 123：「夗（死）於拘」。九 M56.43：「兵夗（死）」。天 9-2：「強夗（死）」。（5 例）望 M1.39：「尚毋夗（死）」。望 M1.176：「不臧夗（死）」。九 M56.25：「必夗（死）」。天 41：「見如殀之益夗（死）」。包 27：「乙亥之日不以夗（死）於其州者之察告」。包 32：「辛巳之日不以所夗（死）於其州者之居處名族致命」。包 42：「九月戊戌之日不察公孫甲之豎之夗（死）」。包 54：「丙辰之日不察長陵邑之夗（死）」。包 124：「黃䵼皆以甘固之歲爨月夗（死）於鄟 國東敔邵戉之笑邑」。包 125：「甘固之〔歲〕爨月夗（死）於小人之敔邵戉之笑邑」。

「**仸**」 死亡，生命終止：包 241：「兵仸（死）」。

【**夗（死）日**】死亡日子：九 M56.34：「夗（死）日」。

【**夗（死）生**】死亡和生存：九 M56.62：「夗（死）生」。（10 例）

肉 夕 （肉，包 145）

「**肉**」 指供食用的動物肉：包 225：「肉醢」。包 145：「肉㸞」。（2 例）老

M1.11：「熬肉」。

【肉食】指代有位有祿的人：九 M56.53：「肉食」。[5]

膚　（膚，葛零 306+甲三 248）　　（瘑，葛乙二 37+乙二 5）

【膚疾】皮膚疾病：葛零 306+甲三 248：「膚疾」。（3 例）

【瘑（膚）疾】皮膚疾病：葛乙二 37+乙二 5：「瘑（膚）疾」。（7 例）

脅　（膉，望 M1.37）　　　　　（骼，葛甲三 245）

「膉」身軀兩側自腋下至腰上的部分，亦指肋骨：望 M1.37：「胸膉（脅）」。

「骼」身軀兩側自腋下至腰上的部分，亦指肋骨：葛零 277：「兩骼（脅）」。

【膉（脅）疾】與肋骨相關的疾病：唐 1：「膉（脅）疾」。（2 例）

【骼（脅）疾】與肋骨相關的疾病：葛甲三 245：「骼（脅）疾」。（2 例）

胖　（痒，葛甲三 219）　　　　（瘭，葛乙三 43＋乙二 11）

【痒（胖）脹】腹脹：葛甲三 219：「痒（胖）脹」。（4 例）

【瘭（胖）脹】腹脹：葛乙三 43+乙二 11：「瘭（胖）脹」。（12 例）

脹　（痕，葛甲三 257）　　　　（瘭，葛甲三 219）

「痕」身體內壁受到壓迫而產生的不適之感，亦泛指充塞難受的感覺：葛甲三 257：「胖痕（脹）」。（13 例）葛甲三 291-1：「疾且痕（脹）」。

「瘭」身體內壁受到壓迫而產生的不適之感，亦泛指充塞難受的感覺：葛甲三 219：「胖瘭（脹）」。（3 例）

【痕（脹）腹】腹腫：葛乙一 31+乙一 25：「痕（脹）腹」。

骨　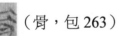（骨，包 263）　　　　　　（膪，葛零 125+零 256）

（膪，葛甲三 189）

「骨」❶骨製用品：包 263：「骨栝」。仰 7：「骨夬」。❷骨頭，人和脊

---

[5] 九 M56.53 簡文為「肉飤（食）以飤（食）」李家浩指出先秦時期，貴族和七十歲以上的老人，每餐必食肉，所以古人以「肉食」指代有位有祿的人。李家浩：〈五六號墓竹簡釋文與考釋〉，《九店楚簡》（北京：中華書局，1999），頁 118，註 212。

椎動物體內支持身體、保護內臟的堅硬組織：望 M1.38：「足骨疾」。
（2 例）

「腯」　骨頭，人和脊椎動物體內支持身體、保護內臟的堅硬組織：葛零
125+零 256：「百腯（骨）」。

「膌」　骨頭，人和脊椎動物體內支持身體、保護內臟的堅硬組織：葛甲
三 189：「百膌（骨）體疾」。

【骨玟】套在車衡和車軛端頭的箍帽：望 M2.6：「骨玟」。（2 例）

髊　（髊，葛甲三 54+甲三 55）

【髊髀】卜筮用具：葛甲三 54+甲三 55：「髊髀」。（4 例）

體　（體，葛甲三 189）

【體疾】與身體相關的疾病：葛甲三 189：「體疾」。（2 例）

膺　（雁，葛乙二 37+乙二 5）　　　（膺，葛甲三 219）

（雕，葛乙四 8+乙四 7）

「雁」　胸：葛乙二 37+乙二 5：「背雁（膺）疾」。（5 例）

「膺」　胸：葛甲三 219：「背膺疾」。（9 例）葛甲三 149：「膺疾」。（5 例）
葛甲三 22+甲三 59：「膺悶」。

「雕」　胸：葛乙四 8+乙四 7：「背雕（膺）疾」。（2 例）

䣂　（㪔，包 255）

「㪔」　泛指肉食，肴饌：包 255：「㪔（䣂）醢」。

脠　（脠，葛甲三 201）

【脠祭】向祖先神靈祈禱，以求除去禍祟：葛甲三 201：「脠祭」。（2 例）[6]

---

[6] 宋華強指出「延」是類似「告」的祭禱行為，在葛陵簡中的「脠祭」便是因為平夜君成生病而向祖先神靈祈禱，希望能讓平夜君成早日康復。宋華強：《新蔡葛陵楚簡初探》（武漢：武漢大學出版社，2010），頁 354。

臂　（捭，唐1）

「捭」　胳膊：唐1：「捭（臂）」。（2例）

背　（伓，葛甲一14）　　（肧，葛甲三301-2+甲三301-1）

（骺，葛零210-2）

「伓」　脊背：唐1：「伓（背）」。（7例）

「肧」　脊背：葛甲三9：「肧（背）」。

「骺」　脊背：葛零210-2：「骺（背）」。

【伓（背）疾】與脊背相關的疾病：葛乙三22：「伓（背）膺疾」。（10例）

【伓（背）膺疾】與脊背、胸部相關的疾病：葛甲三204+零199：「伓（背）膺疾」。（10例）

【肧（背）膺疾】與脊背、胸部相關的疾病：葛甲三219：「肧（背）膺疾」。（5例）

【骺（背）膺疾】與脊背、胸部相關的疾病：葛乙四8+乙四7：「骺（背）膺疾」。

【伓（背）膺膚疾】與脊背、胸部、皮膚相關的疾病：葛乙二37+乙二5：「伓（背）膺膚疾」。

胛　（髆，葛甲三100）

【髆（胛）疾】與肩胛相關的疾病：葛甲三9：「髆（胛）疾」。（3例）

肩　（臂，葛乙四61）

「臂」　肩膀：葛乙四61：「臂（肩）」。（3例）

股　（胅，曾1正）

「胅」　大腿：曾1正：「豜胅（股）」。（4例）

肥　（肥，包202）

「肥」　謂禽獸之肉含脂肪多：包202：「肥（肥）豕」。（6例）包250：「肥

（肥）豬」。（2例）望M1.116：「肥（肥）豢」。（2例）

胸 （脳，望M1.37）

「脳」 軀幹的一部分，在頸和腹之間：唐1：「脳（胸）」。（2例）

【脳（胸）脅疾】與軀幹相關的疾病：望M1.37：「脳（胸）脅疾」。

脯 （脩，包255）　　（笑，信2-6）

「脩」 乾肉：包255：「脩（脯）一歓」。包257：「脩（脯）二笋」。包
258：「脩（脯）一笋」。

「笑」 乾肉：信2-6：「二笑（脯）笋」。[7]

胙 （复，包207）　　（復，包12）

（腹，包205）　　（複，包162）

「复」 祭祀用的酒肉：包207：「東周之客許緹歸复（胙）於蔵郢之歲」。
（2例）

「復」 祭祀用的酒肉：包12：「東周之客許緹致復（胙）於蔵郢之歲」。
（2例）包58：「東周之客許緹歸復（胙）於蔵郢之歲」。（10例）

「腹」 祭祀用的酒肉：包205：「東〔周〕之客許緹歸腹（胙）於蔵郢
之歲」。

「複」 祭祀用的酒肉：包162：「東周之客許緹歸複（胙）於蔵郢之歲」。
（4例）

膳 （膳，包257）

「膳」 飯食：包257：「蒸膳（膳）」。包257：「炙膳（膳）」。

腏 （醁，包256）

「醁」 乾肉，又泛指儲蓄醃製食物：包256：「醁（腏）一罩」。

---

[7] 二字通假參武漢大學簡帛研究中心、湖北省文物考古研究所、黃崗市物館編：《楚地出土戰國簡冊合
集·二，葛陵楚墓竹簡、長臺關楚墓竹簡》（北京：文物出版社，2013），頁150，註25。

脩　　（脩，包255）

「**脩**」　乾肉：包255：「脩一籖」。包257：「脩二箬」。包258：「脩一箄」。
（2例）包258：「一箄脩」。

腹　　（腹，包207）

【腹疾】與肚子相關的疾病：包207：「腹疾」。

【腹心疾】與肚子、心臟相關的疾病：包236：「腹心疾」。（5例）

刀　　（刀，包254）

「**刀**」　泛指屠宰、砍削、切割用的工具：包254：「二刀」。包144：「以刀
自傷」。信2-27：「一鸞刀」。包144：「小人取愴之刀以解小人之桎」。

利　　（秒，九M56.16）

「**秒**」　祥瑞、順利：九M56.41：「秒（利）」。九M56.13貳：「秒（利）以
娶妻」。九M56.14貳：「不秒（利）以□□」。九M56.14貳：「秒（利）
以為張網」。九M56.16 貳：「秒（利）以祭祀」。九M56.17貳：「秒
（利）以娶妻」。（2例）九M56.20貳：「秒（利）以製衣裳」。九
M56.21貳：「秒（利）以結言、娶妻」。九M56.24貳：「秒（利）
以嫁女」。九M56.27：「秒（利）以串戶牖」。九M56.27：「秒（利）
於納室」。九M56.28：「秒（利）以解凶」。九M56.28：「秒（利）
以祭門」。九M56.29：「秒（利）以為室家」。九M56.30：「秒（利）
以行師徒」。九M56.30：「秒（利）於寇盜」。九M56.31：「秒（利）
以行作」。九M56.32：「不秒（利）以行作」。（2例）九M56.33：「秒
（利）以祭」。九M56.33：「不秒（利）以行」。九M56.34：「秒（利）
以除盟詛」。九M56.35：「秒（利）於飲食」。九M56.36：「秒（利）
以大祭之日」。九M56.36：「秒（利）以冠」。九M56.41：「秒（利）
以成事」。九M56.41：「秒（利）以入邦中」。九M56.41：「秒（利）
以納室」。九M56.41：「秒（利）以納田邑」。九M56.41：「秒（利）
以入人民」。九M56.41：「秒（利）以祭祀」。九M56.42：「秒（利）

以見公王與貴人」。九 M56.42：「秒（利）以取貨於人之所」。九
M56.49：「不秒（利）人民」。九 M56.49：「居西北秒（利）」。九
M56.49：「不秒（利）□冢」。九 M56.50：「不秒（利）於子」。九
M56.50：「不秒（利）於□」。

【秒（利）順】吉利平順：天 1-1：「秒（利）順」。（18 例）

割 （害，葛甲三 228）　　　（劼，葛甲三 282+零 333）

「害」　謂宰殺牲畜：葛甲三 228：「害（割）以猳」。

「劼」　謂宰殺牲畜：葛甲三 282+零 333：「劼（割）以九猳」。

刉　　（刞，葛甲三 320）

「刞」　割牲獻血之禮，即釁禮：葛甲三 175：「刞（刉）」。（8 例）葛甲
三 393：「刞（刉）於」。（6 例）葛甲三 320：「刞（刉）於醯」。葛甲
三 312：「刞（刉）於下彤」。葛甲三 400+甲三 327-1：「刞（刉）於
上桑丘」。葛甲三 346-2+甲三 384：「刞（刉）於荃丘」。葛甲三 316：
「刞（刉）於獐宗」。葛甲三 343-1：「刞（刉）於瀶唇社」。葛甲三
314：「刞（刉）於下縈」。葛甲三 349：「刞（刉）於洛瞿二社」。葛
甲三 347-1：「刞（刉）於郊于二社」。葛甲三 398：「刞（刉）於舊　　」。
葛甲三 310：「刞（刉）於赾□」。」。葛甲三 343-2：「刞（刉）於上
獻」。葛甲三 324：「刞（刉）於邙生簁」。葛甲三 322：「刞（刉）
於溫父」。葛甲三 315：「刞（刉）於新邑」。葛甲三 379：「刞（刉）
於侯豐」。葛甲三 402：「刞（刉）於汜□林糶」。葛甲三 326-1：「刞（刉）
一冢」。葛甲三 313：「刞（刉）於簥　」。葛甲三 355：「刞（刉）於
栗溪」。葛甲三 390：「刞（刉）經寺」。葛甲三 366+甲三 368+甲三
376：「刞（刉）於余城」。葛甲三 321：「刞（刉）於魚是」。葛甲三
410+甲三 411、415：「刞（刉）於上薈」。葛甲三 350：「刞（刉）
於舊虛」。葛甲三 325-1：「刞（刉）於桑丘」。（2 例）葛甲三 378+
甲三 373+甲三 345-2：「刞（刉）於逾醯」。葛零 317+零 304：「刞（刉）
於其舊虛」。葛甲三 403：「刞（刉）於聑丘」。葛甲三 377：「刞（刉）

於竺」。葛甲三 374、385：「䞿（刖）於疋號」。葛甲三 392+零 382：「䞿（刖）於濁溪」。葛甲三 409：「䞿（刖）於枎」。葛甲三 404：「䞿（刖）於窮鵤」。葛甲三 150：「䞿（刖）於麓」。葛乙三 37+甲三 346-1：「䞿（刖）於無夜」。葛甲三 180：「䞿（刖）於江」。葛甲三 336：「䞿（刖）於競方」。葛甲三 387：「䞿（刖）於高旹」。葛甲三 362+甲三 361+甲三 344-2：「䞿（刖）於邯䢵組」。葛甲三 353：「䞿（刖）於期思虛」。葛甲三 317：「䞿（刖）於桐者」。葛甲三 414+甲三 412：「䞿（刖）於㮴」。葛甲三 363+甲三 364：「䞿（刖）於夒芒鄅」。葛甲三 405：「䞿（刖）於麓」。葛乙二 14：「䞿（刖）羅丘」。葛甲三 337+甲三 333：「䞿（刖）一」。葛甲三 278：「䞿（刖）二貑」。（3 例）葛乙三 59：「䞿（刖）一貑」。葛零 345：「䞿（刖）三」。

劍 （酋，望 M2.48）　　（鐱，包 18）

「酋」　**古兵器名，屬短兵器，兩面有刃**：望 M2.48：「七酋酋（劍）」。

「鐱」　**古兵器名，屬短兵器，兩面有刃**：包 18：「鑄鐱（劍）之官」。九 M56.13 貳：「帶鐱（劍）」。九 M56.36：「帶鐱（劍）」。仰 23：「一越鍺鐱（劍）」。老 M1.4：「一吳牪鐱（劍）」。老 M1.4：「一楚者鐱（劍）」。

【酋（劍）帶】**繫劍之帶**：望 M2.48：「酋（劍）帶」。

角 （角，望 M2.13）

【角鑣】**角製的馬銜**：望 M2.13：「角鑣」。

衡 （臭，望 M2.6）　　（籧，曾 6）

【臭（衡）軶】**車轅前的橫木和架在馬頸上用以拉車的曲木**：望 M2.6：「臭（衡）軶」。

【籧（衡）軶】**車轅前的橫木和架在馬頸上用以拉車的曲木**：曾 6：「籧（衡）軶」。（9 例）

解　　（迲，包 137）　　（解，包 144）

「迲」　❶ 解開；脫下：包 137：「迲（解）枸」。（2 例）❷ 禳除，向鬼神
　　　　祈禱消災：九 M56.28：「迲（解）凶」。

「解」　❶ 解開；脫下：包 120：「解枸」。包 144：「解小人之桎」。❷ 免
　　　　除、解除、消除：葛甲三 21+甲三 61：「解過」。❸ 禳除，向鬼神
　　　　祈禱消災：包 198：「攻解」。（15 例）葛甲三 300+甲三 307：「解
　　　　於犬」。（2 例）葛甲三 239：「解於北方」。天 3-2：「解於二天子與
　　　　雲君以佩玉」。

觳　　（膚，望 M2.58）

「膚」　酒器：望 M2.58：「二膚（觳）」。（2 例）望 M2.47：「四膚（觳）」。
　　　　包 253：「二醬白之膚（觳）」。包 253：「二羽膚（觳）」。包 254：
　　　　「二醬白之膚（觳）」。

贏　　（贏，望 M2.13）

「贏」　鉤羅：望 M2.13：「翡贏（贏）」。[8]

---

[8] 何琳儀：《戰國古文字典：戰國文字聲系》（北京：中華書局，1998），頁 874，

卷五

竹　（竹，包 260）　　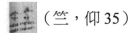（竺，仰 35）

「竹」　一種多年生的禾本科木質常綠植物：包 260 上：「竹翠」。包 260 上：「竹枳」。望 M2.47：「竹翠」。望 M2.48：「竹笥」。

「竺」　一種多年生的禾本科木質常綠植物：仰 35：「竺（竹）柄」。

笥　（司，信 2-2）　　（回，望 M2.48）

（笶，信 2-9）　　（圖，老 M1.11）

「司」　以竹、葦編成，用來放衣物或食物的方形箱子：信2-2：「一司（笥）」。（3 例）五 17：「三十司（笥）」。

「回」　以竹、葦編成，用來放衣物或食物的方形箱子：望 M2.48：「二竹回（笥）」。老 M1.3：「四回（笥）」。

「笶」　以竹、葦編成，用來放衣物或食物的方形箱子：信 2-9：「一笶（笥）」。

「圖」　以竹、葦編成以竹、葦編成，用來放衣物或食物的方形箱子：老 M1.11：「四圖（笥）」。

篦　（𤖤，信 2-13）

「𤖤」　梳子：信 2-13：「二𤖤（篦）」。

筐　（匡，望 M2.48）

「匡」　盛物竹器：望 M2.48：「一匡（筐）」。

笿　（笿，包 259）

「笿」　古代一種盛物的竹器：包 256：「四笿（笿）」。包 259：「一巾笿（笿）」。

包 259：「一篗（筭）」。（6 例）信 2-13：「一陽篗（筭）」。信 2-13：「一小陽篗（筭）」。望 M2.48：「二文篗（筭）」。

簠 （匠，包 265）　　（笶，信 2-6）

「匠」　古代祭祀宴饗時，用來盛稻粱、黍稷的器具：包 265：「二合匠（簠）」。望 M2.43：「二團匠（簠）」。

「笶」　古代祭祀宴饗時，用來盛稻粱、黍稷的器具：信 2-5：「十笶（簠）」。信 2-29：「二笶（簠）」。信 2-6：「四十笶（簠）」。

箑 （箕，包 257）

「箕」　容器：包 257：「一箕（箑）」。（5 例）信 2-6：「四糗箕（箑）」。信 2-6：「二豆箕（箑）」。信 2-20：「五箕（箑）」。信 2-22：「十又二箕（箑）」。包 257：「賓箕（箑）」。包 257：「二箕（箑）」。（13 例）

籫 （歡，包 255）　　（籭，包 264）

「歡」　竹筒：包 255：「一歡（籫）」。（3 例）
「籭」　竹筒：包 264：「一冠籭（籫）」。

籩 （鐒，包 254）

「鐒」　銅豆：包 254：「四鐒（籩）」。包 254：「一鐒（籩）蓋」。

筮 （簹，葛甲三 189）　　（箪，葛甲三 144）

「簹」　❶卜筮，古時預測吉凶，用龜甲稱卜，用蓍草稱筮，合稱卜筮：葛甲三 189：「卜簹（筮）」。葛零 448+零 691：「簹（筮）亟祈福於大」。葛零 490：「簹（筮）」。（7 例）唐 1：「貞簹（筮）」。（2 例）唐 4：「簹（筮）之」。（4 例）❷卜筮用具：葛甲三 72：「以□之大彤簹（筮）為君貞」。

「箪」　卜筮用具：葛甲三 114+甲三 113：「應嘉以衛侯之箪（筮）為坪夜君貞」。葛乙四 100+零 532+零 678：「□箪（筮）為君貞」。

簟 （簹，老 M1.12）

「簹」 供坐臥鋪墊用的葦席或竹席：老 M1.12：「三簹（簟）」。

笴 （笴，老 M1.17） （箮，包 277）

「笴」 盛箭的竹器：老 M1.17：「一彤笴」。

「箮」 盛箭的竹器：包 277：「一箮（笴）」。

筵 （筵，包 262） （俊，望 M2.48）

（綏，仰 21）

「筵」 古時席地而坐時所鋪的席子：信 2-23：「一寢筵（筵）」。信 2-23
　　　六：「篾筵（筵）」。

「俊」 古時席地而坐時所鋪的席子：望 M2.48：「二莞俊（筵）」。

【筵（筵）席】鋪在地上的坐具：包 262：「筵（筵）席」。

【綏（筵）席】鋪在地上的坐具：仰 21：「綏（筵）席」。

簀 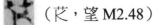（策，包 260）

「策」 用竹子或木條編成的席子：包 260：「有策（簀）」。

策 （芅，望 M2.48）

「芅」 竹名：望 M2.48：「芅（策）莞」。仰 18：「芅（策）柜」。

籣 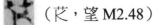（圙，曾 3）

「圙」 盛矢器：曾 3：「圙（籣）五秉」。（14 例）曾 102：「一綠魚之圙
　　　（籣）」。曾 102：「三豻股之圙（籣）」。曾 109：「貂之圙（籣）」。
　　　曾 13：「紫魚綠魚之圙（籣）」。（6 例）曾 16：「三豻股之圙（籣）」。
　　　曾 19：「三圙（籣）」。曾 2：「一縣圙（籣）」。曾 2：「二縣圙（籣）」。
　　　曾 2：「豻股之圙（籣）」。（2 例）曾 32：「四圙（籣）」。曾 36：「貂
　　　與綠魚之圙（籣）」。（6 例）曾 39：「三豻股之圙（籣）」。曾 42：「二
　　　紫錦之圙（籣）」。曾 5：「貂與紫魚之圙（籣）」。（11 例）曾 5：「綠

魚之罶（簁）」。（4例）曾58：「二貂襠綠魚之罶（簁）」。曾60：「二

紫檢之罶（簁）」。曾 60：「豻罶（簁）」。曾 62：「豻罶（簁）」。曾

65：「貍罶（簁）」。曾67：「襠紫魚與豻之罶（簁）」。曾 74：「襠貂

之罶（簁）」。曾8：「三貂襠紫魚之罶（簁）」。曾99：「一罶（簁）」。

竽 （竽，信2-3）

「**竽**」 樂器名：老M1.5：「一竽」。信2-3：「一篍竽」。

篿 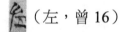（簡，望M1.3） （厳，望M1.9）

「**簡**」 卜筮用具：望M1.3：「小簡（篿）」。

「**厳**」 卜筮用具：望M1.9：「小厳（篿）」。

左 （右，包240） （左，曾16）

（差，曾7）

「**右**」 方位名，與「右」相對：天15-1：「右（左）師」。老M2.1：「右（左）

右」。

「**左**」 方位名，與「右」相對：曾16：「左輶」。（3例）曾125：「左斾」。

曾22：「左屍」。（2例）曾150：「左輥」。（3例）曾25：「左橦輶」。

（2例）曾32：「左彤屍」。（2例）曾57：「左軒」。曾142：「左驂」。

（25例）曾142：「左服：」（32例）曾171：「左騑」。（6例）

【左尹】職官名：曾31：「左尹」。（3例）

【右（左）尹】職官名：包12：「右（左）尹」。（41例）

【右（左）令】職官名：包152：「右（左）令」。

【右（左）馭】職官名：包151：「右（左）馭」。（2例）

【差（左）令】職官名：曾7：「差（左）令」。

【左司馬】職官名：曾169：「左司馬」。

【右（左）司馬】職官名：包105：「右（左）司馬」。（7例）

【右（左）喬尹】職官名：包49：「右（左）喬尹」。

【右（左）關尹】職官名：包138：「右（左）關尹」。

工 （攻，曾185）

【攻（工）尹】職官名：曾185：「攻（工）尹」。

【攻（工）祝】古時在祭祀時專司祝告的人：包231：「攻（工）祝」。

甘 （甘，包236）

【甘食】覺得食物甜美：包236：「甘食」。（5例）

乃 （乃，九M56.26） （迺，葛甲三99）

「**乃**」 連接詞：九M56.26：「乃盈其志」。

【迺（乃）而】連接詞：葛甲三99：「迺（乃）而饋之」。[1]

嘗 （棠，望M1.140）

「**棠**」 祭祀名，嘗祭，「棠」為「嘗祭」的專用字：天29：「擇日冬夆至棠
（嘗）於社特牛」。

【棠（嘗）祭】祭祀名：望M1.140：「棠（嘗）祭」。

喜 （喜，葛甲三25） （憙，包198）

「**喜**」 喜慶之事：葛甲三25：「將有喜」。

「**憙**」 喜慶之事：包198：「幾中有憙（喜）」。（6例）包200：「享月夏
夆有憙（喜）」。包211：「將有大憙（喜）」。（2例）葛零49：「將
有憙（喜）」。（3例）天23：「將有志事憙（喜）」。天150：「將
有憙（喜）事」。望M1.27：「憙（喜）於事」。葛零139：「有憙（喜）」。
天160：「憙（喜）事」。

鼙 （鼙，信2-3）

「**鼙**」 小鼓：信2-3：「彫鼙」。

---

[1] 宋華強：《新蔡葛陵楚簡初探》（武漢：武漢大學出版社，2010），頁310-315。

豆 （豆，望 M2.45） （桓，包 266）

「豆」 古代食器：望 M2.45：「皇豆」。（2 例）信 2-12：「二十豆」。信 2-20：「杯豆三十」。信 2-25：「二合豆」。

「桓」 古代食器：包 266：「四合桓（豆）」。包 266：「四皇桓（豆）」。

豎 （侸，包 42）

「侸」 未成年的奴隸：包 42：「公孫甲之侸（豎）」。

豐 （豐，包 124）

「豐」 職官名：包 124：「司豐」。（2 例）

虡 （柜，信 2-3）

「柜」 懸掛鐘鼓的架子：信 2-3：「滅明之柜（虡）」。[2]

盈 （涅，九 M56.26） （溫，九 M56.47）

「涅」 滿足：九 M56.26：「涅（盈）其志」。

「溫」 滿足：九 M56.47：「溫（盈）志」。

盤 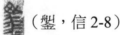（盤，包 265） （鋻，信 2-8）

「盤」 用於沐浴盥洗或盛食承物的敞口、扁淺器皿：包 265：「一盤（盤）」。（2 例）望 M2.46：「二盤（盤）」。

「鋻」 用於沐浴盥洗或盛食承物的敞口、扁淺器皿：信 2-1：「一鋻（盤）」。信 2-8：「沬鋻（盤）」。（2 例）信 2-8：「浣鋻（盤）」。信 2-14：「承燭之鋻（盤）」。

盡 （聿，包 197）

「聿」 ❶ 全：包 204：「聿（盡）迻」。葛甲三 282+零 333：「聿（盡）割以九貑」。❷ 止，終：葛乙一 31+乙一 25：「聿（盡）七月」。葛甲

---

[2] 范常喜：「談談遣冊名物考釋的兩個維度——以信陽楚簡『樂人之器』為例」，復旦大學出土文獻與古文字研究中心：出土文獻與古文字研究雲講座 013，2021.12.11。

三 160：「聿（盡）八月」。葛甲二 25：「聿（盡）八月」。天 1-1：「聿（盡）冬柰之月」。（2 例）天 4-1：「聿（盡）夏柰之月」。天 6-1：「聿（盡）夏夷之月」。天 8：「聿（盡）八月」。天 10：「聿（盡）爨月」。天 11-1：「聿（盡）獻馬之月」。

【聿（盡）卒歲】**數盡此歲的所有天數**：包 197：「聿（盡）卒歲」。（11 例）

盞 （盞，望 M2.46）　　　　（愆，老 M1.3）

（錢，包 265）

「**盞**」　銅器名，形體與敦類似：望 M2.54：「二合盞」。望 M2.46：「卵盞」。

「**愆**」　銅器名，形體與敦類似：老 M1.3：「二合愆（盞）」。

「**錢**」　銅器名，形體與敦類似：包 265：「二枳錢（盞）」。

盇 （有，望 M2.45）

「**有**」　安木柄的工具：望 M2.45：「一有（盇）」。[3]

去 （去，葛甲三 132+甲三 130）　　（故，葛零 148）

（法，九 M56.15 貳）

「**去**」　離開：葛甲三 132+甲三 130：「徙去」。（2 例）

「**故**」　去掉，除去：葛零 148：「除故（去）」。

「**法**」　離開：九 M56.15 貳：「法（去）」。天 124：「法（去）處」。（2 例）

主 （宔，望 M1.109）

「**宔**」　神祇名：望 M1.109：「地宔（主）」。（25 例）

丹 （丹，望 M2.2）　　　　（紃，望 M2.48）

「**丹**」　赤色：望 M2.2：「丹緅」。（11 例）望 M2.2：「丹重緅」。（5 例）望

———————————
3 劉信芳：〈楚簡器物釋名（下篇）〉，《中國文字》新廿三期（臺北：藝文印書館，1997），頁 79-120。

M2.2：「丹組」。（2 例）

「紌」　赤色：望 M2.48：「紌（丹）緅」。

【丹黃】赤黃色：包 268：「丹黃」。

彤　　（彤，包 253）

「彤」　赤色：包 253：「彤中」。曾 122：「彤甲」。（6 例）老 M1.1：「彤
　　　 笄」。（2 例）曾 32：「彤殿」。（2 例）曾 38：「彤緐」。

【彤答】卜筮用具：包 223：「彤答」。

䑏　　（䑏，曾 1 正）

「䑏」　一種赤色的石脂，可做顏料：曾 1 正：「䑏輪」。（12 例）曾 3：「䑏
　　　 紳」。（17 例）

青　　（生，包 263）　　　　　（𣏌，包 256）

「生」　顏色名：包 263：「生（青）縠冠」。仰 23：「生（青）絇」。

「𣏌」　顏色名：包 129：「𣏌（青）犧」。（4 例）包 256：「𣏌（青）錦」。
　　　 包 262：「狐𣏌（青）之表」。信 2-1 二：「𣏌（青）鈁」。信 2-1：「𣏌
　　　 （青）黃之劃」。信 2-3：「𣏌（青）之劃」。信 2-10：「𣏌（青）尻」。
　　　 信 2-12：「𣏌（青）錦」。信 2-15：「𣏌（青）緅纓組」。

井　　（井，九 M56.78）　　　　　（汬，九 M56.27）

「井」　水井：九 M56.78：「東井」。九 M56. .47：「虛井」。

「汬」　水井：九 M56.27：「鑿汬（井）」。

飴　　（飵，包 257）

「飵」　飴糖：包 257：「白飵（飴）」。包 257：「蜜飵（飴）」。

爵　　（雀，包 202）　　　　　（籊，望 M2.22）

【雀（爵）位】爵位，爵號，官位：包 202：「雀（爵）位」。（2 例）

【籊（爵）位】爵位，爵號，官位：望 M2.22：「籊（爵）位」。（2 例）

食 （食，葛乙四 80） （飤，包 236）

「**食**」 ❶ **食物**：葛乙四 80：「酒食」。（7 例）❷ **供食用的**：信 2-21：「食醬」。

「**飤**」 ❶ **食物（名詞）**：包 255：「飤（食）室之<u>飤（食）</u>」。包 256：「四箄飤（食）」。九 M56.53：「肉<u>飤（食）</u>以飤（食）」。天 1-2：「酒飤（食）」。（24 例）❷ **泛指（人或其他動物）吃食物（動詞）**：包 222：「不入飤（食）」。（3 例）包 236：「不甘飤（食）」。（5 例）望 M1.37：「不能飤（食）。（2 例）葛乙四 127：「飤（食）之」。九 M56.35：「飲飤（食）」。九 M56.35：「居有飤（食）」。九 M56.43：「某將欲飤（食）」。九 M56.44：「某來歸飤（食）」。九 M56.53：「肉飤（食）以<u>飤（食）</u>」。天 5-2：「不欲飤（食）」。（2 例）

【飤（食）田】**食若干田畝的租稅；靠田地的租稅生活**：包 151：「飤（食）田」。（2 例）

【飤（食）室】**放置食器的地方**：包 255：「飤（食）室」。（2 例）

饗 （向，九 M56.27） （卿，九 M56.26）

「**向**」 **神鬼享用祭品**：九 M56.27：「向（饗）之」。九 M56.44：「君向（饗）受某之翌祠芳糧」。

「**卿**」 **神鬼享用祭品**：九 M56.26：「神卿（饗）之」。葛零 92：「配卿（饗）」。

飲 （歙，天 3-1） （酓，九 M56.35）

「**歙**」 **喝**：天 3-1：「以歙（飲）」。

【酓（飲）食】**吃喝**：九 M56.35：「酓（飲）食」。

【酓（飲）杯】**酒杯**：老 M1.3：「酓（飲）杯」。

饋 （遉，包 219） （歸，包 145）

（饋，包 200） （歸，葛乙三 50）

「逯」　祭祀名稱：包 218：「逯（饋）之」。（2 例）包 219：「逯（饋）冠帶於二天子」。包 231：「思工祝逯（饋）佩珥」。望 M1.28：「享逯（饋）佩玉一環束大王」。望 M1.106：「逯（饋）玉束大王」。（2 例）

「歸」　贈送：包 145：「無以歸（饋）之」。包 145：「中舍職歸（饋）之客」。

「饋」　祭祀名稱：葛甲三 136：「饋」。（7 例）包 200：「饋之」。（24 例）望 M1.110：「饋祭之」。望 M1.113：「饋東厇公」。葛零 230：「饋之於黃李」。葛甲二 38+甲二 39：「饋祭子西君鏽〔牢〕」。天 9-2：「反饋」。（3 例）

「歸」　祭祀：葛乙三 50：「歸（饋）一璧」。（2 例）葛甲一 4：「歸（饋）佩玉於二天子各二璧」。天 34：「擇良日歸（饋）玉玩」。天 34：「歸（饋）佩玉於巫」。葛甲三 81+甲三 182-1+甲三 171+乙三 44+乙三 45：「歸（饋）佩玉於二天子各二璧」。葛甲三 81+甲三 182-1+甲三 171+乙三 44+乙三 45：「歸（饋）佩玉於郫山一疏璜」。

合　（佮，包 266）　　（會，五 10）

　　（敆，信 2-8）　　（敆，老 M1.3）

「佮」　❶器蓋相合之形：包 259：「二佮（合）簠」。❷一對：望 M2.47：「彫杯二十佮（合）」。信 2-24：「四佮（合）鈢」。

「會」　一對：五 10：「十會（合）」。

「敆」　一對：信 2-8：「一敆（合）」。

【佮（合）豆】器蓋相合的豆：包 266：「佮（合）豆」。

【佮（合）盞】器蓋相合的盞：望 M2.54：「佮（合）盞」。

【敆（合）盞】器蓋相合的盞：老 M1.3：「敆（合）盞」。

【敆（合）豆】器蓋相合的豆：信 2-25：「敆（合）豆」。

僉　（僉，包 133）

「僉」　共：包 133：「僉殺」。（3 例）

今 　（含，包137）　　　　　（今，葛甲二28）

「含」　現在：包134：「含（今）佥之謹客不為其斷」。

【今亦】近義詞連用，「今」、「亦」表示事情將要發生或可能發生的副詞：

葛甲二28：「今亦」。（2例）

【含（今）日】當天：九M56.43：「含（今）日」。（2例）

全 　（全，包210）　　　　　（仝，包241）

「全」　整個：包210：「全豢」。（3例）包210：「全猎」。（2例）

「仝」　整個：包241：「仝〈全〉豢」。

久 　（舊，包135反）

「舊」　時間長：九M56.33：「舊（久）」。包236：「舊（久）不瘥」。（3例）包135反：「舊（久）不為斷」。

入 　（內，包18）

「內」 ❶ 進入，由外至內：包18：「內（入）之」。（2例）九M56.41：「內（入）邦中」。❷ 至：九 M56.81：「夏桼內（入）月八日」。[4]九M56.82：「九月內（入）月□」。九M56.83：「爨月內（入）月□」。九M56.85：「屈桼內（入）月二旬」。

【內（入）人】買入奴隸：九M56.17貳：「內（入）人」。（2例）

【內（入）貨】買入貨物：九M56.29：「內（入）貨」。（3例）

【內（入）人民】買入奴隸：九M56.41：「內（入）人民」。

內 　（內，望M1.106）

【內齋】致齋：望M1.106：「內齋」。（4例）

4　《九店楚簡》原整理者指出此為「夏桼之月進入該月的第八日」，筆者此處將「入」解釋為「至」，表示到達夏桼之月的第八天。湖北省文物考古研究所、北京大學中文系編：《九店楚簡》（北京：中華書局，1999），頁131，註300。

羅　　　　　　　　　　　　

「翟」　買進穀物：包 105：「翟（羅）種」。（10 例）

「翭」　買進穀物：包 103「翭（羅）種」。

缶　　　　　　　　　　　　

「缶」　盛酒漿的瓦器，亦有用銅製造者：包 260：「一缶」。包 277：「一合缶」。望 M2.46：「二卵缶」。（3 例）望 M2.54：「一辷缶」。（3 例）信 2-1：「二圓缶」。信 2-14：「二淺缶」。

「磓」　盛酒漿的瓦器，亦有用銅製造者：包 255：「一磓（缶）」。（6 例）

瓶　　　　　　　　　　　　

「垪」　❶泛指腹大頸長的容器：信 2-21：「一垪（瓶）」。（2 例）❷陶製汲水器：信 2-14：「一汲垪（瓶）」。

【鉼（瓶）鈃】小口短頸壺：包 265：「二鉼（瓶）鈃」。

【鉼（瓶）鈃】小口短頸壺：包 252：「二鉼（瓶）鈃」。

短　　　　　　　　　　　　（楍，曾 73）

「耑」　謂兩端距離小，與「長」相對：望 M2.9：「耑（短）矛」。望 M2.48：「耑（短）戈」。

【楍（短）轂】與「長轂」相對，「長轂」為兵車，「短轂」指兵車以外的車：曾 73：「楍（短）轂」。（4 例）

憂　　　　　　（犹，葛零 472）

　　　　　　　　　　

（憗，葛甲三 21+甲三 61）

「忞」　**憂愁，憂慮**：葛甲三 198+甲三 199-2：「毋為忞（憂）」。

「犹」　**憂愁，憂慮**：葛零 472：「不為犹（憂）」。

「蚘」　**憂愁，憂慮**：葛甲三 143：「尚毋為蚘（憂）」。望 M1.9：「大蚘（憂）」。唐 3：「不為蚘（憂）」。

「訧」　**憂愁，憂慮**：葛零 204：「不為訧（憂）」。

「愺」　**憂愁，憂慮**：葛甲三 10：「不為愺（憂）」。（2 例）唐 1：「尚毋為愺（憂）」。葛甲三 21+甲三 61：「小臣成敢用解過釋愺（憂）」。

享　 （亯，包 196）

「亯」　**獻也**：望 M1.28：「亯（享）」。（2 例）

【亯（享）月】**楚月名**：包 196：「亯（享）月」。（21 例）

【亯（享）祭】**祭祀**：包 238：「亯（享）祭」。（5 例）

【亯（享）薦】**祭祀進獻**：葛甲三 256：「亯（享）薦」。（4 例）

高　 （高，包 237）

「高」　**上下距離遠的，與「低」相對**：包 237：「高丘」。（2 例）九 M56.46：「西方高」。九 M56.46：「南高」。（2 例）九 M56.47：「北高」。

央　 （央，包 201）

「央」　**卜筮用具**：葛甲三 208：「大央」。（5 例）葛零 376：「小央」。（2 例）

【央箸】**卜筮用具**：包 201：「央箸」。

就　 （翌，包 273）　　　　 （寡，包 197）

　　 （遝，葛乙一 17）　　　　 （臺，葛零 318）

　　 （歔，葛乙四 109）

「翌」　**古代服飾，五采絲一匹稱為一就**：包 269：「一翌（就）」。（2 例）包 273：「二翌（就）」。（2 例）包 269：「三翌（就）」。（2 例）包 269：「五翌（就）」。（2 例）包 269：「七翌（就）」。（3 例）

「就」 到：包 197：「自荊尿之月以就（就）荊尿之月」。（3 例）包 209：「自夏尿之月以就（就）集歲之夏尿之月」。（3 例）包 226：「自荊尿之月以就（就）集歲之荊尿之月」。（5 例）包 246：「自熊鹿以就（就）武王」。葛甲三 137：「冊告自文王以就（就）聲桓王」。

「邁」 到：望 M1.30：「邁（就）集歲之荊」。

【就（就）禱】祭禱名：葛乙四 96：「就（就）禱」。

【邁（就）禱】祭禱名：葛乙一 17：「邁（就）禱」。（13 例）

【臺（就）禱】祭禱名：葛乙四 12：「臺（就）禱」。（8 例）

【歔（就）禱】祭禱名：葛乙四 109：「歔（就）禱」。（8 例）

良　（良，包 218）

「良」　❶ 美好、良好：信 2-3：「良翌」。信 2-4：「一良圓軒」。信 2-4：「良馬」。（2 例）信 2-4：「良女乘」。信 2-4：「良轎」。❷ 程度副詞「甚、很」：包 218：「良瘥」。（4 例）葛甲一 22：「良間」。（2 例）葛甲二 28：「不良」。（3 例）

【良日】好日子：包 218：「良日」。（19 例）

【良月】好日子：包 218：「良月」。（3 例）

【良馬】駿馬：葛乙四 139：「良馬」。（2 例）

致　（至，包 16）

「至」　❶ 獻納：包 16：「至（致）典」。（2 例）❷ 致送：葛甲三 49：「至（致）師於陳」。（2 例）

【至（致）命】復命：包 20：「至（致）命」。（14 例）

【至（致）胙】古時天子祭祀後，將祭肉賞賜諸侯，以示禮遇：包 12：「至（致）胙」。（2 例）

【至（致）福】歸胙義：包 205：「至（致）福」。（9 例）

韔　（長，包 268）　　（圅，望 M2.8）

「長」　弓袋、弓囊：包 268：「豹長（韔）」。包 271：「虎長（韔）」。（3 例）

「圅」 **弓袋、弓囊：**望 M2.8：「狸氂之圅（韔）」。望 M2.17：「圅（韔）」。

鑾 （鞻，包 271）

「鞻」 **車衡三束：**包 271：「鞻（鑾）銨」。

弟 （弟，包 86） （俤，包 227）

「**弟**」 **稱同父母、同父或同母而後生的男子，對兄而言：**包 86：「殺其弟」。包 96：「謂杏雜其弟芻而慔殺之」。包 80：「傷其弟」。包 138 反：「兄弟」。包 151：「從父之弟」。

「俤」 **稱同父母、同父或同母而後生的男子，對兄而言：**包 227：「兄俤（弟）」。九 M56.25：「無俤（弟）」。九 M56.25：「如有俤（弟）」。

乘 （𩃬，葛甲三 79） （𩃬，包 267）

「𩃬」 ❶ **量詞**：葛甲三 79：「一𩃬（乘）」。（2 例）葛乙四 151+零 540：「三𩃬（乘）」。葛乙三 46：「三十𩃬（乘）」。❷ **乘坐：**葛乙四 139：「𩃬（乘）良馬」。❸ **車子：**葛甲三 84：「女𩃬（乘）」。（2 例）

「𩃬」 ❶ **量詞**：包 267：「一𩃬（乘）」。（23 例）曾 120：「二𩃬（乘）」。（4 例）曾 117：「三𩃬（乘）」。（8 例）曾 120：「五𩃬（乘）」。曾 148：「六𩃬（乘）」。曾 120：「九𩃬（乘）」。（2 例）曾 120：「十𩃬（乘）」。曾 121：「四十𩃬（乘）」。❷ **乘坐：**曾 1：「𩃬（乘）大旆」。曾 7：「𩃬=（乘馬）」。（12 例）❸ **車子：**望 M2.2：「女𩃬（乘）」。（2 例）

【𩃬=（乘車）】平日所乘之戰車，非單獨挑戰之廣車，乘車有軒：曾 7：「𩃬=（乘車）」。（2 例）[5]

---

[5] 李守奎：〈出土簡策中的「軒」和「圓軒」考〉，《古文字研究》第 22 輯（北京：中華書局，2000），頁 195-199。

卷六

木　　米 （木，包266）

【木器】木材製造的器具：包266：「木器」。（8例）

梅　　呆 （呆，包255）

「呆」 味酸，可生食，也用以製成蜜餞、果醬等食品：包255：「蜜呆（梅）
　　　一缶」。信2-21：「呆（梅）醬」。

櫃　　匱 （匱，包13）　　　槓 （槓，包259）

「匱」 小匣，後泛指盛放衣物、書籍、文件等用的器具：包 13：「典匱
　　　（櫃）」。

「槓」 小匣，後泛指盛放衣物、書籍、文件等用的器具：包 259：「一槓
　　　（櫃）枳」。老 M1.9：「漆槓（櫃）四」。

枸　　句 （句，包120）　　　荀 （荀，包137）

「句」 枸執罪犯的木製刑具：包120：「解句（枸）」。

「荀」 枸執罪犯的木製刑具：包137：「解荀（枸）」。（2例）

桃　　柿 （柿，信2-23）

【柿（桃）枝】席子名：信2-23：「柿（桃）枝」。

枝　　枳 （枳，信2-23）

「枳」 席子的一種：信2-23：「桃枳（枝）」。信2-23：「枳（枝）」。老 M2.1：
　　　「一筭枳（枝）」。

樹　（桓，包 250）　　　　　（橦＝，九 M56.39 貳）

「桓」　樹立，建立：包 250：「桓（樹）之」。

【橦＝（樹木）】種植、栽種樹木：九 M56.39 貳：「橦＝（樹木）」。

朱　（朱，曾 65）　　　　　　（絑，包 269）

（至，望 M2.2）

「朱」　赤色：曾 65：「朱旌」。曾 86：「朱旌之首」。曾 115：「朱斿」。老 M 1.16：「朱組」。

「絑」　赤色：包 269：「絑（朱）旌」。（2 例）包 269：「絑（朱）縞」。（2 例）老 M1.10：「絑（朱）韋」。老 M2.1：「絑（朱）帶」。

「至」　赤色：望 M2.2：「丹至（朱）繡之純」。望 M2.2：「丹至（朱）繡之繢」。望 M2.6：「丹至（朱）繡之釐繎」。望 M2.6：「丹至（朱）繡之兩童」。望 M2.23：「丹至（朱）繡之裏」。

【朱路】路車的一種：曾 180：「朱路」。（3 例）

【絑（朱）路】路車的一種：葛乙三 21：「絑（朱）路」。（2 例）

果　（果，曾 20）　　　　　　（菓，曾 3）

「果」　❶ 事情的結局，結果：九 M56.25：「不果」。❷ 戟上的戈頭：曾 17：「二果」。（6 例）曾 20：「三果」。（5 例）

「菓」　戟上的戈頭：曾 3：「二菓（果）」。（3 例）曾 6：「三菓（果）」。（3 例）

梨　（㭊，包 258）

「㭊」　果木名，果實多汁，可食：包 258：「㭊（梨）二筲」。

棧　（延，葛甲三 145）　　　　（挮，信 2-18）

（脡，葛甲三 212+甲三 199-3）　　（脡，葛甲三 136）

【延（棧）鐘】古樂器，小鐘：葛甲三 145：「延（棧）鐘」。（5 例）

【𦥑（棧）鐘】古樂器，小鐘：信 2-18：「𦥑（棧）鐘」。

【腱（棧）鐘】古樂器，小鐘：葛甲三 212+甲三 199-3：「腱（棧）鐘」。（4
例）

【膣（棧）鐘】古樂器，小鐘：葛甲三 136：「膣（棧）鐘」。（2 例）

極　　（起，葛甲三 119）

　「起」　至：葛甲三 119：「甲戌之昏以起（極）乙亥之日薦之」。葛甲三
　　　　109：「庚申之昏以起（極）辛酉之日禱之」。葛甲三 126+零 95：「戊
　　　　申之夕以起（極）己〔酉〕」。葛乙二 6+乙二 31：「戊申以起（極）
　　　　己酉禱之」。[1]

囊[2]　　（紿，包 271）　　　　　　　（䚩，包 268）

　　　（䩞，包 273）　　　　　　　（軓，曾 2）

　「紿」　車上大囊：包 270：「一緅繡之紿（囊）」。（2 例）包 271：「紫紿
　　　　（囊）」。

　「䚩」　車上大囊：包 268：「紛䚩（囊）」。

　「䩞」　車上大囊：包 273：「輥韋䩞（囊）」。包牘 1：「紫䩞（囊）」。

　「軓」　車上大囊：曾 2：「斂軓（囊）」。（17 例）曾 46：「無軓（囊）」。

築　　（竺，九 M56.56）

　「竺」　修建，建造：九 M56.56：「不竺（築）」。

【竺（築）室】建築屋舍：九 M56.13 貳：「竺（築）室」。

床　　（牀，包 260）

　「牀」　坐臥的器具：包 260：「收牀（床）」。

---

[1] 李天虹將「起」讀為「極」，表示「至」的意思，簡文使用「起」字，用於表示日期的訖止，前面不用
起始詞。宋華強另補充《侯馬盟書》的出土資料，證明「己」聲與「亟」聲相通。李天虹：〈新蔡楚簡
補釋四則〉，簡帛研究網，2003 年 12 月 17 日。宋華強《新蔡葛陵楚簡初探》（武漢：武漢大學出版社，
2010），頁 431

[2] 此字的訓讀從施謝捷：〈楚簡文字中的「囊」字〉，《楚文化研究論集》第 5 輯（合肥：黃山書社，2003），
頁 334-339。

櫛　（即，望 M2.50）　　炮（椰，包 259）

「即」　梳、篦子的總稱：望 M2.50：「二即（櫛）」。

「椰」　梳、篦子的總稱：包 259：「四椰（櫛）」。

桶　（桶，望 M2.38）

「桶」　盛水或盛其它物品的容器：望 M2.38：「赤金桶」。

樂　（樂，葛乙二 1）

「樂」　奏樂：葛乙二 1：「樂之」。（25 例）葛乙一 11：「樂且贛之」。（2
　　　例）

【樂人】歌舞演奏藝人的泛稱：信 2-18：「樂人〔之〕器」。

條　（攸，包 269）　　　（絛，包牘 1）

「攸」　量詞：包 269：「一百攸（條）」。包 269：「四十攸（條）」。包牘 1：
　　　「四十攸（條）」。

「絛」　量詞：包牘 1：「百絛（條）」。

枹　（橐，信 2-3）

「橐」　鼓槌：信 2-3：「二橐（枹）」。信 2-17：「一漆橐（枹）」。

橛　（檈，包 266）

「檈」　高足案：包 266：「廣檈（橛）」。包 266：「側檈（橛）」。包 266 ：
　　　「屠檈（橛）」。包 266：「宰檈（橛）」。信 2-17：「一檈（橛）」。（3
　　　例）

桱　（桱，望 M2.45）

「桱」　矮足案：望 M2.45：「彫桱」。

桎　（桎，包 144）　　　（錘，包 276）

「桎」　拘繫犯人兩腳的刑具：包 144：「解小人之桎」。

「錘」　車轄的別名：包 272：「白金之錘（桎）」。（2 例）包 276：「赤金之

鋌（桱）」。

椓 （欘，信 2-3）

「欘」 鐘槌：信 2-3：「四欘（椓）」。[3]

檈 （檈，望 M2.45）

「檈」 大型高足案：望 M2.45：「牛檈」。望 M2.45：「豕檈」。望 M2.45：
「羊檈」。望 M2.45：「尊檈」。

梡[4] （关，望 M2.49） （桅，包 260）

「关」 放置物品的俎，此處指瑟座：望 M2.49：「二瑟，关（梡）」。

「桅」 放置物品的俎，此處指瑟座：包 260：「一瑟，有桅（梡）」。信
2-3：「三漆瑟，桅（梡）」。

罍 （罍，信 2-1）

「罍」 古代一種盛酒或水的容器：信 2-1：「一罍（罍）」。

華 （芋，信 2-1）

「芋」 五色、彩色：信 2-1：「二芋（華）壺」。

東 （東，包 12）

「東」 方位詞，日出的方向，與「西」相對：九 M56.53：「室東」。九
M56.67：「東吉」。（2 例）

【東方】方位名，太陽升起的方向：天 27：「東方」。

【東北】介於東和北之間的方向：九 M56.46：「東北」。（5 例）

【東周】古國名：包 12：「東周」。（20 例）

【東南】介於東與南之間的方位或方向：九 M56.50：「東南」。（5 例）

【東城夫人】神祇名：天 6-2：「東城夫人」。

---

3 范常喜：「談談遣冊名物考釋的兩個維度——以信陽楚簡『樂人之器』為例」，復旦大學出土文獻與古
文字研究中心：出土文獻與古文字研究雲講座 013，2021.12.11。

4 范常喜：〈信陽楚簡「樂人之器」補釋四則〉，《中山大學學報（社會科學版）》2015 年第 3 期，頁 62-66。

無　　（亡，葛零 83）　　（無，葛乙三 1）

「亡」　沒有：葛零 83：「亡（無）咎」。（25 例）葛零 240：「亡（無）不」。
　　　葛甲三 270：「亡（無）祟」。（2 例）

「無」　沒有：包 15：「無故」。包 16：「無典」。包 140：「無爭」。包 145：
　　　「無以饋之」。包 151：「無子」。（2 例）葛甲二 34：「無咎」。（30
　　　例）葛甲三 112：「無恆祟」。（2 例）葛甲三 208：「無祟」。（13 例）
　　　望 M1.61：「無大咎」。九 M56.19 貳：「無為而可」。（3 例）九 M56.25：
　　　「無弟」。九 M56.31：「無聞」。九 M56.32：「無遇寇盜」。曾 42：「無
　　　聶」。（4 例）曾 95：「無弓」。

【無事】無所事事：九 M56.43：「無事」。

【無後】沒有後嗣：包 152：「無後」。（4 例）

楚　　（楚，包 2）

「楚」　古國名：包 120：「楚之歲」。（10 例）曾 122：「楚甲」。（11 例）

【楚先】楚國先人：包 217：「楚先」。（14 例）

【楚邦】楚國：葛零 172：「楚邦」。（12 例）

【楚師】楚國軍隊：包 2：「楚師」。（3 例）

師　　（帀，包 2）

「帀」　軍隊：包 2：「楚帀（師）」。（3 例）包 103：「晉帀（師）」。（3 例）
　　　　葛甲三 49：「致帀（師）於陳」。（2 例）天 15-1：「左帀（師）」。

【帀（師）徒】士卒，亦借指軍隊：包 226：「帀（師）徒」。（11 例）

出　　（出，包 18）

「出」　❶自內而外，與「入」、「進」相對：包 18：「命受正以出之」。包
　　　58：「三受不以出」。九 M56.30：「女必出其邦」。❷出現、顯露：
　　　葛甲二 28：「疒不出」。（2 例）葛甲二 28：「今亦屢出」。葛甲三 198+
　　　甲三 199-2：「尚速出」。葛甲三 112：「遲出」。（2 例）

【出征】出外作戰：九 M56.30：「出征」。

【出入侍王】往來：包 197：「出入侍王」。（10 例）

敖 （踋，包 7）　　　　（鄨，包 117）

（戴，曾 1 正）

「踋」　職官名：包 7：「莫踋（敖）」。（19 例）包 6：「連踋（敖）」。（16 例）

「鄨」　職官名：包 117：「莫鄨（敖）」。

「戴」　職官名：曾 1 正：「莫戴（敖）」。

朿　（朿，九 M56.3）

「朿」　單位詞：九 M56.9：「四朿」。九 M56.1：「五朿」。（2 例）九 M56.4：「六朿」。

南　（南，包 231）

「南」　方位名，和「北」相對：九 M56.45：「西南之宇」。九 M56.46：「南高」。（2 例）九 M56.48：「西南之南」。九 M56.49：「窮居南」。九 M56.49：「西南」。九 M56.50：「東南」。（2 例）九 M56.55：「東南之宇」。九 M56.56：「西南」。九 M56.61：「南有得」。（3 例）九 M56.92：「西南行」。

【南方】方位名，北的對面，即南邊：包 231：「南方」。（2 例）

生　（生，九 M56.70）　　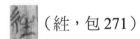（紲，包 271）

「生」　❶ 生存、活（與「死」相對）：九 M56.70：「死生」。（10 例）九 M56.96：「生於丑即」。九 M56.96：「生於寅衰」。九 M56.96：「生於卯夬」。❷ 生育，養育：九 M56.36：「以生，吉」。

【生子】生育幼子、生兒子：九 M56.25：「生子」。（4 例）

【生絲】已繅而未絳的絲縷，或未除去膠質而性質堅硬的絲，稱為「生絲」，相對於熟絲而言：望 M2.49：「生絲」。

【生絹】未漂煮過的絹：望 M2.8：「生絹」。（2 例）

【絑（生）絹】未漂煮過的絹：包 271：「絑（生）絹」。（6 例）

稽 （䭫，葛乙四 70）

【䭫=（稽首）】古時一種跪拜禮，叩頭至地，是九拜中最恭敬：葛乙四 70：
「䭫=（稽首）」。

束 （束，葛甲三 137）

【束錦】捆成一束的錦帛，古時用為饋贈的禮物：葛甲三 137：「束錦」。
（2 例）

囊 （襄，信 2-12）

「**襄**」 袋子：信 2-12：「鞏襄（囊）二十又一」。信 2-12：「鞏襄（囊）
七」。信 2-22：「小襄（囊）糒四十又八」。信 2-22：「一大襄（囊）
糒」。信 2-29：「紫緂百襄（囊）」。

圓 （圂，望 M2.48） （圓，曾 203）

「**圂**」 ❶圓周、環形：信 2-1：「圂（圓）缶」。信 2-1：「圂（圓）鑑。❷
盛物圓器：包 264：「革圂（圓）」。望 M2.48：「葦圂（圓）」。

【圂（圓）軒】車輿之上的屏藩、車蓋以及車耳共同構成一個形似屋室的結
構：信 2-4：「圂（圓）軒」。（7 例）

【圓軒】車輿之上的屏藩、車蓋以及車耳共同構成一個形似屋室的結構：曾
203：「圓軒」。

國 （或，包 45） （彧，包 10）

「**或**」 古代王、侯的封地：包 45：「周或（國）」。

「**彧**」 古代王、侯的封地：包 10：「郪彧（國）」。包 124：「鄗彧（國）」。
（2 例）包 151：「㳡彧（國）」。

因 （因，包 222）

「**因**」 沿襲、承襲：包 222：「因其常牲」。唐 2：「因其禽」。（2 例）熊 1：

「因以其故說之」。

團 （剬，望 M2.53）　　　　　（虰，信 2-1）

「剬」　圓：望 M2.53：「二剬（團）箆」。[5]

「虰」　圓：信 2-1：「四虰（團）壺」。

贛 （贛，葛零 40）

「贛」　舞：葛零 40：「贛」。（11 例）葛乙一 11：「贛之」。（3 例）[6]

貨 （貨，九 M56.29）

「貨」　貨物，商品：九 M56.25：「亡貨」。九 M56.29：「入貨」。（3 例）九 M56.42：「取貨」。九 M56.42：「毋以舍人貨於外」。

資 （齎，包 129）

「齎」　貨物，錢財：包 129：「舍柊黃王之爨青犧之齎（資）足金六鈞」。

賢 （臤，葛零 102+零 59）

【臤=（賢子）】賢能的兒子：葛零 102+零 59：「臤=（賢子）」。（3 例）

齎 （淒，九 M56.39 貳）

「淒」　致送：九 M56.39 貳：「帝以命益淒（齎）禹之火」。

賈 （賈，包 152）

「賈」　買：包 152：「左馭遊晨骨賈之」。

贅 （贅，包 28）

【贅尹】職官名：包 28：「贅尹」。（2 例）

---

[5] 何琳儀將簡 53+54 連讀，故為「二團匜」。何琳儀：《戰國古文字典：戰國文字聲系》（北京：中華書局，1998），頁 476。

[6] 李家浩：〈楚墓卜筮簡說辭中的「樂」「百」「贛」〉，《出土文獻綜合研究集刊》第十輯（成都：巴蜀書社，2019），頁 1-19。李家浩：〈楚墓卜筮簡說辭中的「樂」「百」「贛」〉，西南大學漢語言文獻所網，2020.10.10。

賽　⟨圖⟩（𥰠，葛甲三 4＋零 219）　　　⟨圖⟩（賽，包 200）

「𥰠」　**祭禱名**：葛甲三 14：「𥰠（賽）特牛」。

「賽」　**祭禱名**：包 200：「賽之」。（5 例）包 208：「賽於行」。包 135：「未賽」。天 47：「既賽」。（4 例）唐 M1.5：「賽其一牂之禱」。唐 M1.5：「賽其禱各一殺」。

【𥰠（賽）禱】**祭禱名**：葛甲三 4＋零 219：「𥰠（賽）禱」。（8 例）

【賽禱】**祭禱名**：包 210：「賽禱」。（29 例）

邑　⟨圖⟩（邑，包 3）

「邑」　❶**封地，采邑**：包 3：「㴜邑」。包 10：「少桃邑」。包 77：「儞邑」。包 124：「笑邑」。（2 例）❷**都邑**：九 M56.25：「田邑」。（3 例）

邦　⟨圖⟩（邦，包 226）

「邦」　**泛指國家**：包 226：「楚邦」。（12 例）九 M56.30：「女必出其邦」。九 M56.41：「邦中」。

【邦人】**國人、百姓**：包 7：「邦人」。

【邦君】**古代指諸侯國君主**：九 M56.26：「邦君」。（2 例）

都　⟨圖⟩（都，包 102）

「都」　**城市**：包 102：「上新都人」。包 102：「新都」。（5 例）

郊　⟨圖⟩（郊，包 182）　　　　　⟨圖⟩（鄗，包 103）

【郊人】**郊縣人**：包 182：「郊人」。[7]

【鄗（郊）縣】**城邑及其所轄鄉遂稱縣之泛稱**：包 103：「鄗（郊）縣」。（2 例）[8]

---

[7] 何浩與劉彬徽認為「郊人」指郊縣之人。怡璇按：包山簡 182 有相關詞例：「㠯野邑人陳堅」、「梅溪邑人殷獲志」與「郊人麤己」，如此對比，「郊人」應與前文的「㠯野邑人」、「梅溪邑人」同，「郊」為地名。何浩、劉彬徽：〈包山楚簡「封君」釋地〉，《包山楚墓》（北京：文物出版社，1991），頁 569-579。

[8] 馬楠：〈清華簡第一冊補釋〉，《中國史研究》2011 年第 1 期，頁 96-97。

鄭 （奠，包2）

「奠」 古國名：包2：「奠（鄭）之歲」。（2例）包260下：「奠（鄭）弓」。

陰 （晻，九 M56.29） （盦，九 M56.33）

【晻（陰）日】十二日名：九 M56.29：「晻（陰）日」。

【盦（陰）日】十二日名：九 M56.33：「盦（陰）日」。

越 （郕，包145）

「郕」 古國名：包145：「郕（越）客」。（2例）夕1：「郕（越）涌君」。
　　　　　　　　仰23：「一郕（越）鍺劍」。

巷 （遝，包144） （衞，包142）

「遝」 州巷，州閭，鄉里：包144：「州遝（巷）」。

「衞」 州巷，州閭，鄉里：包142：「州衞（巷）」。

卷七

日　　(日，包 32)

「日」　❶ **某個時日**：包 7：「某某之日」。（355 例）[1] 葛零 329：「七日」。葛甲三 41：「是日」。（8 例）葛甲三 201：「擇日」。（11 例）葛零 463：「吉日」。葛甲三 22+甲三 59：「翌日」。天 1-2：「良日」。（18 例）天 5-2：「旬日」。九 M56.13 貳：「建日」。九 M56.43：「今日」。❷ **太陽**：包 248：「日月」。

【日出】凌晨太陽昇起：九 M56. 53：「日出」。

時　　(旹，包 137 反)

「旹」　**時候、時間**：包 137 反：「將至旹（時）而斷之」。

早　　(曓，葛零 9+甲三 23+甲三 57)

【曓（早）孤】**幼年喪父或父母雙亡**：葛零 9+甲三 23+甲三 57：「曓（早）孤」。

【曓（早）暮】**早晚、隨時**：包 58：「曓（早）暮」。（2 例）

晉　　(晉，包 103)

「晉」　**古國名**：包 103：「晉師」。（3 例）曾 14：「晉殳」。（9 例）

昏　　(昏，葛甲三 109)

「昏」　**天剛黑的時候；傍晚**：葛甲三 119：「甲戌之昏」。葛甲三 109：「庚申之昏」。葛乙四 36：「丁巳之昏」。葛甲三 116：「戊午之昏」。

---

[1] 包 7：「某某之日」的「某某」為天干地支名，如簡 7 為「丁酉之日」，此種記日方法，文書楚簡共 355 例。

昔 　（昔，葛甲三 11+甲三 24）

「**昔**」 從前、過去、與「今」相對：葛甲三 11+甲三 24：「昔我先出自顓頊」。

昊 　（禍，天 94）

「**禍**」 神祇名：天 94：「大禍（昊）」。（3 例）

昵 　（匿，包 138 反）

「**匿**」 親近：包 138 反：「匿（昵）至從父兄弟不可證」。

朝 　（朝，九 M56.66）

「**朝**」 早晨：九 M56.60：「朝盜得」。（6 例）九 M56.61：「朝啟夕閉」。（3 例）九 M56.65：「朝閉夕啟」。（2 例）九 M56.67：「朝盜不得」。（2 例）

旂 　（旂，曾 68）

「**旂**」 並在竿頭懸鈴的旗：曾 68：「一貂旂」。

旄 　（毛，望 M2.13）　　　（翠，包牘 1）

　（麾，老 M1.2）　　　（氂，包 269）

「**毛**」 古代竿頭上飾有犛牛尾的旗幟：望 M2.13：「尨毛（旄）之首」。曾 46：「墨毛（旄）之首」。曾 86：「朱毛（旄）之首」。

「**翠**」 古代竿頭上飾有犛牛尾的旗幟：包牘 1：「尨翠（旄）首」。

「**麾**」 古代竿頭上飾有犛牛尾的旗幟：老 M1.2：「尨麾（旄）」。老 M1.2：「□麾（旄）之竿」。

「**氂**」 古代竿頭上飾有犛牛尾的旗幟：包 269：「氂（旄）中竿」。（2 例）包 269：「尨氂（旄）之首」。

旟　（开，望 M2.13）　　（膚，曾 46）

「**开**」　旌旗：望 M2.13：「彤开（旟）」。[2]

「**膚**」　旌旗：曾 46：「雞膚（旟）」。（3 例）曾 72：「紫膚（旟）」。（2 例）
　　　　曾 115：「朱膚（旟）」。

旌　（翆，包 273）　　（旖，曾 65）

「**翆**」　泛指旗幟：包 269：「朱翆（旌）」。（2 例）包 273：「儵翆（旌）」。
　　　　望 M2.13：「隼翆（旌）」。望 M2.13：「秦縞之靈翆（旌）」。

「**旖**」　泛指旗幟：曾 65：「朱旖（旌）」。

斾　（市，望 M2.13）　　（帗，包 269）

　　　　（斾，曾 1 背）　　　　（輤，曾 16）

「**市**」　古代旌旗末端形似燕尾的下垂飾物：望 M2.13：「白市（斾）」。

「**帗**」　古代旌旗末端形似燕尾的下垂飾物：包 269：「帗（斾）」。（2 例）
　　　　包 273：「二帗（斾）」。

「**斾**」　載斾的前驅兵車可稱為斾：曾 1 背：「大斾」。（2 例）曾 61：「一
　　　　斾」。曾 3：「二斾」。（18 例）曾 125：「左斾」。曾 131：「右斾」。
　　　　曾 127：「左橦斾」。

「**輤**」　載斾的前驅兵車可稱為斾：曾 1：「大輤（斾）」。（2 例）曾 16：「左
　　　　輤（斾）」。（3 例）曾 36：「右輤（斾）」。（3 例）曾 25：「左橦輤（斾）」。
　　　　（2 例）曾 38：「右彤輤（斾）」。

---

[2] 本處的「开」，原整理者隸作「关」，依范常喜〈望山楚簡遣冊所記「彤关」新釋〉一文改隸，並從此
文讀作「旟」，圖版亦出自此文。湖北省文物考古研究所、北京大學中文系編：《望山楚簡》（北京：中
華書局，1995），頁 121，註 60。范常喜：〈望山楚簡遣冊所記「彤关」新釋〉，《江漢考古》2018 年
第 2 期，頁 115-117、122。

月　（月，包 225）

「**月**」　某個月份：[3] 包 218：「良月」。（3 例）

朔　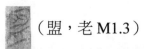（朔，九 M56.78）

「**朔**」　月相名：九 M56.78：「智屑朔於營室」。

期　（死，包 129）　　　　（郵，葛甲三 353）

（郒，葛甲三 310）

【**死（期）思**】**地名**：包 129：「死（期）思」。（4 例）

【**郵（期）思**】**地名**：葛甲三 353：「郵（期）思」。

【**郒（期）思**】**地名**：葛甲三 310：「郒（期）思」。

明　（亡，望 M2.49）　　　　（累，信 2-28）

（盟，老 M1.3）

【**亡（明）童**】**隨葬木俑**：望 M2.49：「亡（明）童」。（4 例）

【**累（明）童**】**隨葬木俑**：信 2-28：「累（明）童」。

【**盟（明）童**】**隨葬木俑**：老 M1.3：「盟（明）童」。

盟　（累，包 123）

「**累**」　泛指發誓、起誓：包 123：「既累（盟）」。（2 例）包 137：「累（盟）證」。（2 例）

【**累（盟）詛**】**結盟立誓**：包 210：「累（盟）詛」。（7 例）

夕　（夕，九 M56.71）

「**夕**」　傍晚，日暮：九 M56.60：「夕啟」。（5 例）九 M56.60：「夕不得」。（5 例）九 M56.61：「夕閉」。（3 例）九 M56.64：「夕得」。（2 例）葛乙四 5：「己未之夕」。葛甲三 134：「庚午之夕」。葛甲三 163：「辛

---

3 本處省去記時的月份，如葛乙三 29：「八月」、包 20：「夏柰之月」。

巳之夕」。葛甲三 126+零 95：「戊申之夕」。

夜　夕（夝，天 40）

「夝」 從天黑到天亮的一段時間，與「晝」、「日」相對：天 40：「夝（夜）中有續」。天 40：「夝（夜）過半有間」。

外　外（外，包 253）

「外」 外面、與「內」或「裡」相對：包 253：「皆彤中漆外」。

牖　[image]（秀，九 M56.27）

「秀」 窗戶：九 M56.27：「戶秀（牖）」。

栗　栗（櫟，包 257）

「櫟」 栗樹的果實：包 257：「櫟（栗）二𥰠」。

糟　茜（茜，包 255）

「茜」 用酒腌製：包 255：「茜（糟）芷」。

齊　盦（齊，包 7）　　　　　鄭（鄭，天 1）

「齊」 古國名：包 7：「齊客」。（3 例）

「鄭」 古國名：天 1：「鄭（齊）客」。（5 例）

棗　[image]（棗，包 258）　　　[image]（鑲，仰 13）

「棗」 棗樹的果實：包 258：「棗（棗）二𥰠」。

「鑲」 棗樹的果實：仰 13：「鑲（棗）𥰠一十二𥰠」。

鼎　卣（卣，包 265）　　　　　鼎（鼎，包 254）

「卣」 ❶古代炊器，又為盛熟牲之器，多用青銅或陶土製成：包 265：「二喬卣（鼎）」。包 265：「二□薦之卣（鼎）」。包 265：「二饋卣（鼎）」。包 265：「二盞卣（鼎）」。包 265：「一貫耳卣（鼎）」。包 265：「一朕盦卣（鼎）」。❷水器：包 265：「一湯卣（鼎）」。[4]

---

[4] 「湯鼎」為水器，參彭浩：〈信陽長臺關楚簡補釋〉，《江漢考古》1984 年第 2 期，頁 64-66、63。

「鼎」 ❶ 古代炊器，又為盛熟牲之器，多用青銅或陶土製成：包 254：「一鼎（鼎）」。信 2-14：「一沬之鏽鼎（鼎）」。信 2-27：「二鼎（鼎）」。❷ 水器：望 M2.54：「一湯鼎（鼎）」。（2 例）

鼎 （鼎，望 M2.53）

「鼎」 「升鼎」的專名：望 M2.53：「二鼎」。

稷 （禝，葛乙四 90）

「禝」 穀神：九 M56.13 貳：「社禝（稷）」。（4 例）葛乙四 90：「一禝（稷）一牛」。（3 例）

稱 （夔，包 244）

「夔」 量詞：包 244：「衣裳各三夔（稱）」。

程 （浧，包 156）

「浧」 計量義：包 156：「浧（程）穀」。

尤 （尤，包 269）

「尤」 旃幅的異狀物名字：包 269：「尤五就」。（2 例）包 273：「尤九就」。

穫 （穫，葛零 415）

「穫」 收成，收穫：葛零 415：「穫熟」。

種 （穜，包 103）

「穜」 植物的種子：包 103：「纙穜（種）」。（11 例）

秋 （眛，包 214）　　（萩，九 M56.54）

「眛」 秋季：九 M56.90：「眛（秋）不可以西徙」。包 214：「眛（秋）三月」。（4 例）

「萩」 秋季：九 M56.54：「萩（秋）三月」。

秦　（𥻳，包 132）

「𥻳」　古國名：包 132：「𥻳（秦）景夫人」。包 141：「𥻳（秦）大夫」。
　　　　　包 145：「𥻳（秦）客」。（6 例）

【𥻳（秦）縞】織物名稱：包 263：「𥻳（秦）縞」。（3 例）

梁　（邥，包 179） 　　　　　（秹，包 157）

　　（𥢍，包 165）

「邥」　古國名：包 179：「邥（梁）人」。

「秹」　古國名：包 157：「大秹（梁）」。

「𥢍」　古國名：包 165：「𥢍（梁）人」。（3 例）

竊　（𥻘，包 120）

「𥻘」　偷盜：包 120：「𥻘（竊）馬」。（2 例）

黍　（黍，葛零 415）

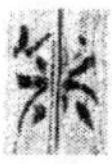

「黍」　植物名：葛零 415：「黍熟」。

糧　（糧，九 M56.44）

「糧」　穀類食物的總稱：九 M56.44：「芳糧」。（2 例）

粉　（粉，包 259） 　　　　　（紛，信 2-28）

　　（𩊭，葛甲三 237-1）

「粉」　妝粉：包 259：「一緯粉」。

【紛（粉）繩】白色的繫屨之繩：信 2-28：「紛（粉）繩」。

【𩊭（粉）玉繇】粉白色的飾玉的馬冠：葛甲三 237-1：「𩊭（粉）玉繇」。

糗　（糗，包 256） 　　　　　（䭔，老 M1.11）

「糗」　乾飯：包 256：「囊四，皆有糗」。信 2-6：「四糗笲」。信 2-22：「小
　　　　囊糗四十又八」。信 2-22：「一大囊糗」。

「餱」　乾飯：老 M1.3：「餱（糇）十囊」。老 M1.11：「餱（糇）」。（2 例）

家 （豭，包 197）

「豭」　❶ 特指自己家庭的住房：九 M56.15 貳：「徙豭（家）」。九 M56.29：「為室豭（家）」。❷ 卜筮用具：包 197：「保豭（家）」。望 M1.7：「愴豭（家）」。天 39：「承豭（家）」。

【豭（家）室】家庭、家眷：九 M56.1 貳：「豭（家）室」。

宅 （厇，包 155）　　（宅，葛甲三 11+甲三 24）

「厇」　墓地、墓穴：包 155：「若葬王士之厇（宅）」。

「宅」　開闢為居住之處、定居、居住：葛甲三 11+甲三 24：「宅茲沮、漳」。

室 （室，包 126）

「室」　❶ 房屋：包 126：「同室」。（5 例）包 210：「宮室」。（9 例）九 M56.13：「築室」。天 15：「新室」。❷ 家：九M56.27：「入室」。[5]（2 例）九 M56.17 貳：「家室」。九 M56.28：「奪之室」。天 45：「宜室」。❸ 房間：包 255：「食室」。（2 例）九 M56.53：「室東」。❹ 鏡子的套子：望 M2.48：「紅緅之室」。

宇 （遇，九 M56.45）

「遇」　指建築群的基址：九 M56.45：「西南之遇（宇）」。九 M56.45：「東〔南〕之遇（宇）」。九 M56.46：「西北之遇（宇）」。九 M56.55：「東南之遇（宇）」。九 M56.56：「東北之遇（宇）」。

穴 （穴，葛甲三 83）　　（空，葛乙一 22）

【穴熊】楚國先祖名：葛甲三 35：「穴熊」。（4 例）

【空（穴）熊】楚國先祖名：葛乙一 22：「空（穴）熊」。（3 例）

---

[5] 陳偉認為「入室」以「久行」為前提，又與「去室」對舉，當指外出者回家。陳偉：〈九店楚日書校讀及其相關問題〉，《人文論叢》（武漢：武漢大學出版社，1998），頁 151-164。

穿 （汙，九 M56.47）

【汙（穿）洜】低下不平：九 M56.47：「汙（穿）洜」。

安 （女，包 144） （安，葛零 220+乙四 125）

「女」 ❶ 安居：九 M56.45：「居之女（安）壽」。九 M56.47：「東、南高，二方下，是謂虛井，攻通，女（安）」。九 M56.49：「坴於東北之北，女（安）」。❷ 連詞，猶於是、乃：包 142：「小人女（安）守以告」。包 144：「州人女（安）以小人告」。

「安」 安樂、安適、安逸：葛零 220+乙四 125：「不安（安）」。（2 例）

【女（安）車】安車，上有蓋，四周有幃的坐乘：曾 48：「女（安）車」。（4 例）[6]

寶 （保，望 M1.17） （寶，包 221）

（琛，包 226） （㙙，包 212）

（琛，葛甲三 216） （賯，望 M1.14）

（𡧛，望 M1.13）

「保」 卜筮用具：天 33：「長保（寶）」。

「寶」 卜筮用具：包 221：「少寶」。

【保（寶）室】卜筮用具：望 M1.17：「保（寶）室」。

【保（寶）家】卜筮用具：天 43：「保（寶）家」。（8 例）

【琛（寶）家】卜筮用具：包 226：「琛（寶）家」。（2 例）

【㙙（寶）家】卜筮用具：包 212：「㙙（寶）家」。

---

[6] 李守奎：〈出土簡策中的「軒」和「圓軒」考〉，《古文字研究》第 22 輯（北京：中華書局，2000），頁 195-199。

【㻌（寶）家】卜筮用具：葛甲三 216：「㻌（寶）家」。（4 例）

【賮（寶）家】卜筮用具：望 M1.14：「賮（寶）家」。（2 例）

【穎（寶）家】卜筮用具：望 M1.13：「穎（寶）家」。

實　（實，信 2-9）

「**實**」　物品、物資：信 2-9：「一笥，其實」。

守　（戳，包 142）

「**戳**」　收捕：包 142：「小人安戳（守）之以告」。

宰　（剕，葛甲三 356）　　　　　（啐，曾 154）

【剕（宰）尹】掌管膳食的官：葛甲三 356：「剕（宰）尹」。（4 例）

【剕（宰）梉】供宰殺犧牲用的梉：包 266：「剕（宰）梉」。

【啐（宰）尹】掌管膳食的官：曾 154：「啐（宰）尹」。（2 例）

宜　（䯝，葛乙二 2+乙二 30）　　　（義，葛甲三 12）

「**䯝**」　引申使合宜，使合適：葛乙二 2+乙二 30：「䯝（宜）少遲瘥」。葛
　　　甲三 153：「䯝（宜）少遲瘥」。

「**義**」　引申使合宜，使合適：葛甲三 235-2：「義（宜）速有間」。葛甲三
　　　12：「義（宜）少瘥」。

【䯝（宜）室】引申為家庭和睦：天 45：「䯝（宜）室」。

【䯝（宜）順】合宜安順：葛乙四 35：「䯝（宜）順」。（8 例）

【䯝（宜）人民】調使民眾安順：九 M56.45：「䯝（宜）人民」。（3 例）

賓　（旬，包 257）

「**旬**」　陳列：包 257：「旬（賓）箸」。

寢　（帚，信 2-21）　　　　　　　（㾓，包 263）

【帚（寢）茵】寢臥用的襯墊、褥子：信 2-21：「帚（寢）茵」。

【帚（寢）莞】寢臥之莞席：信 2-23：「帚（寢）莞」。

【帚（寢）筵】寢臥用的席子：信 2-23：「帚（寢）筵」。

【痲（寢）席】寢席，臥席：包263：「痲（寢）席」。

【痲（寢）薦】寢薦，寢臥用的薦席：包260上：「痲（寢）薦」。

客 舎 （客，包220）

「客」 他國或外地人在本國或本地做官者：包7：「齊客」。（21例）包12：「東周之客」。（21例）包125：「鄹國之客」。包125：「宋客」。（5例）包145：「魏客」。（3例）包145：「越客」。（2例）包176：「魯客」。天16：「巴客」。（3例）老M1.1：「周客」。（2例）唐4：「燕客」。（4例）唐8：「秦客」。（6例）

寓 ![圖] （塓，九M56.28）

【塓（寓）人】寄居之人：九M56.28：「塓（寓）人」。

害 ![圖] （邁，葛甲三64）

【邁（害）虐】害虐，傷害虐待：葛甲三64：「邁（害）虐」。

宮 ![圖] （宮，包214）

【宮室】房屋的通稱：包210：「宮室」。（9例）

【宮廄】指宮廷之廄：曾4：「宮廄」。（5例）

【宮后土】司宅地之神：包214：「宮后土」。（2例）

【宮地主】土地之神：包202：「宮地宝」。（8例）

【宮廄尹】職官名：曾48：「宮廄尹」。

疾 ![圖] （疾，包207）

「疾」 病痛：包123：「有疾」。（11例）包207：「病腹疾」。包218：「下心而疾」。（2例）包221：「心疾」。（4例）包236：「腹心疾」。（5例）包236：「疾難瘥」。望M1.37：「胸脅疾」。（3例）望M1.38：「足骨疾」。（2例）望M1.41：「首疾」。（2例）望M1.45：「疾少遲瘥」。望M1.61：「疾遲瘥」。（4例）九M56.28：「除疾」。九M56.60：「見疾」。（2例）葛乙二37+乙二5：「背膺膚疾」。葛甲三219：「背

膚疾」。（17 例）葛甲三 301-2+甲三 301-1+甲三 131：「脅疾」。（2 例）葛甲三 9：「疾於背」。葛甲三 9：「胛疾」。（3 例）葛乙四 61：「肩背疾」。葛零 215：「膚疾」。（9 例）葛甲三 189：「髂骨體疾」。（2 例）葛甲三 149：「膺疾」。（3 例）葛甲三 160：「疾必瘥」。葛甲一 22：「疾一續一已」。（3 例）葛零 481：「疾將速瘥」。葛乙二 3+乙二 4：「疾速損」。葛甲二 25：「疾瘥」。葛甲三 291-1：「疾且脹」。葛零 204：「痀疾」。葛甲三 22+甲三 59：「背膺悶心之疾」。天 38：「疾速有瘳」。（2 例）天 42：「疾速瘥」。（3 例）天 66：「疾有續」。天 140：「疾烈然遲瘥」。

病　![肪字图](肪，包 158)　![疠字图](疠，包 243)

![瘤字图](瘤，唐 5)

「肪」❶生理上或心理上出現的不健康、不正常狀態：包 158：「死肪（病）甚」。包 218：「肪（病）良瘥」。包 220：「肪（病）速瘥」。包 249：「重肪（病）」。包 247：「肪（病）有續」。❷生病：包 221：「肪（病）心疾」。（2 例）包 207：「肪（病）腹疾」。

「疠」　生理上或心理上出現的不健康、不正常狀態：包 243：「疠（病）遲瘥」。葛零 209：「不懌疠（病）」。

「瘤」　生理上或心理上出現的不健康、不正常狀態：唐 5：「其有瘤（病）之故」。唐 6：「其有瘤（病）之故」。

痀　![痀字图](痀，葛零 204)

【痀疾】拘急或拘瘲之症：葛零 204　：「痀疾」。

疥　![疥字图](疥，葛甲二 28)

「疥」　疥瘡：葛甲二 28：「疥（疥）不出」。（3 例）

瘳　![瘳字图](瘳，九 M56.67)　![瘳字图](瘳，葛甲一 9)

「瘳」　病愈：望 M1.69：「壬、癸大有瘳（瘳）」。九 M56.62：「午少瘳

（瘳）」。九 M56.62：「申大翏（瘳）」。九 M56.63：「未少翏（瘳）」。
九 M56.63：「申大翏（瘳）」。九 M56.64：「酉少翏（瘳）」。九 M56.64：
「戌大翏（瘳）」。（2 例）九 M56.67：「子少翏（瘳）」。九 M56.67：
「卯大翏（瘳）」。九 M56.70：「辰大翏（瘳）」。九 M56.71：「卯少
翏（瘳）」。九 M56.71：「巳大翏（瘳）」。九 M56.75：「大翏（瘳）」。

「翏」　病愈：葛甲一 9：「有翏」。葛甲三 184-2+甲三 185+甲三+222：「不
良蠲翏」。葛零 87+零 570+零 300+零 85+零 593：「翏速瘥」。（3 例）
葛甲三 16：「速翏」。

瘥　（瘦，葛甲三 12）　　（瘥，包 218）

「瘦」　病瘥：葛甲三 12：「宜少瘦（瘥）」。

「瘥」　病瘥：望 M1.45：「疾少遲瘥（瘥）」。望 M1.65：「瘥（瘥）」。（3
例）望 M1.63：「少遲瘥（瘥）」。（6 例）包 218：「病良瘥（瘥）」。
包 220：「病速瘥（瘥）」。包 243：「病遲瘥（瘥）」。包 236：「久不
瘥（瘥）」。（3 例）包 236：「尚速瘥（瘥）」。（9 例）葛甲二 25：「疾
瘥（瘥）」。天 42：「疾速瘥（瘥）」。（2 例）包 236：「疾難瘥（瘥）」。
望 M1.61：「疾遲瘥（瘥）」。（4 例）葛甲三 160：「疾必瘥（瘥）」。
包 240：「遲瘥（瘥）」。（6 例）葛甲三 265：「遲蠲瘥（瘥）」。葛零
311+甲三 194+乙四 3：「難瘥（瘥）」。望 M1.150：「率瘥（瘥）」。（2
例）望 M1.52：「速瘥（瘥）」。（10 例）望 M1.67：「辛、王叔（瘥）」。
葛乙二 2+乙二 30：「宜少遲瘥（瘥）」。（2 例）葛乙二 3+乙二 4：「少
遲蠲瘥（瘥）」。天 140：「良瘥（瘥）」。（3 例）葛甲三 184-2+甲三
185+甲三 222：「未良瘥（瘥）」。葛零 87+零 570+零 300+零 85+零
593：「翏速瘥（瘥）」。（2 例）

冠　（冕，包 219）

「冕」　❶帽子：包 259：「獬冕（冠）」。（3 例）包 263：「青穀冕（冠）」。
包 263：「穀冕（冠）」。包 264：「一冕（冠）」。望 M2.49：「一大冕

（冠）」。望 M2.61：「一小紡冕（冠）」。老 M2.2：「一帛冕（冠）」。
老 M2.2：「一縞冕（冠）」。❷ 古代男子到成年舉行加冠禮，叫做
冠，一般在二十歲：九 M56.13 貳：「冕（冠）」。（3 例）九 M56.36：
「利以冕（冠）」。

【冕（冠）帶】帽子與腰帶：包 219 ：「冕（冠）帶」。（2 例）

同　　（同，包 138）

【同里】同鄉：包 138 反：「同里」。

【同官】在同一個官署工作：包 138 反：「同官」。

【同社】猶同鄉，同里，古以二十五家為一社：包 138 反：「同社」。

【同室】同居一舍，同居一室：包 126：「同室」。（5 例）

【同說】相同的說祭：包 220：「同說」。（4 例）

冑　　（軸，包 269）

「軸」　古代戰士的頭盔：包 269：「戴軸（冑）」。（4 例）

兩　　（兩，包 237）

「兩」　❶ 數詞，二，常用於成對的人或事物以及同時出現的雙方：包
237：「兩羖」。（2 例）望 M2.6：「兩童」。望 M2.9：「兩馬」。（14
例）信 2-2：「兩繡鞜屨」。信 2-2：「一兩絲紙屨」。信 2-2：「一兩
漆緹屨」。信 2-2：「一兩誑屨」。信 2-2：「一兩緅」。信 2-28：「兩
鞎」。葛乙二 23+零 253：「兩絆」。（6 例）葛零 277：「兩脅」。葛
乙二 9：「兩犧馬」。曾 160：「兩騮」。（5 例）❷ 二十四銖為一兩：
包 145 反：「一兩」。包 111：「四兩」。（3 例）包 145 反：「十兩」。

網　　（罔，九 M56.31）

「罔」　用繩線等結成的捕魚或捉鳥獸的用具：九 M56.31：「設罔（網）」。
九 M56.14 貳：「張罔（網）」。

巾 （帨，望 M2.49） 纏（縫，包 259）

「帨」 佩巾：望 M2.49：「啻帨（巾）二十二」。信 2-5：「屯赤綿之帨（巾）」。
信 2-6：「屯紫緻之帨（巾）」。信 2-9：「一浣帨（巾）」。信 2-9：「一
沬帨（巾）」。信 2-9：「一捉臭之帨（巾）」。信 2-15：「七布帨（巾）」。
信 2-24：「屯緻帨（巾）」。（2 例）老 M1.3：「帨（巾）笲」。[7]

「縫」 佩巾：包 259：「一縫（巾）笲」。包 259：「六縫（巾）」。仰 13：「錦
縫（巾）」。仰 19：「五芏縫（巾）」。

帶 縭（縭，包 231） （襻，老 M2.1）

「縭」 繫衣服或縈東西所用的長條物：包 231：「冠縭（帶）」。包 270：
「靈光之縭（帶）」。望 M2.49：「三革縭（帶）」。望 M2.49：「一
緄縭（帶）」。（3 例）望 M2.50：「一革縭（帶）」。（2 例）信 2-2：「一
組縭（帶）」。（2 例）信 2-7：「一素緯縭（帶）」。仰 17：「〔革〕縭
（帶）」。仰 23：「疏羅之縭（帶）」。老 M1.4：「縞縭（帶）」。（2
例）

「襻」 繫衣服或縈東西所用的長條物：老 M2.1：「一楝然之緄襻（帶）」。
老 M2.1：「一朱襻（帶）」。老 M2.1：「一革襻（帶）」。老 M2.2：「一
□緻襻（帶）」。老 M2.2：「縞襻（帶）」。

【縭（帶）劍】佩劍：九 M56.13 貳：「縭（帶）劍」。（2 例）

幃 （韋，望 M2.2） 幃（緯，包 263）

「韋」 車的幃帳：望 M2.2：「其韋（幃），丹緅聯縢之緵」。

「緯」 香囊：包 263：「綺縞之緯（幃）」。包 259：「一緯（幃）粉」。

幢 （童，包 276） （箽，望 M2.13）

纏（縫，包 272）

---

[7] 李家浩認為「帨」的意思與「巾」相當，可能是「巾」的別名，也可能是「巾」的異文，巾用於飾首或
洗面，故字或从「首」。李家浩：〈信陽楚簡「澮」字及从「关」之字〉，《著名中年語言學家自選集·
李家浩卷》（合肥：安徽教育出版社，2002），頁 194-211。

「童」　一種旌旗，垂筒形，飾有羽毛、錦繡：包 276：「靈光之童（幢）」。
（3 例）望 M2.6：「丹朱緅之兩童（幢）」。

「篁」　一種旌旗，垂筒形，飾有羽毛、錦繡：望 M2.13：「其篁（幢），丹
緅之□」。

「繂」　一種旌旗，垂筒形，飾有羽毛、錦繡：包 272：「生錦之繂（幢）」。
（2 例）

帽　（緝，仰 8）　　　　　　　　（韜，包 259）

「緝」　帽子：仰 8：「綎布之緝（帽）」。

「韜」　帽子：包 259：「二紫韋之韜（帽）」。

常　（裳，包 222）

【裳（常）牲】常規用牲：包 222：「裳（常）牲」。

裳　（常，葛甲三 269）　　　　　　（裳，包 244）

（裳，九 M56.20 貳）　　　　　　（綿，九 M56.36）

「常」　❶古代稱下身穿的衣裙，男女皆服：信 2-13：「屯有常（裳）」。曾
123：「一常（裳）」。信 2-15：「一緣常（裳）」。❷泛指衣服：葛甲
三 269：「衣常（裳）」。（2 例）

「裳」　泛指衣服：包 244：「衣裳」。（2 例）

「裳」　泛指衣服：九 M56.20 貳：「衣裳（裳）」。

「綿」　泛指衣服：九 M56.36：「衣綿（裳）」。

席　（筈，包 259）

「筈」　坐臥鋪墊用具，由竹篾、葦篾或草編織成的平片狀物：包 259：「一
縞筈（席）」。包 263：「一寢筈（席）」。包 263：「二俾筈（席）」。
包 263：「一坐筈（席）」。包 263：「二莞筈（席）」。包 262：「一縞筈
（席）」。包 262：「二莚筈（席）」。望 M 2.21：「純緣筈（席）」。望
M2.22：「緄筈（席）」。望 M 2.49：「筈（席）十又二」。信 2-8：「一

鈔筍（席）」。信 2-19：「茵筍（席）」。仰 20：「一紫錦之筍（席）」。
仰 21：「一純筵筍（席）」。仰 21：「一俉筍（席）」。曾 6：「紫筍（席）」。
（9 例）曾 53：「紫茵之筍（席）」。（2 例）

布 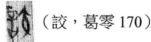（布，信 2-15）

【布巾】布做的佩巾：信 2-15：「布巾」。

【布褐】粗布短衣：九 M56.20 貳：「布褐」

帛 （白，望 M2.48）　　（帛，信 2-13）

「白」 古代絲織物的通稱：望 M2.48：「五魯白（帛）之簍」。老 M2.1：「魯
白（帛）之麃」。老 M2.2：「二魯白（帛）之紽」。老 M2.2：「白（帛）
冠」。

「帛」 古代絲織物的通稱：信 2-13：「帛裏」。（3 例）

白 （白，曾 5）

「白」 ❶ 像雪一般的顏色：曾 5：「狐白」。（9 例）❷ 白色的東西：信
2-11：「白」。（2 例）包 208：「白犬」。（9 例）包 253：「醬白之膚」。
（2 例）信 2-11：「醬白膚」。包 257：「白舵」。包 262：「白氈」。
望 M2.9：「白柔」。（2 例）望 M2.13：「白市」。葛乙三 20：「白繹」。
（3 例）葛甲三 233+甲三 190：「白龜」。（11 例）曾 9：「白敓」。
曾 81：「白羽」。曾 116：「白㤟」。

【白金】銀：包 272：「白金」。（13 例）

【白朝】神祇名：天 44：「白朝」。（3 例）

皎 （皆，葛甲三 157）　　（詨，葛零 170）

（駱，葛乙四 46）

「皆」 潔白：葛甲三 157：「皆（皎）繹」。

「詨」 潔白：葛零 170：「詨（皎）〔繹〕」。

「駱」 潔白：葛乙四 46：「駱（皎）繹」。

卷八

人 （人，包 7）[1]

【人民】**百姓、平民**：九 M56.16 貳：「人民」。（5 例）

傷 （剔，包 22）

「剔」 ❶**特指創傷之淺者**：包 22：「陳宝醻之剔（傷）」。包 24：「陳觲之剔（傷）」。包 30：「陳醻之剔（傷）」。❷**傷害，損害**：包 80：「剔（傷）其弟」。包 142：「自剔（傷）」。（2 例）

佩 （葡，望 M1.54）　　（備，包 213）

（璊，九 M56.24 貳）　　（瓓，天 3-2）

（繡，包 231）

【葡（佩）玉】**古代繫於衣帶用作裝飾的玉**：望 M1.54：「葡（佩）玉」。

【備（佩）玉】**古代繫於衣帶用作裝飾的玉**：包 213：「備（佩）玉」。（18 例）

【備（佩）璧】**古代繫於衣帶用作裝飾的玉璧**：葛甲一 11：「備（佩）璧」。

【璊（佩）玉】**古代繫於衣帶用作裝飾的玉**：九 M56.24 貳：「璊（佩）玉」。

【瓓（佩）玉】**古代繫於衣帶用作裝飾的玉**：天 3-2：「瓓（佩）玉」。（4 例）

【繡（佩）瑉】**古代繫於衣帶用作裝飾的玉飾**：包 231：「繡（佩）瑉」。

仇 （䟃，包 138 反）

「䟃」 **仇恨、冤仇**：包 138 反：「㟰之䟃（仇）除於㟰之所證」。包 138 反：「與其䟃（仇），有怨不可證」。

---

[1] 文書楚簡使用 {人} 指「特定的某種人或某個人」，如包 7：「邦人」，例子甚多，此處不一一列出。

侵　（戠，包 273）

「戠」　一種羽毛的名字：包 269：「戠（侵）羽」。（2 例）包 273：「戠（侵）
　　　　二就」。（2 例）[2]

侍　（寺，包 226）　　　　（岦，包 228）

　　（峕，包 209）　　　　（事，包 197）

【寺（侍）王】陪從或伺候君王：包 226：「寺（侍）王」。（4 例）
【岦（侍）王】陪從或伺候君王：包 228：「岦（侍）王」。（3 例）
【峕（侍）王】陪從或伺候君王：包 209：「峕（侍）王」。（11 例）
【事（侍）王】陪從或伺候君王：包 197：「事（侍）王」。（3 例）

偶　（禺，五 14）　　　　（堣，仰 31）

　　（罬，老 M1.12）

「禺」　雙數：五 14：「一禺（偶）」。
「堣」　雙數：仰 8：「二堣（偶）」。仰 31：「一堣（偶）」。（2 例）
「罬」　雙數：老 M1.12：「罬（偶）鼎」。老 M1.12：「一罬（偶）壺」。老
　　　　M1.17：「罬（偶）桮」。

傳　（傳，包 120）

「傳」　傳訊、召喚：包 120：「小人命為督以傳之」。包 120：「命停邿解枸
　　　　傳邿倅得之」。

咎　（咎，包 197）

「咎」　災禍、不幸之事：包 197：「毋有咎」。（35 例）包 211：「無咎」。（57
　　　　例）望 M1.40：「大咎」。（8 例）九 M56.38 貳：「長子受其咎」。葛

---

[2] 李家浩指出「侵」是一種羽毛的名字，所以可以與「羽」字連說。李家浩：〈包山楚簡中的旌旆及其他〉，
《第二屆國際中國古文字學研討會論文集（續編）》（香港：香港中文大學中國語言及文學系，1995），
頁 386。

甲三 345-1：「有咎」。（2 例）

匕　 （匕，望 M2.47）　　 （比，包 253）

 （杮，信 2-27）

「匕」　古人舀取食物的器具，相當於現代的湯匙之類：望 M2.47：「四金匕」。望 M2.56：「埮匕」。老 M1.3：「二匕」。

「比」　古人舀取食物的器具，相當於現代的湯匙之類：包 253：「一金比（匕）」。（2 例）

「杮」　古人舀取食物的器具，相當於現代的湯匙之類：信 2-27：「鋖杮（匕）」。

從　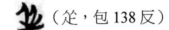 （從，包 151）　　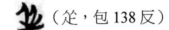 （祉，包 138 反）

「從」　介詞：葛乙四 110+乙四 117：「從郢來」。天 9-1：「從十月以至來歲之十月」。（2 例）

【祉（從）父】父親的兄弟，即伯父或叔父：包 138 反：「祉（從）父」。

【從父】父親的兄弟，即伯父或叔父：包 151：「從父」。

北　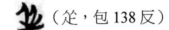 （北，九 M56.46）

「北」　表示方位名：包 153：「北與鄭陽距疆」。包 154：「北與鄭君犖疆」。九 M56.46：「西北之宇」。九 M56.46：「北南高」。九 M56.47：「北高」。九 M56.51：「東北之東」。九 M56.49：「西北」。（4 例）九 M56.56：「東北之宇」。九 M56.62：「北吉」。九 M56.63：「北見疾」。九 M56.66：「北得」。九 M56.67：「北凶」。九 M56.91：「不可以北徙」。九 M56.93：「北行」。

【北子】神祇名：望 M1.117：「北子」。（4 例）

【北方】神祇名：望 M1.76：「北方」。（15 例）

【北宗】神祇名：望 M1.125：「北宗」。（3 例）

聚　（聚，九 M56.15 貳）

【聚眾】聚集人眾：九 M56.15 貳：「聚眾」。（2 例）

重　（鈺，葛甲三 220+零 343）　　（瘇，包 249）

「鈺」　重量，分量：葛甲三 220+零 343：「其鈺（重）一鈞」。

【瘇（重）病】重病，嚴重而危險的大病：包 249：「瘇（重）病」。

身　（身，葛零 201）

「身」　人或動物的軀體，指整個身體：九 M56.37 貳：「其身有大咎」。九 M56.94：「丁巳終其身」。葛甲三 48：「君身無咎」。葛零 201：「君身」。（4 例）

躳　（穻，包 201）　　　　（躳，包 226）

（宮，包 202）　　　　（窮，望 M1.74）

【穻=（躳身）】自身，自己：包 201：「穻=（躳身）」。（18 例）

【躳=（躳身）】自身，自己：包 226：「躳=（躳身）」。（3 例）

【宮=（躳身）】自身，自己：包 202：「宮=（躳身）」。

【窮=（躳身）】自身，自己：望 M1.74：「窮=（躳身）」。（17 例）

衣　（衣，包 261）

「衣」　❶ 衣服：包 261：「一縞衣」。望 M2.49：「四明童皆緹衣」。望 M2.49：「三明童皆丹緅之衣」。望 M2.49：「二明童皆紫衣」。仰 1：「一紡衣」。仰 2：「一綎衣」。（3 例）仰 5：「一結衣」。❷ 蒙覆在器物或自然物表面的東西：望 M2.47：「二瑟皆繡衣」。

【衣裳】古時衣指上衣，裳指下裙，後泛指衣服：包 244：「衣裳」。（5 例）

表　（表，包 262）

「表」　指物品的外層：包 262：「一狐青之表」。

裏 緸（緸，包268）　　　　金（裏，包262）

「緸」　**指物品的內層**：包268：「丹黃之緸（裏）」。仰1：「綠緸（裏）」。
仰20：「黃緸（裏）」。仰22：「縞緸（裏）」。

「裏」　**指物品的內層**：包263：「綌裏」。包262：「綠裏」。（11例）包
262：「紫裏」。（13例）包261：「亡裏」。望M2.2：「丹綜之裏」。
望M2.2：「紡裏」。望M2.6：「黃裏」。望M2.8：「生絹之裏」。望
M2.10：「丹組之裏」。望M2.12：「赭鹽之裏」。望M2.23：「丹紻綜
之裏」。望M2.59：「縞裏」。（3例）信2-9：「彤裏」。信2-9：「繻
綿之裏」。信2-13：「帛裏」。（3例）信2-19：「綿裏」。信2-21：「繻
綠之裏」。曾54：「紫檢之裏」。（4例）曾55：「黃紡之裏」。曾86：
「檢裏」。曾88：「紫檢裏」。

卒 夋（夋，包197）

【夋（卒）歲】**終年，整年**：包197：「夋（卒）歲」。（22例）

製 𢪱（折，九M56.20貳）

「折」　**裁衣**：九M56.20貳：「折（製）衣裳」。（2例）九M56.20貳：「折
（製）布褐」。

衦 扞（衦，信2-15）

「衦」　**汗衣**：信2-15：「一丹綜之衦」。

褚 緒（緒，包263）

「緒」　**囊套**：包263：「二緒（褚）」。

裯 綢（綢，曾123）

「綢」　**貼身短衣**：曾123：「一綢（裯）」。（4例）曾125：「一革綢（裯）」。
（2例）

裾 （尻，望 M2.47）

「尻」 衣袍：望 M2.47：「一靈光之尻（裾）」。

襡 （蜀，老 M1.12） （繏，望 M2.49）

（襡，信 2-19）

「蜀」 收藏器物的囊或套子：老 M1.12：「二緅蜀（襡）」。老 M1.12：「一
縞蜀（襡）」。

「繏」 收藏器物的囊或套子：望 M2.48：「丹紗之繏（襡）」。（2 例）望
M2.49：「紡繏（襡）」。

「襡」 收藏器物的囊或套子：信 2-19：「緅襡」。

袷 （歛，包 260 下）

「歛」 古代交叉式的衣領，形制未甚明白，近世出土的戰國時期銅、木雕
像及俑像中，有不少衣領作交叉而方折向下的形制，或即為「袷」：
包 260 下：「紛歛（袷）」。信 2-13：「一友齊紑之歛（袷）」。

老 （老，包 217）

【老僮】楚先人名：包 217：「老僮」。（7 例）

壽 （耆，九 M56.46）

「耆」 長壽：九 M56.45：「安耆（壽）」。九 M56.46：「不耆（壽）」。

蟊³ （莫，望 M2.6） （舶，包牘 1）

（蟊，曾 13） （貚，包 271）

「莫」 毛皮：老 M1.18：「貍莫（蟊）」。望 M2.6：「貍莫（蟊）之蒙」。曾

---

³ 陳偉武：〈說「貘」及其相關諸字〉，《古文字研究》第 25 輯（北京：中華書局，2004），頁 251-254。

36：「貍莫（蠹）聶」。

「鉑」　**毛皮**：包牘 1：「犴鉑（蠹）之韄軒」。

「蠹」　**毛皮的專字**：曾 5：「貂蠹之聶」。曾 71：「貂蠹之毡」。曾 13：「號蠹之聶」。（4 例）曾 98：「號蠹之毡」。曾 14：「貍蠹之聶」。（4 例）曾 86：「犴蠹之毡」。曾 106：「犴蠹之聶」。

「貕」　**毛皮**：包 271：「犴貕（蠹）之軨鋑」。望 M2.8：「貍貕（蠹）之韔」。曾 1 正：「虎報貕（蠹）聶」。曾 2：「貍貕（蠹）之聶」。（2 例）曾 62：「虎貕（蠹）之帚」。

居　（尻，九 M56.45）　　（居，包 90）

「尻」　❶**居住**：九 M56.45：「君子尻（居）之」。（2 例）九 M56.45：「尻（居）之安壽」。九 M56.46：「不可尻（居）」。九 M56.47：「尻（居）之不盈志」。九 M56.48：「尻（居）之貴」。九 M56.49：「窮尻（居）南」。九 M56.49：「尻（居）西北利」。九 M56.49：「尻（居）西南」。九 M56.53：「廩尻（居）西北」。九 M56.55：「日以尻（居）」。九 M56.58：「尻（居）東南多惡」。九 M56.59：「尻（居）之福」。❷**住宅**：九 M56.54：「作高尻（居）於西得」。

「居」　**居住**：包 90：「居隋里」。九 M56.35：「居有食」。九 M56.43：「爾居復山之阣」。葛乙四 100+零 532+零 678：「居郢」。（2 例）

【居處】**住所，住處**：包 32：「居處」。

【居橾】**長柄勺，飯橾**：望 M2.45：「居橾」。

屋　（臺，望 M2.2）

「臺」　**車上之蓋**：望 M2.2：「丹組之臺（屋）」。望 M2.15：「紡臺（屋）」。

尾　（尾，曾 35）

「尾」　**尾巴，動物軀幹末端突出的部分**：曾 35：「犴尾」。（5 例）

徙　（迲，葛甲三 240）　　　　（遷，包 250）

　　（選，葛甲三 11+甲三 24）　　　（屡，九 M56.17 貳）

「迲」　**遷移，移居**：葛甲三 240：「迲（徙）於鄩郢之歲」。（4 例）

「遷」　**遷移，移居**：包 250：「遷（徙）其處」。包 259：「相遷（徙）」。葛
　　　　乙一 16：「遷（徙）於鄩郢之歲」。（24 例）葛甲三 165：「遷（徙）
　　　　去是處也」。葛甲二 19+甲二 20：「遷（徙）處」。

「選」　**遷移，移居**：葛甲三 11+甲三 24：「選（徙）遷處」。

【迲（徙）家】**遷居**：九 M56.15 貳：「迲（徙）家」。

【屡（徙）家】**遷居**：九 M56.17 貳：「屡（徙）家室」。

屈　（屈，包 4）

【屈柰】**楚月名**：包 4：「屈柰」。（15 例）

屡　（豊，葛甲二 28）

「豊」　**急速**：葛甲二 28：「豊（屡）出」。（2 例）

屨　（嬰，包 259）　　　　　（嚳，老 M2.2）

　　（繯，包 259）

「嬰」　**鞋子**：包 259：「鞮嬰（屨）」。（3 例）仰 5：「疏嬰（屨）」。仰 5：「新
　　　　嬰（屨）」。老 M1.3：「絠嬰（屨）」。

「嚳」　**鞋子**：老 M2.2：「絠嚳（屨）」。（2 例）

「繯」　**鞋子**：包 259：「魚皮之繯（屨）」。望 M2.49：「一生絲之繯（屨）」。
　　　　信 2-2：「兩繡鞮繯（屨）」。信 2-2：「一兩絲紙繯（屨）」。信 2-2：
　　　　「一兩漆鞮繯（屨）」。信 2-2：「一兩詎繯（屨）」。信 2-2：「一兩緅繯
　　　　（屨）」。

方　　刀（方，包 231）

「方」　❶向，方位：包 231：「南方」。（2 例）九 M56.45：「北方」。（17
例）九 M56.46：「西方」。（3 例）天 27：「東方」。九 M56.46：「二
方」。（3 例）九 M56.45：「三方」。（2 例）九 M56.31：「四方」。（2
例）九 M56.54：「宮正方」。❷量器：九 M56.04：「方七」。九 M56.5：
「方三」。九 M56.8：「方一」。（2 例）九 M56.09：「方四」。❸方
形：信 2-1：「二方鑑」。（2 例）信 2-12：「八方琦」。

兄　　ｊ（兄，包 138 反）　　　　　　　ｊ（踓，包 63）

「兄」　哥哥：包 138 反：「從父兄弟」。

「踓」　哥哥：包 63：「殷阿受其踓（兄）殷朔」。包 84：「殺其踓（兄）」。
（4 例）包 102：「以其為其踓（兄）蔡暴斷，不法」。包 133：「殺
僕之踓（兄）」。（3 例）包 135 反：「執僕之踓（兄）」。

【踓（兄）弟】哥哥與弟弟：包 227：「踓（兄）弟」。

先　　ｊ（先，葛甲三 11+甲三 24）　　　ｊ（祦，葛零 337）

ｊ（祦，葛乙三 41）

「先」　先世、祖先：葛甲三 11+甲三 24：「昔我先出自顓頊」。包 217：「楚
先」。（6 例）葛甲三 105：「三楚先」。（4 例）

「选」　先世、祖先：葛零 337：「楚选（先）」。

「祦」　先世、祖先：葛乙三 41：「楚祦（先）」。（2 例）

【先人】祖先：葛甲三 13：「先人」。（2 例）

【先君】前代君主：望 M1.112：「先君」。

見　　ｊ（見，包 208）

「見」　❶謁見、拜見：包 208：「見王」。（2 例）九 M56.29：「見邦君」。九
M56.42：「見公王與貴人」。葛乙四 110+乙四 17：「見君王」。❷「現」
的古字，顯現、顯露：包 223：「有祟見」。（6 例）包 249：「有祟

見於絕無後」。九 M56.60：「見疾」。（2 例）葛甲三 2：「有祟見於
昭王」。（3 例）葛乙一 6：「祟見於昭王」。（2 例）葛乙一 22：「祟
見於司命」。葛零 198+零 203+乙四 48+零 651：「有祟見于大川有
汾」。

視　**身**（貝，包 15）

【貝（視）日】將「告」上呈楚王的人：包 15：「貝（視）日」。（6 例）

親　**新**（新，包 202）

【新（親）父】生父：包 202：「新（親）父」。（4 例）

【新（親）母】生母：包 202：「新（親）母」。（3 例）

【新（親）王父】親祖父：包 222：「新（親）王父」。（2 例）

欲　**欲**（欲，九 M56.43）

「欲」　想要，希望：九 M56.43：「某將欲食」。天 5-2：「不欲食」。（3 例）

歌　**百**（百，葛零 40）

「百」　升歌：葛乙二 1：「百（歌）」。（5 例）葛零 40：「百（歌）之」。（7
例）天 91：「賽禱惠公百（歌）以豕〔豕〕」。[4]

盜　**逃**（逃，九 M56.32）

「逃」　❶偷竊、劫掠：九 M56.60：「朝逃（盜）得」。（4 例）九 M56.67：
「朝逃（盜）不得」。❷偷竊或搶劫財物的人：九 M56.32：「寇逃
（盜）」。（2 例）

---

[4] 學者對於「百」的釋讀有多種論點，李家浩將「百」讀為「歌」，指出二字可能是假借關係，也可能「百」
義同「歌」。李氏認為假借關係較有可能，雖然二字聲、韻具遠，但仍有二字間接通假的例證，此處暫從
李家浩之說。李家浩：〈楚墓卜筮簡說辭中的「樂」「百」「贛」〉，西南大學漢語言文獻所網，2020.10.10。

卷九

順 （訓，葛乙四 35）　　　（愻，包 217）

「**訓**」　**順利**：包 210：「不訓（順）」。（2 例）葛乙四 35：「自宜訓（順）」。
（8 例）天 1-1：「自利訓（順）」。（18 例）

「**愻**」　**順利**：包 217：「不愻（順）」。

【**訓（順）成**】**順利**：九 M56.26：「訓（順）成」。

【**訓（順）至**】**逐漸到達**：葛甲三 5：「訓（順）至」。（4 例）

領　（卣，包 270）　　　　（真，曾 122）

「**卣**」　**單位詞**：包 270：「右二卣（領）犠甲」。

「**真**」　**單位詞**：曾 123：「一真（領）吳甲」。（4 例）曾 61：「二真（領）
吳甲」。（2 例）曾 122：「三真（領）吳甲」。（2 例）曾 122：「一
真（領）楚甲」。（2 例）曾 122：「二真（領）楚甲」。曾 124：「三
真（領）楚甲」。（3 例）曾 140：「十真（領）又五真（領）」。曾
140：「六十真（領）又四真（領）」。

項　（項，望 M2.12）　　　　（幀，包 277）

「**項**」　**項圈**：望 M2.12：「纓纂項」。（2 例）

「**幀**」　**馬飾的一部份**：包 277：「靈光結幀（項）」。（3 例）[1]

面　（面，望 M2.13）

「**面**」　**馬的面飾**：老 M1.17：「銀面」。望 M2.13：「錯面」。（3 例）包 272：
「白金勒面」。包 271：「四馬之臼面」。

---

[1] 「靈光結項」的具體意義仍有討論空間，但整體而言應為馬飾的其中一部份，學者的相關論述可參朱曉
雪：《包山楚簡綜述》（福州：福建人民出版社，2013），頁 641-642。

首 （⿱之百=，包 269） （百，包 269）

（頁，包牘 1） （首，葛甲三 203+甲三 89）

（⿱之頁=，包牘 1） （䭫=，葛乙四 70）

「百」 **旗杆之首：**包 269：「四十條翠⿱之百=（之首）」。包 269：「尨旄之百（首）」。包 273：「毫百（首）」。望 M2.13：「翡翠之百（首）」。望 M2.13：「尨旄之百（首）」。信 2-4：「良馬⿱之百=（之首）翠」。信 2-5：「四鈇百（首）」。曾 3：「豻百（首）」。（6 例）曾 6：「翠百（首）」。曾 9：「白⿰毛攵之百（首）」。曾 11：「貂百（首）」。（4 例）曾 18：「⿰月虎百（首）之霥」。（2 例）曾 46：「墨旄之百（首）」。曾 72：「紫旃⿰馬畢百（首）」。曾 79：「玄羿之百（首）」。曾 86：「朱旄之百（首）」。曾 89：「⿰馬畢百（首）」。曾 97：「⿰月虎百（首）」。（3 例）

「**頁**」 **旗杆之首：**望 M2-17：「□鈇頁（首）」。包牘 1：「四十條翠⿱之頁=（之首）」。包牘 1：「尨旄頁（首）」。

「**首**」 **頭：**葛乙四 70：「䭫=（稽首）」。葛甲三 203+甲三 89：「雁首」。（2 例）

縣 （鄏，包 115）

「鄏」 **地方政府的行政區域名稱：**包 115：「郊鄏（縣）」。（2 例）

鬚 （須，曾 6）

「**須**」 **動物的口毛：**曾 6：「羊須（鬚）」。（3 例）

彫 （周，包牘 1） （彫，信 2-11）

（敡，包 254） （綢，包牘 1）

「**周**」 **雕刻或紋飾：**包牘 1：「一周（彫）⿰車兆」。老 M1.1：「周（彫）⿰車旬」。老 M1.17：「周（彫）笮」。

「**彫**」 雕刻或紋飾：信 2-9：「屯彫裏」。信 2-11：「二彫▢洛」。信 2-11：「二彫楘」。信 2-11：「三彫叠」。信 2-25：「屯漆彫」。

「**歇**」 雕刻或紋飾：包牘 1：「一歇（彫）軦」。包 254：「二醬白之轂，皆歇（彫）」。（2 例）包 270：「一歇（彫）敦」。包 270：「一歇（彫）椹」。望 M2.6：「漆歇（彫）勒」。望 M2.11：「軥、杠皆歇（彫）」。望 M2.45：「歇（彫）樫」。望 M2.47：「歇（彫）杯」。望 M2.47：「一小歇（彫）羽翣」。

「**綢**」 雕刻或紋飾：包牘 1：「一綢（彫）楅」。

【彫鼙】小鼓：信 2-3：「彫鼙」。

文 （夒，望 M2.47）

「**夒**」 彩色交錯，亦指彩色交錯的圖形、紋飾：望 M2.47：「四膚，皆夒（文）」。望 M2.48：「二夒（文）笴」。仰 35：「有夒（文）竹柄」。

后 （句，望 M1.56） （厌，包 213）

【句（后）土】指土神或地神，亦指祀土地神的社壇：望M1.56：「句（后）土」。（5 例）

【厌（后）土】指土神或地神，亦指祀土地神的社壇：包 213：「厌（后）土」。（7 例）

司 （司，包 30）

「**司**」 掌管：九 M56.43：「司兵死者」。

【司命】神祇名：包 213：「司命」。（23 例）

【司城】職官名：包 155：「司城」。（8 例）

【司馬】職官名：包 8：「司馬」。（72 例）

【司寇】職官名：包 102：「司寇」。

【司敗】職官名：包 15：「司敗」。（41 例）

【司祿】職官名：葛甲三 4：「司祿」。

【司禍】神祇名：包 213：「司禍」。（10 例）

【司褆】神祇名：葛乙三 5：「司褆」。

【司禮】職官名：包 21：「司禮」。

【司豐】職官名：包 124：「司豐」。（2 例）

令 　命（命，包 115）　　　𢼸（敏，包 2）

　　宲（賕，包 92）

「命」 任命：包 7：「焉命（令）大莫敖屈陽為命邦人納其溺典」。

【命（令）尹】職官名：包 115：「命（令）尹」。（4 例）

【敏（令）尹】職官名：包 2：「敏（令）尹」。

【賕（令）尹】職官名：包 92：「賕（令）尹」。

豕 　狂（狂，包 202）

「狂」 豬：包 202：「肥狂（豕）」。（4 例）包 227：「狂（豕）豕」。（23
　　例）葛乙三 42：「一狂（豕）」。（52 例）葛甲三 312：「二狂（豕）」。
　　（11 例）葛甲三 320：「三狂（豕）」。（5 例）葛零 310：「四狂（豕）」。
　　（3 例）

鬼 　褮（褮，葛甲二 40）

【褮（鬼）神】鬼與神的合稱：葛甲二 40：「褮（鬼）神」。

山 　山（山，包 214）

「山」 地面上由土石構成的隆起部分：包 214：「峗山」。（7 例）包 240：
　　「五山」。（4 例）葛甲二 29：「五宝山」。九 M56.43：「爾居復山之
　　𨜒」。

【山川】山岳、江河：望 M1.96：「山川」。

峗 　郂（郂，葛甲三 334）　　　　　　至（至，包 243）

　　𡸕（𡸕，包 237）　　　　　　岊（岊，包 214）

（郢，葛乙四 26）

「郞」 三危山：葛甲三 334：「☐關郞（峗）三社三冢☐」。

【𡉚（峗）山】三危山：包 243：「𡉚（峗）山」。

【但（峗）山】三危山：包 237：「但（峗）山」。

【崏（峗）山】三危山：包 214：「崏（峗）山」。（3 例）

【郖（峗）山】三危山：葛乙四 26：「郖（峗）山」。

【郞（峗）山】三危山：葛乙三 44+乙三 45：「郞（峗）山」。（2 例）

仄 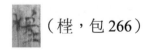 （仄，包 266）

【仄（仄）櫙】指面板狹窄的櫙：包 266：「仄（仄）櫙」。

府 ＜圖＞（宲，包 3）

「宲」 古代國家收藏財貨或文書的地方：包 3：「玉宲（府）」。包 172：「攻宲（府）」。包 181：「仄宲（府）」。

麃 ＜圖＞（宲，包 145）

「宲」 倉庫：包 145：「肉宲（麃）」。（2 例）[2]

廄 ＜圖＞（訛，包 120）

「訛」 馬房：包 120：「訛（廄）執事人」。[3]

廚 ＜圖＞（脜，包 139）

「脜」 主持烹飪的人：包 139：「大脜（廚）」。

【脜（廚）尹】職官名：包 173：「脜（廚）尹」。

廣 ＜圖＞（輕，曾 18）　　　＜圖＞（椌，包 266）

「輕」 廣車：曾 18：「少輕（廣）」。（3 例）曾 42：「乘輕（廣）」。（2 例）

[2] 田煒師考釋相關古文字與文獻材料，認為包山簡的「肉宲」應讀為「肉麃」，是管理牲畜和肉食的倉庫。田煒：〈用字習慣對古文字文獻釋讀的影響——以戰國楚璽中的「行宲」為例〉，《古文字論壇》待刊稿。

[3] 李守奎認為「訛」讀為「廄」，「訛執事人」指管理廄事的官吏。怡璇按：依李說，故此處解釋為「馬房」。李守奎：〈包山楚簡 120-123 號簡補釋〉，《出土文獻與傳世典籍的詮釋：紀念譚樸森先生逝世兩週年國際學術研討會論文集》（上海：上海古籍出版社，2010），頁 203-212。

曾120：「輕（廣）車」。（2 例）曾120：「輕（廣）五乘」。曾154：「行輕（廣）」。（5 例）

【棖（廣）概】指面板寬廣的概：包266：「棖（廣）概」。

厭 （屛，包207）　（厝，葛甲三111）

（厭，包219）

「屛」　厭祭：包207：「屛（厭）於野地主一豠」。

「厝」　厭祭：葛甲三111：「厝（厭）之」。（2 例）葛甲一 4：「厝（厭）禱一豬」。

「厭」　厭祭：包219：「厭一豠豠於地主」。

危 （疧，望 M1.13）　（為，葛甲三15+甲三60）

「疧」　近死而有生者：望 M1.13：「既疧（危）」。（2 例）[4]

【為（危）栗】恐懼戰栗：葛甲三15+甲三60：「為（危）栗」。

長 （長，包207）　（倀，九 M56.38 貳）

「長」　指在空間的兩端之間距離大，同「短」相對：信 2-19：「一長羽翣」。

【長刺】卜筮用具：葛甲三235-1：「長刺」。（6 例）

【長䈊】卜筮用具：包207：「長䈊」。（3 例）

【長篳】卜筮用具：葛乙四85：「長篳」。（5 例）

【長寶】卜筮用具：天 13-1：「長寶」。（2 例）

【長靈】卜筮用具：包230：「長靈」。（8 例）

【倀（長）子】排行最大的兒子或女兒：九 M56.38 貳：「倀（長）子」。（2 例）

【倀（長）者】年紀大或輩分高的人：九 M56.36：「倀（長）者吉」。

【倀（長）靈】卜筮用具：天 23：「倀（長）靈」。

---

[4] 《楚地出土戰國簡冊合集・四，望山楚墓竹簡、曹家崗楚墓竹簡》認為望山簡 9：「既痤」的「痤」疑讀為「危」。怡璇按：此說可從，「」字形或可直接隸从「危」。武漢大學簡帛研究中心、湖北省文物考古研究所、黃崗市物館編：《楚地出土戰國簡冊合集・四，望山楚墓竹簡、曹家崗楚墓竹簡》（北京：文物出版社，2019），頁 20，註 13。

肆 〔圖〕（鐷，信 2-18）

「鐷」 一套編鐘或編磬的集合單位詞：信 2-18：「一鐷（肆）坐栈鐘」。信
　　　2-18：「一鐷（肆）坐〔栈磬〕」。

勿 〔圖〕（勿，包 80）

「勿」 副詞，毋，不要，表禁止：包 80：「執勿失」。葛零 115+零 22：「勿
　　　卹」。

豕 〔圖〕（豕，包 211）　　　　〔圖〕（亥，包 265）

「豕」 豬：包 211：「豕豕」。（8 例）包 246：「五豕」。包 257：「豕脯」。
　　　天 1-2：「豬=（豬豕）」。（3 例）

「亥」 豬：包 265：「一亥〈豕〉鑊」。

【豕樷】盛放牛、羊、豕等體積較大的食物的木器：望 M2.45：「豕樷」。

豭 〔圖〕（豭，包 207）

「豭」 公豬：包 207：「一豭（豭）」。（29 例）葛甲三 312：「二豭（豭）」。
　　　（21 例）葛甲三 320：「三豭（豭）」。（3 例）葛零 310：「四豭（豭）」。
　　　葛乙三 55：「豭（豭）」。（8 例）

毫 〔圖〕（毫，包 273）

【毫（毫）首】用豪豬毛裝飾的旗杆之首：包 273：「毫（毫）首」。

豹 〔圖〕（貐，包 268）

「貐」 動物名，此處亦表示豹皮製品：包 262：「一貐（豹）青之表」。包
　　　268：「貐（豹）緽」。包 268：「貐（豹）報」。包 277：「貐（豹）
　　　韋之盾」。曾 167：「貐（豹）裘」。

豻 〔圖〕（貖，包 271）

「貖」 古代北方的一種野狗，形如狐狸而小，黑嘴，此處亦指豻皮製品：
　　　包 271：「貖（豻）鞶之軑鋡」。包牘 1：「貖（豻）鞶之鞻軒」。曾 1：

「斦（豻）股之篚」。（4 例）曾 3：「斦（豻）首之豪」。（6 例）曾
35：「斦（豻）豪」。（6 例）曾 89：「斦（豻）豪鞞」。曾 3：「斦（豻）
鞞」。（12 例）曾 30：「斦（豻）毨」。（7 例）曾 32：「襦斦（豻）
與貍」。曾 35：「斦（豻）尾之毨」。（5 例）曾 86：「斦（豻）蒙之
毨」。（3 例）曾 42：「斦（豻）飾」。曾 49：「斦（豻）雭」。（2 例）
曾 53：「斦（豻）常」。曾 59：「斦（豻）蒙之聶」。（3 例）曾 60：
「斦（豻）篚」。（2 例）曾 60：「斦（豻）戜」。曾 63：「斦（豻）蘪」。
（2 例）曾 67：「斦（豻）韔」。（4 例）曾 67：「襦紫魚與斦（豻）
之篚」。曾 96：「斦（豻）禛」。

貂　（䝙，曾 5）

「䝙」　哺乳動物，形似鼬，其毛皮極珍貴，此處亦表示貂皮製品：曾 4：
「䝙（貂）毨」。（8 例）曾 5：「䝙（貂）蘪之聶」。曾 26：「䝙（貂）
綠」。曾 99：「䝙（貂）與綠魚」。曾 5：「䝙（貂）與綠魚之篚」。（9
例）曾 29：「䝙（貂）與綠魚之聶」。（2 例）曾 99：「䝙（貂）與
紫魚」。曾 5：「䝙（貂）與紫魚之篚」。（7 例）曾 19：「䝙（貂）紫
魚之篚」。曾 73：「䝙（貂）與紫魚之」。曾 8：「䝙（貂）襦紫魚之
篚」。曾 7：「䝙（貂）鞞」。（2 例）曾 8：「䝙（貂）定毨」。曾 45：
「䝙（貂）定之毨」。（3 例）曾 10：「䝙（貂）定之笭」。曾 10：「䝙
（貂）蒙之毨」。（3 例）曾 59：「䝙（貂）豪」。曾 11：「䝙（貂）
首之豪」。（4 例）曾 30 貂：「䝙（貂）毯」。曾 55：「䝙（貂）與綠
魚之蘪」。（2 例）曾 68：「䝙（貂）旆」。曾 74：「䝙（貂）之篚」。
曾 89：「䝙（貂）定之頸」。曾 99：「䝙（貂）聶」。曾 109：「䝙（貂）
之篚」。

貍　（貔，曾 2）

「貔」　獸名，豹貓，也稱野貓、狸貓、狸子、山貓，此處亦指貍皮製品：
曾 2：「貔（貍）蒙之聶」。（21 例）曾 32：「豻與貔（貍）」。曾 65：
「貔（貍）篚」。曾 70：「貔（貍）蘪」。曾 73：「貔（貍）鞞之聶」。

曾 102：「𪕏（貍）聶」。（2 例）望 M2.6：「𪕏（貍）𡩋之蒙」。望 M2.8：「𪕏（貍）𡩋之鞁」。望 M2.38：「𪕏（貍）之樸」。

卷十

馬 〔馬圖〕（馬，包 120）

　　「**馬**」 動物名：包 120：「竊馬」。（2 例）天 7-2：「車馬」。（2 例）包 276：「二馬之覿」。包 276：「四馬戴」。包 277：「二馬之鑣」。包牘 1：「四馬皓面」。信 2-4：「良馬」。望 M2.9：「兩馬」。曾 128：「六馬」。（4 例）曾 130：「匹馬」。（4 例）曾 141：「十馬甲」。曾 142：「駰馬」。（3 例）曾 159：「太官之馬」。曾 164：「長腸人與杙人之馬」。曾 164：「麗，崎馬」。曾 170：「犬馬駰」。曾 207：「宮廏之馬」。曾 210：「一馬」。（7 例）曾 43：「兩馬」。（13 例）曾 7：「乘馬」。（19 例）葛乙四 139：「良馬」。葛甲三 99：「犧馬」。（7 例）

驪 〔驪圖〕（驪，葛乙三 21）

　　「**驪**」 毛色為純黑的馬：葛乙三 21：「驪（驪）犧馬」。（3 例）

騮 〔騮圖〕（騮，葛甲三 167）

　　「**騮**」 赤馬黑毛尾也：葛甲三 167：「騮〔馬〕」。（2 例）曾 187：「三匹騮」。曾 188：「麗兩騮」。曾 189：「匹騮」。

駮 〔駮圖〕（駮，包 234）

　　【駮靈】卜筮用具：包 234：「駮靈」。（4 例）

駟 〔駟圖〕（駟＝，曾 142）

　　「**駟**」 四匹馬：曾 142：「駟＝（駟馬）」。（23 例）

騂 〔騂圖〕（羊，信 2-8）

　　「**羊**」 赤色：信 2-8：「羊（騂）綿之純」。葛甲三 237-2：「羊（騂）熊」。

葛甲一 7：「𦍌（騂）牡」。葛乙四 143：「四𦍌（騂）犧」。葛零 693：「三𦍌（騂）□」。葛零 71+零 137：「𦍌（騂）〔牡〕」。

駟 （駐，包 12）

【駐（駟）尹】**職官名**：包 12：「駐（駟）尹」。（2 例）

騑 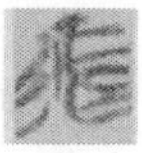（飛，包 171）

「**飛**」 **古代駕車的馬，在兩旁的稱為「騑」，亦稱為「驂」**：曾 171：「左飛（騑）」。（6 例）曾 171：「右飛（騑）」。（7 例）

薦 （廌，葛乙三 60+乙二 13） （⿰示廌，葛乙二 42）

（蘆，葛甲三 256） 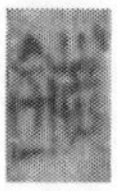（⿰金荓，包 260 上）

「**廌**」 **祭祀時獻牲**：葛零 734：「廌（薦）」。葛乙三 60+乙二 13：「昏廌（薦）且禱之地主」。葛甲三 300+甲三 307：「廌（薦）犬」。葛甲三 80：「廌（薦）之」。（3 例）葛甲三 401：「九月廌（薦）且禱之」。

「⿰示廌」 **祭祀時獻牲**：葛乙二 42：「⿰示廌（薦）之」。葛甲三 111：「⿰示廌（薦）犬」。葛甲三 105：「⿰示廌（薦）三楚先」。天 7-2：「享⿰示廌（薦）」。（3 例）

「蘆」 **祭祀時獻牲**：葛甲三 256：「享蘆（薦）」。

「⿰金荓」 **薦席**：包 260 上：「寢⿰金荓（薦）」。

【廌（薦）鼎】**祭獻之鼎**：包 265：「廌（薦）之鼎」。

麇 （麇，九 M56.10）

「**麇**」 **單位詞**：九 M56.10：「麇一」。（4 例）

麗 （麗，曾 164）

「**麗**」 **兩馬並駕**：曾 164：「麗」。（5 例）曾 163：「麗鄅君之騜」。曾 188：「麗兩騮」。曾 189：「麗以黃」。曾 190：「屯麗」。（5 例）曾 200：「麗兩駟」。曾 201：「麗兩黃」。曾 202：「麗兩騽」。

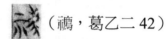

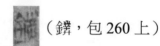

熊　（熊，葛甲三 237-2）　　　（酓，包 217）

「熊」　獸名：葛甲三 237-2：「騅熊」。

「酓」　楚先祖名：葛乙一 24：「穴酓（熊）」。（4 例）包 217：「鬻酓（熊）」。
　　　（4 例）

犬　（犬，包 210）

「犬」　家畜名：包 210：「一白犬」。（9 例）葛乙一 28：「一犬」。（3 例）

【犬馬】特指良狗名馬：曾 170：「犬馬」。

尨　（冒，包 269）　　　（冢，望 M2.13）

　　（祳，老 M1.2）　　　（縴，包牘 1 背）

　　（尨，葛乙四 103）　　　（宼，葛甲三 172）

「冒」　雜色：包 269：「冒（尨）旆之首」。

「冢」　雜色：望 M2.13：「冢（尨）旆之首」。

「祳」　雜色：老 M1.2：「祳（尨）旆」。

「縴」　雜色：包牘 1 背：「縴（尨）旆首」。

【尨繹】卜筮用具：葛乙四 103：「尨繹」。（4 例）

【尨靈】卜筮用具：葛甲三 33：「尨靈」。（4 例）

【宼（尨）繹】卜筮用具：葛甲三 172：「宼（尨）繹」。（5 例）

狩　（獸，天 7-1）

「獸」　打獵：天 7-1：「以為夏夷獸（狩）」。

獵　（轛，九 M56.31）

「轛」　打獵，捕捉禽獸：九 M56.31：「田轛（獵）」。

獲　（隻，九 M56.31）

「隻」　指獵獲物、捕獲物：九 M56.31：「以田獵，隻（獲）」。

獻　（膚，望 M1.4）　　　（獻，葛甲三 342-2）

（獻，望 M1.1）　　　（顑，葛零 214）

【膚（獻）馬】楚月名：望 M1.4：「膚（獻）馬」。

【獻（獻）馬】楚月名：葛甲三 342-2：「獻（獻）馬」。（2 例）

【獻馬】楚月名：望 M1.1：「獻馬」。（14 例）

【顑（獻）馬】楚月名：葛零 214：「顑（獻）馬」。

狐　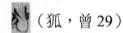（貐，包 259）　　　（狐，曾 29）

「貐」　獸名，形似狼，此處表示狐狸皮製作的物品：包 259：「二貐（狐）襌」。包 23：「貐（狐）聶」。（4 例）

【狐白】狐腋下之皮：曾 29：「狐白」。（9 例）[1]

獄　（獄，包 131）

「獄」　❶刑獄：包 131：「舒慶之獄」。❷刑法：包 128：「職獄」。（2 例）

獬　（桂，包 259）　　　（觟，望 M2.62）

【桂（獬）冠】獬豸冠：包 259：「桂（獬）冠」。

【觟（獬）冠】獬豸冠：望 M2.62：「觟（獬）冠」。（2 例）

能　（能，包 156）

「能」　能夠：包 156：「弗能詣」。望 M1.37：「不能食」。（2 例）

然　（肰，老 M2.1）　　　（然，望 M1.43）

「肰」　助詞，作形容詞或副詞的詞尾，表狀態：天 111：「戚戚肰（然）」。

---

[1] 《漢書・匡衡傳》顏師古注：「狐白，謂狐掖下之皮，其色純白，集以為裘，輕柔難得，故貴之。」裘錫圭、李家浩：〈曾侯乙墓竹簡釋文與考釋〉，《曾侯乙墓》（北京：文物出版社，1989），頁 509，註 51。

（2例）天 140：「烈朕（然）」。老 M2.1：「雜朕（然）」。

「然」 助詞，作形容詞或副詞的詞尾，表狀態：望 M1.43：「倉然」。（4例）天 5-1：「戚戚然」。

熬 （鬻，包 257）

「鬻」 文火久煮：包 257：「鬻（熬）鷄」。包 257：「鬻（熬）魚」。（2例）老 M1.11：「鬻（熬）飮一筭」。老 M1.11：「鬻（熬）肉」。

熟 （筲，葛乙四 136）

「筲」 成熟，植物的果實等完全長成：葛乙四 136：「大筲（熟）」。葛零415：「穚筲（熟）」。葛零 415：「黍筲（熟）」。

燭 （燭，包 262） （爥，信 2-14）

「燭」 蠟燭：包 262：「二燭鋪」。

「爥」 蠟燭：信 2-14：「一承爥（燭）之盤」。

黓 （黓，曾 44）

「黓」 黑色：曾 44：「黓（黓）㒼羽」。曾 54：「黓（黓）組之緄」。

黗 （肻，望 M2.2） （宵，老 M1.10）

（絹，老 M1.14） （郙，葛甲三 8+甲三 18）

「肻」 黃黑色：望 M2.2：「肻（黗）紌聯縢之鞏肻（黗）」。望 M2.6：「丹硅紌之鞏肻（黗）」。望 M2.7：「肻（黗）紌聯」。望 M2.12：「肻（黗）紌之純」。

「宵」 黃黑色：老 M1.10：「宵（黗）秋之裛」。

「絹」 黃黑色：老 M1.14：「絹（黗）魚」。

【肻（黗）繹】 卜筮用具：葛甲三 110：「肻（黗）繹」。

【郙（黗）繹】 卜筮用具：葛甲三 8+甲三 18：「郙（黗）繹」。（2例）

黸　（膚，包 261）

「膚」　黑色：包 261：「赭膚（黸）之純」。（3 例）望 M2.12：「赭膚（黸）
之裏」。[2]

赤　（赤，包 276）　　　（炎，包 272）

「赤」　❶淺朱色，亦泛指紅色：信 2-5：「屯赤綿之巾」。❷楚國量詞：
葛甲三 220+零 343：「一赤」。（2 例）葛甲三 224：「二赤」。（3 例）
九 M56.5：「三赤」。（6 例）

【赤金】銅：包 276：「赤金」。（4 例）

【炎〈赤〉金】銅：包 272：「炎〈赤〉金」。[3]

赭　（鰭，包 261）

【鰭（赭）黸】赤黑色：包 261：「鰭（赭）黸之純」。（3 例）望 M2.12：「鰭
（赭）黸之裏」。

大　（大，包 266）

【大夫】職官名：包 122：「大夫」。（21 例）

【大水】神祇名：包 213：「大水」。（14 例）

【大牢】古代祭祀，牛羊豕三牲具備謂之太牢：葛乙四 96：「大牢」。（15 例）

【大房】帶立板俎：包 266：「大房」。（2 例）[4]

【大師】職官名：包 115：「大師」。

【大司城】職官名：葛零 235+186：「大司城」。（3 例）

【大司馬】職官名：包 228：「大司馬」。（16 例）

---

[2] 劉國勝將「鰭膚」讀為「赭黸」，指「赤黑色」，李家浩亦直接釋作「赭黸」。劉國勝：《楚喪葬簡牘
集釋》（武漢：武漢大學博士論文，2003），頁 98，註 55。李家浩：〈仰天湖楚簡剩義〉，《簡帛》第
二輯（上海：上海古籍出版社，2007），頁 31-38。

[3] 后德俊認為「赤金」為黃金，劉信芳認為「炎〈赤〉金」即「紅銅」。怡璇按：《漢書・食貨志下》：
「金有三等，黃金為上，白金為中，赤金為下。」指出「赤金」為「銅」，本書從此說。后德俊：〈「包
山楚簡」中的「金」義小考〉，《江漢論壇》1993 年第 11 期，頁 70-71。劉信芳：《包山楚簡解詁》（臺
北：藝文印書館，2003），頁 298。

[4] 李家浩指出包山墓出土「寬面俎」與「帶立板俎」，疑即簡文的「房」，帶立板俎當即「大房」，「寬
面俎」為「小房」。李家浩：〈包山 226 號簡所記木器研究〉，《著名中年語言學家自選集・李家浩卷》
（合肥：安徽大學教育出版社，2002），頁 222-257。

奎 （恚，九 M56.78）

「恚」 二十八星宿西方七宿的第一宿：九 M56.78：「夏尿恚（奎）」。

亦 （亦，葛甲二 28）

「亦」 ❶副詞，尚、猶：九 M56.29：「不吉，亦無咎」。❷副詞，又：
葛甲二 28：「疥不出，今亦屢出」。（2 例）

喬 （喬，包 265）

【喬鼎】鐵足銅鼎：包 265：「喬鼎」。

壺 （鈲，包 265） （弧，望 M2.46）

「鈲」 容器名：包 265：「二小鈲（壺）」。五 4：「鈲（壺）四」。老 M1.12：
「一偶鈲（壺）」。仰 30：「二蔡鈲（壺）」。

「弧」 容器名：信 2-1：「二華弧（壺）」。信 2-1：「四團弧（壺）」。老
M1.3：「二友弧（壺）」。望 M2.46：「四弧（壺）」。[5]

執 （埶，包 135）

「埶」 拘捕：包 80：「埶（執）勿失」。包 135：「埶（執）僕之兄」。（2
例）包 135：「埶（執）僕之父」。包 137：「魯埕埶（執），未有斷，
解枸而逃。」。包 137 反：「慶逃，埕解枸，其餘埶（執）」。

【埶（執）事人】主管具體事務者：包 135：「埶（執）事人」。（12 例）

立 （立，九 M56.13）

「立」 設置、建立：九 M56.13：「立社稷」。

端 （耑，望 M2.50）

【耑（端）環】革帶扣具：望 M2.50：「耑（端）環」。[6]

---

[5] 望山此字原隸作「盌」，此處依劉國勝之說。劉國勝：《楚喪葬簡牘集釋》（北京：科學出版社，2011），頁 107，註 127。
[6] 田河：《出土戰國遣冊所記名物分類匯釋》（長春：吉林大學博士論文，2007），頁 199。

心　（心，包 221）

「**心**」　心臟，人和脊椎動物體內推動血液循環的肌性器官：望 M1.13：
　　「心悶」。（23 例）唐 1：「悶心」。（5 例）

【心疾】心臟病：包 221：「心疾」。（8 例）

志　（志，葛甲三 10）　　　　　（旹，包 133）

「**志**」　意志：葛甲三 10：「志成」。九 M56.27：「乃盈其志」。九 M56.37：
　　「有志百事」。九 M56.47：「居之不湟盈志」。九 M56.50：「三增
　　三沮不相志」。天 43：「蔽志」。（3 例）

「**旹**」　記錄、文書：包 9：「廷旹（志）」。包 133：「謄旹（志）」。包 13：
　　「大宛疢入是旹（志）」。（2 例）

【志事】所志之事，心中的願望：包 198：「志事」。（4 例）

怡　（忬，葛乙四 110+乙四 117）

【忬（怡）懌】愉悅，快樂：葛乙四 110+乙四 117：「忬（怡）懌」。

惡　（亞，包 213）　　　　　（惡，天 4-2）

「**亞**」　凶暴、凶險：包 213：「少有亞（惡）於王事」。九 M56.58：「居東
　　南多亞（惡）」。葛乙四 23：「君王有亞（惡）於外」。天 6-1：「有
　　亞（惡）於宮中」。天 7-2：「將有亞（惡）於車馬下之人」。天 37：
　　「稍有間亞（惡）」。

「**惡**」　凶暴、凶險：天 4-2：「且有間惡」。天 27：「且有惡於東方田邑與
　　兵甲之事」。天 34：「稍間有惡」。天 76：「稍有惡」。

懯　（懯，包 15 反）　　　　　（慭，包 16）

「**懯**」　順服：包 15 反：「不懯」。[7]

「**慭**」　順服：包 16：「不慭（懯）」。

---

[7] 簡文意為「不服」，因此此處單字解釋為「順服」。參周鳳五、林素清：〈包山二號楚墓出土文書簡研
　究〉，行政院國家科學委員會專題研究計劃成果報告，1995。

憑　（僾，包 260 上）

【僾（憑）几】拱形足几，几面略向外凸，呈弧形：包 260 上：「僾（憑）
　　　　几」。

恐　（忎，葛甲三 15+甲三 60）

【忎（恐）懼】畏懼，害怕：葛甲三 15+甲三 60：「忎（恐）懼」。

懼　（瞿，葛零 198+零 203）　　　　（矍，葛甲三 15+甲三 60）

「瞿」　恐懼，害怕：葛零 198+零 203：「瞿（懼）之」。

「矍」　恐懼，害怕：葛甲三 15+甲三 60：「恐矍（懼）」。

憯　（窒，葛零 484）

「窒」　急速：葛零 300+零 85+零 593：「窒（憯）瘳速瘥」。葛零 484：「窒
　　　　（憯）賽」。葛零 189：「窒（憯）瘳速瘥」。

悶　（㝊，望 M1.17）　　　　（念，望 M1.9）

（㾥，葛甲三 131）

「㝊」　因氣不通暢而引起的不快之感：望 M1.17：「心㝊（悶）」。（2 例）

「念」　因氣不通暢而引起的不快之感：葛甲三 198+甲三 199-2：「念（悶）」。
　　　　望 M1.9：「念（悶）心」。（8 例）葛甲三 219：「心念（悶）」。（13
　　　　例）

「㾥」　因氣不通暢而引起的不快之感：葛甲三 131：「心㾥（悶）」。（4 例）
　　　　葛甲二 33：「㾥（悶）」。（2 例）

愴　（愴，望 M1.1）

【愴家】卜筮用具：望 M1.1：「愴家」。

恙　（羕，包 221）

「羕」　疾病：包 221：「毋有羕（恙）」。（2 例）

思　（由，包 217）　　　　（思，包 198）

「由」　應，當，語氣副詞：包 217：「由（思）攻解」。（5 例）包 229：「由（思）攻除」。包 231：「由（思）攻祝」。

「思」　應，當，語氣副詞：包 198：「思攻解」。（3 例）

怨　（㥃，包 138 反）

「㥃」　怨恨、仇恨：包 138 反：「有㥃（怨）不可證」。

懌　（懌，葛乙四 110+乙四 117）　　（懌，葛乙一 4）

（懌，葛甲三 283）

「懌」　喜悅、快樂：葛乙四 110+乙四 117：「怡懌」。

「懌」　喜悅、快樂：葛乙一 4：「不懌（懌）」。（7 例）

「懌」　喜悅、快樂：葛甲三 283：「不懌（懌）」。（8 例）

慼　（㥁，包 197）　　　　　（慼，葛零 204）

「㥁」　憂傷：包 197：「少又㥁（慼）」。（29 例）包 199：「少間有㥁（慼）」。包 213：「且有㥁（慼）」。天 10：「謀然有間㥁（慼）」。天 33：「稍㥁（慼）」。（2 例）天 43：「稍有間㥁（慼）」。

「慼」　憂傷：葛乙四 95：「將慼之卯卹也」。葛甲三 10：「少有外言慼」。葛零 204：「女子之慼」。

卷十一

水 （水，包 246）

【水上】**水鬼**：包 246：「攻解於水上與溺人」。

【水事】**水利之事**：九 M56.27：「水事」。

溺 （㲻，包 246）　　（孻，包 5）

【㲻（溺）人】**落水遭淹的人**：包 246：「㲻（溺）人」。

【孻（溺）典】**書寫隱匿者名籍的典冊**：包 5：「孻（溺）典」。[1]

【㲻（溺）典】**書寫隱匿者名籍的典冊**：包 7：「㲻（溺）典」。（2 例）

漳 （章，葛甲三 11+甲三 24）　　　　（漳，葛甲三 268）

「章」　**漳水**：葛甲三 11+甲三 24：「宅茲沮、章（漳）」。葛乙四 9：「渚、
　　　　沮、章（漳）及江上」。

「漳」　**漳水**：葛甲三 268：「及江、漢、沮、漳」。

漢 （灘，葛甲三 268）

「灘」　**漢水**：葛甲三 268：「及江、灘（漢）、沮、漳」。

漆 （桼，老 M1.9）　　　　　（桼刂，望 M2.6）

「桼」　**漆木製品**：老 M1.9：「桼（漆）櫝」。

「桼刂」　❶**黑**：253：「彤中桼刂（漆）外」。曾 43：「兩馬之桼刂（漆）甲」。信
　　　　2-2：「桼刂（漆）韇屨」。❷**用漆樹汁製成的塗料**：信 2-3：「桼刂（漆）
　　　　青黃之劃」。信 2-18：「桼刂（漆）畫」。（2 例）信 2-25：「桼刂（漆）
　　　　彤」。望 M2.6：「桼刂（漆）彤勒」。❸**漆木製品**：信 2-3：「桼刂（漆）
　　　　瑟」。信 2-17：「桼刂（漆）枹」。五 10：「桼刂（漆）杯」。（4 例）

---

[1] 朱曉雪指出簡文中「未在典」應即「未在溺典」，屬違反法律規定的行為，「溺典」可能是書寫有隱匿
者的典冊。朱曉雪：《包山楚簡綜述》（福州：福建人民出版社，2013），頁 336。

淮 ![圖] （瀤，葛甲三 268）

「瀤」 淮水：葛甲三 268：「及江、漢、沮、漳，延至於瀤（淮）」。

海 ![圖] （冊，包 147）

「冊」 指海水：包 147：「煮鹽於冊（海）」。

淺 ![圖] （淺，信 2-14）

「淺」 從上到下或從外到內距離小：信 2-14：「淺缶」。

湯 ![圖] （湯，包 265）

【湯鼎】水器：包 265：「湯鼎」。（3 例）[2]

沿 ![圖] （沿，葛零 9+甲三 23+甲三 57）

「沿」 水害之「害」的專用字：葛零 9+甲三 23+甲三 57：「大川有沿」。
（3 例）

沮 ![圖] （沮，葛甲三 11+甲三 24） ![圖] （殂，九 M56.50）

「沮」 沮水：葛甲三 11+甲三 24：「宅茲沮（沮）、漳」。葛乙四 9：「沮
（沮）、漳及江上」。葛甲三 268：「及江、漢、沮（沮）、漳」。

「殂」 崩塌：九 M56.50：「三增三殂（沮）」。

沫 ![圖] （澮，信 2-8）

【澮（沫）巾】用於洗面：信 2-9：「澮（沫）巾」。

【澮（沫）盤】洗臉用盤：信 2-8：「澮（沫）盤」。（2 例）

浣 ![圖] （洯，信 2-8）

【洯（浣）巾】用於洗手：信 2-9：「洯（浣）巾」。

【洯（浣）盤】洗手用盤：信 2-8：「洯（浣）盤」。

---

[2] 彭浩指出「湯鼎」為一種口特別小的附耳鼎，是水器的一種。彭浩：〈信陽長臺關楚簡補釋〉，《江漢
考古》 1984 年第 2 期，頁 64-66、63。

浂 ![安字圖] （安，九 M56.47）

「**安**」 低下不平：九 M56.47：「窣安（浂）」。

滄 ![滄字圖] （滄，天 3-1）

「**滄**」 寒：天 3-1：「滄然」。（3 例）

汲 ![汲字圖] （汲，信 2-14）

【汲瓶】水器：信 2-14：「汲瓶」。

溢 ![膉字圖] （膉，天 3-1）

「**膉**」 水滿而流出：天 3-1：「膉（溢）汗」。（3 例）

滅 ![滅字圖] （滅，信 2-3）

【滅明】光鮮羽毛的滅明鳥，即鳳凰：信 2-3：「滅明之柜」。[3]

川 ![川字圖] （川，葛零 9+甲三 23+甲三 57）

「**川**」 河流：葛零 9+甲三 23+甲三 57：「大川」。（3 例）望 M1.96：「山
　　　　川」。

州 ![州字圖] （州，包 58）

【州人】州民：包 58：「州人」。（15 例）

【州巷】州閭，鄉里：包 144：「州巷」。（2 例）

冬 ![各字圖] （各，包 2）

「**各**」 一年四季的最後一季，農曆十月至十二月：九 M56.40 壹：「各（冬）
　　　　三月」。（2 例）

【各（冬）夆】楚月名：包 2：「各（冬）夆」。（21 例）

---

3 范常喜：「談談遣冊名物考釋的兩個維度——以信陽楚簡『樂人之器』為例」，復旦大學出土文獻與古
　文字研究中心：出土文獻與古文字研究雲講座 013，2021.12.11。

雲　（雲，天 3-1）

　　【雲君】神祇名：天 3-1：「雲君」。

魚　（魚，包 256）

　　「魚」　水生脊椎動物：包 257：「熬魚」。（2 例）包 256：「濩魚一籔」。

　　【魚皮】魚的皮，古人或用以製衣飾等：包 259：「魚皮」。（2 例）

　　【魚軒】古代貴族婦女所乘的車，用魚皮為飾：曾 54：「魚軒」。（2 例）

燕　（郾，包 145）

　　「郾」　古國名：包 145：「郾（燕）客」。（4 例）

非　（非，望 M1.86）

　　「非」　否定詞：望 M1.86：「非祭祀」。九 M56.54：「非正中」。九 M56.37
　　　　貳：「非其身」。

卷十二

至 𡳾（至，包144）

「**至**」 到：包121：「競不剴不至」。包137反：「將至時而斷之」。包142：「趣至州巷」。包144：「小人逃至州巷」。葛乙四100+零532+零678：「還返至於東陵」。包204：「至九月憙爵位」。包214：「至秋三月」。（2例）唐2：「至冬三月」。葛甲三39：「至癸卯之日焉良瘥」。葛乙一19：「自夏柰之月以至來歲之夏柰」。（2例）葛零221+甲三210：「卒歲或至夏柰之月」。（5例）葛零306+甲三248：「卒歲或至來歲之夏柰」。葛乙一31+乙一25：「自夏柰之月以至冬柰之月」。葛甲三107：「七月至冬柰之月」。葛甲一22：「至九月有良間」。葛零301+零150：「荊王、文王以逾至文君」。天9-1：「從十月以至來歲之十月」（2例）

西 𣶃（西，包153）

「**西**」 方位詞，日落的方向，西方：包153：「西與鄙君距疆」。包154：「西與鄙君執疆」。九M56.54：「西得」。九M56.61：「西亡行」。（2例）九M56.63：「西吉」。九M56.65：「西凶」。九M56.66：「西聞言」。九M56.67：「西、〔南吉〕」。九M56.77：「享月在西」。九M56.90：「西徙」。

【**西方**】方位名，指太陽落下去的一邊：九M56.46：「西方」。（3例）
【**西北**】方位名，介於西、北之間：九M56.46：「西北」。（5例）
【**西南**】西和南之間的方向：九M56.45：「西南」。（5例）

鹽 𪉩（鹵，包147）

「**鹵**」 食鹽的通稱：包147：「煮鹵（鹽）於海」。

戶　（戶，葛乙一 28）　　　（犀，包 260）

（屍，九 M56.27）

「戶」　五祀之一，戶神：葛乙一 28：「就禱門、戶屯一羖」。葛甲三 213：
　　　「☐戶、門」。[1]葛甲三 56：「就禱戶一羊」。葛零 442：「禱門、戶」。

「犀」　遮蔽門戶的革製簾子：包 260：「一敝犀（戶）」。

【屍（戶）牖】門窗：九 M56.27：「屍（戶）牖」。

房　（房，包 266）

「房」　❶星宿名滿二十八宿之一：九 M56.78：「獻馬房」。❷「房」是
　　　俎的一種：包 266：「小房」。包 266：「大房」。（2 例）

【房几】立板足几：包 266：「房几」。（3 例）

門　（門，葛乙一 28）　　　（閔，包 233）

「門」　五祀之一，門神：包 233：「閔（門）於大門」。九 M56.27：「祭
　　　門」。（2 例）葛乙一 28：「就禱門戶」。葛甲三 56：「就禱門」。葛
　　　零 442：「禱門、戶」。葛甲三 213：「☐戶、門」。葛甲一 2：「門一
　　　羊」。葛甲三 76：「靈君子、戶、步、門」。

「閔」　門祀：包 233：「閔（門）於大門」。[2]

【門閭】家門、家庭、門庭：九 M56.20 貳：「門閭」。

閭　（膚，九 M56.20 貳）

「膚」　里巷的大門：九 M56.20 貳：「門膚（閭）」。

閉　（閼，九 M56.61）

「閼」　閉合：九 M56.61：「朝啟夕閼（閉）」。（5 例）九 M56.65：「朝閼
　　　（閉）夕啟」。（4 例）

---

[1] 怡璇按：葛甲三 213：「☐戶、門」，前文有缺，但依葛甲三 56：「就禱門」、葛零 442：「禱門、戶」
兩處的詞例，葛甲三 213 的「門」與「戶」應皆五祀之一。
[2] 陳偉指出《清華貳・繫年》亦有「閔」字，即為「門」字，以此推估此處的「閔（門）於大門」的「閔」
應為門祀之義。陳偉：〈讀清華簡《繫年》札記（二）〉，武漢大學簡帛網，2011.12.21。

間　（外，包210）　　（閒，葛甲一22）

「外」　❶**時間短暫**：包210：「且外（間）有不順」。（2例）天4-2：「且
　　　　有外（間）惡」。天10：「諆然有外（間）戚」。天34：「稍外（間）
　　　　有惡」。（2例）天43：「稍有外（間）戚」。❷**病情好轉，病癒**：
　　　　包220：「庚、辛有外（間）」。望M1.67：「己未有外（間）」。天5-2：
　　　　「旬日有外（間）」。天40：「夜過半有外（間）」。

「閒」　**病情好轉，病癒**：葛甲三17：「有閒（間）」。（5例）葛零440：「有
　　　　良閒（間）」。葛甲三235-2：「宜速有閒（間）」。葛甲三232+甲三
　　　　95：「速有閒（間）」。（2例）葛甲一22：「至九月有良閒（間）」。
　　　　葛甲二28：「不良有閒（間）」。（2例）

關　（闔，包34）

「闔」　古代守關的官吏：包34：「俈鄘之闔（關）」。（2例）

【闔（關）人】古代守關的官吏：包34：「闔（關）人」。（2例）

【闔（關）金】關稅：包149：「闔（關）金」。（2例）

耳　（耳，包265）

「耳」　凡器物兩旁附有以便於提攜的把手均稱為「耳」：包265：「一貫耳
　　　　鼎」。

聘　（聘，包197）　　　（竮，包125）

「聘」　**聘問，專指天子與諸侯或諸侯與諸侯間的遣使通問**：包197：「宋
　　　　客盛公螇聘（聘）於楚之歲」。（3例）天15-2：「左師虗聘（聘）
　　　　於楚之歲」。

「竮」　**聘問，專指天子與諸侯或諸侯與諸侯間的遣使通問**：包125：「宋
　　　　客盛公螇竮（聘）楚之歲」。

聞　（䎹，九M56.31）

「䎹」　見聞、消息：九M56.31：「無䎹（聞）」。九M56.66：「西䎹（聞）

言」。

聯 （聠，望 M2.2）

【聠（聯）縢】**編織的繩或帶**：望 M2.2：「聠（聯）縢」。（8 例）[3]

聽 （聖，包 136）

「**聖**」 **聽從，接受**：包 136：「思聖（聽）之」。

【聖（聽）命】**猶從命**：包 130：「聖（聽）命」。

職 （戠，包 18） （衪，葛乙四 122）

「**戠**」 ❶**拘捕**：包 18：「戠（職）之」。（25 例）❷**主持，掌管**：包 128：
「戠（職）獄之宝」。包 128 反：「戠（職）言市以至」。包 128 反：
「戠（職）言市」。包 139 反：「戠（職）獄」。包 145：「中舍戠（職）
饋之客」。包 157：「大梁之戠（職）邑」。

「**衪**」 **職位**：葛乙四 122：「喪衪（職）」。（2 例）

拜 （拜＝，葛乙四 70）

【拜手】**亦稱「拜首」，古代男子跪拜禮的一種，跪後兩手相拱，俯頭至手**：
葛乙四 70：「拜＝（拜手）」。

捕 （搏，包 133） （敷，包 135 反）

「**搏**」 **捉拿**：包 133：「搏（捕）之」。（2 例）

「**敷**」 **捉拿**：包 135 反：「陰之謹客敷（捕）得冒」。包 144：「敷（捕）
小人」。

擇 （睪，包 218） （霥，葛甲三 201）

（斁，葛甲三 303） （薴，唐 7）

【睪（擇）日】**選擇吉利日子**：葛甲三 4+零 219：「睪（擇）日」。（8 例）

[3] 古敬恒：〈楚簡遣策絲織品字詞考辨〉，《徐州師範大學學報（哲學社會科學版）》2002 年第 28 卷第 2
期，頁 29。

【⿱罒廾（擇）日】**選擇吉利日子**：葛甲三 201：「⿱罒廾（擇）日」。（2 例）

【斁（擇）日】**選擇吉利日子**：葛甲三 303：「斁（擇）日」。（2 例）

【睪（擇）良日】**選擇吉利日子**：天 1-2：「睪（擇）良日」。（14 例）

【⿱艹睪（擇）良日】**選擇吉利日子**：唐 7：「⿱艹睪（擇）良日」。

【睪（擇）良月良日】**選擇吉利日子**：包 218：「睪（擇）良月良日」。（3 例）

承 （⿱丞廾，包 232） （⿱丞木，信 2-14）

【⿱丞廾（承）命】**卜筮用具**：天 1-1：「⿱丞廾（承）命」。（7 例）

【⿱丞廾（承）家】**卜筮用具**：天 27：「⿱丞廾（承）家」。（4 例）

【⿱丞廾（承）悳】**卜筮用具**：包 232：「⿱丞廾（承）悳」。（4 例）

【⿱丞木（承）燭之盤】**空柱陶盤**：信 2-14：「⿱丞木（承）燭之盤」。

擔 （儋，包 147） （檐，九 M56.01）

「儋」 **量詞**：包 147：「二儋（擔）」。

「檐」 **量詞**：九 M56.3：「一檐（擔）」。九 M56.3：「二檐（擔）」。九 M56.01：「三檐（擔）」。（3 例）九 M56.01：「四檐（擔）」。九 M56.01：「五檐（擔）」。九 M56.01：「六檐（擔）」。（2 例）九 M56.2：「八檐（擔）」。九 M56.3：「十檐（擔）」。（4 例）九 M56.4：「二十檐（擔）」。九 M56.7：「四十檐（擔）」。

損 （⿰員攵，葛乙二 3+乙二 4）

「⿰員攵」 **病情減輕**：葛乙二 3+乙二 4：「疾速⿰員攵（損）」。（2 例）

提 （鍉，望 M2.6）

【鍉（提）鐶】**車上可以懸物的銅環**：望 M2.6：「鍉（提）鐶」。

攝 （聶，曾 1） 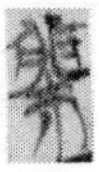（⿱聑巾，曾 62）

「**聶**」 **緣飾**：曾 1：「虎韔芼聶（攝）」。曾 2：「貍芼之聶（攝）」。（20 例）曾 2：「敂聶（攝）」。曾 5：「貂毯之聶（攝）」。曾 5：「狐白之聶（攝）」。（9 例）曾 5：「纂聶（攝）」。（11 例）曾 8：「虢芼之聶（攝）」。（13

例）曾 16：「綠魚聶（攝）」。（2 例）曾 23：「狐聶（攝）」。（4 例）曾 29：「襦貂與綠魚之聶（攝）」。（2 例）曾 33：「紫魚之聶（攝）」。曾 42：「無聶（攝）」。（4 例）曾 59：「豻蓍之聶（攝）」。（4 例）曾 63：「襦聶（攝）」。（2 例）曾 65：「蓍聶（攝）」。曾 73：「貍鞞之聶（攝）」。曾 99：「紫魚之聶（攝）」。曾 99：「貂聶（攝）」。曾 102：「貍聶（攝）」。（2 例）

「帬」　**緣飾**：曾 62：「貍蓍之帬（攝）」。

掮　（啻，望 M2.48）

【啻（掮）劍】**佩劍**：望 M2.48：「啻（掮）劍」。

舉　（舉，葛甲三 344-1）

【舉（舉）】**祭禱名**：葛零 406：「舉（舉）▨」。

【舉（舉）禱】**祭禱名**：葛甲三 344-1：「舉（舉）禱」。（110 例）

失　（遊，包 142）

「遊」　**丟失**：包 80：「執勿遊（失）」。包 142：「拘一夫遊（失）」。

女　（女，九 M56.24 貳）

「**女**」　**女兒**：九 M56.24 貳：「嫁女」。（3 例）九 M56.30：「女必出其邦」。

【女子】**泛指女性**：葛乙四 106：「女子」。（2 例）

【女乘】**婦女所乘的四周遮蔽得比較嚴密的車子**：望 M2.2：「女乘」。（4 例）

娶　（取，包 89）

「**取**」　**男子迎接女子過門成親**：包 89：「取（娶）其妾」。

【取（娶）妻】**男子迎娶女子為妻**：九 M56.13 貳：「取（娶）妻」。（5 例）

嫁　（豦，九 M56.24 貳）

「**豦**」　**嫁女兒**：九 M56.21 貳：「豦（嫁）子」。九 M56.24 貳：「豦（嫁）女」。（3 例）

妻 　（妻，包 91）

「妻」 ❶ 男子的嫡配：包 91：「周鼹之妻」。包 97：「奪妻」。九 M56.13
貳：「娶妻」。（5 例）九 M56.43：「某敢以其妻□妻汝」。❷ 嫁給：
九 M56.43：「某敢以其妻□妻汝」。

嬰 　（瑗，葛乙一 24）　　　　　　（綏，葛甲三 170）

　（瑗，葛乙一 17）

【瑗（嬰）之兆玉】裝飾了的玉器懸掛於祭牲之上以祀神：葛乙一 24：「瑗
（嬰）之兆玉」。[4]

【綏（嬰）之兆玉】裝飾了的玉器懸掛於祭牲之上以祀神：葛甲三 170：「綏
（嬰）之兆玉」。（5 例）

【瑗（嬰）之兆玉】裝飾了的玉器懸掛於祭牲之上以祀神：葛乙一 17：「瑗
（嬰）之兆玉」。（6 例）

母 　（母，包 202）

「母」 母親：包 202：「親母」。（3 例）

威 　（恨，夕 2）

「恨」 顯示的使人畏懼懾服的力量：夕 2：「悼哲王之恨（威）」。

奴 　（奴，包 20）

「奴」 奴隸：包 20：「周悃之奴」。

如 　（女，九 M56.35）

「女」 連詞，表示假設關係，假如，如果：九 M56.19 貳：「女（如）以
祭祀」。九 M56.25：「女（如）有弟，必死」。九 M56.35：「女（如）
遠行」。九 M56.99：「女（如）以行」。

---

[4] 羅新慧：〈說新蔡楚簡「嬰之以兆玉」及其相關問題〉，《文物》2005 年第 3 期，頁 88-91。

毋　（毋，包197）　　（母，包249）

「**毋**」　沒有：包197：「毋有咎」。（30例）包221：「毋有恙」。（2例）包
239：「毋有祟」。（7例）望M1.9：「毋為大憂」。望M1.39：「毋死」。
（4例）望M1.40：「毋以其故有大咎」。望M1.50：「毋以其故說」。
九M56.42：「毋以舍人貨於外」。葛甲三117+甲三120：「毋有大咎」。
（6例）葛甲三143：「毋為憂」。（4例）葛甲三58：「毋續」。（2
例）天40：「毋以是故有大咎」。

「**母**」　沒有：包201：「母（毋）有咎」。（3例）包249：「母（毋）死」。

弗　（弗，包130）

「**弗**」　不：包122：「竽弗返」。（4例）包130：「弗受」。（2例）包156：
「弗能詣」。

弋　（弋，老M1.4）

「**弋**」　帶絲繩的箭：老M1.4：「弋五十」。

戈　（戈，包261）

「**戈**」　古代一種兵器，長柄橫刃：曾3：「戈」。（2例）包261：「一戈」。
（2例）望M2.48：「一短戈」。曾6：「二戈」。（20例）老M1.5：「三
戈」。　信2-28：「四戈」。五7：「金戈八」。

戰　（戰，葛甲三296）

「**戰**」　作戰，戰爭：葛甲三36：「大莫敖腸為戰於長城之〔歲〕」。葛甲三
296：「〔大〕莫敖易為、晉師戰於長〔城之歲〕　」。

或　（或，包135）　　（國，葛零306+甲三248）

「**或**」　❶副詞，又：包135：「陰之正或執僕之父逾」。包130：「期思少
司馬邗勝或以足金六鈞舍柊」。包120：「或殺下蔡人舍睪」。九
M56.28：「必或亂之」。葛甲三224：「或授三臣，二赤」。葛乙三32：
「或以犧牲、璧玉」。葛乙一13：「或舉禱於壐武君」。葛甲二19+

甲二 20：「或為君貞」。（5 例）葛甲三 110：「或以黝繹求其祟」。葛乙二 45+乙二 41：「懼或續」。❷ **副詞，或許，也許，表示不肯定**：天 90：「戊申或有間」。葛甲二 8：「卒歲或至夏柰」。（3 例）

「**國**」 **副詞，或許，也許，表示不肯定**：葛零 584+甲三 266+甲三 277：「卒歲國（或）至夏柰之月」。葛零 306+甲三 248：「卒歲國（或）至來歲之夏柰」。

戮 （翏，九 M56.40 貳）

「**翏**」 **殺**：九 M56.40 貳：「帝之所以翏（戮）六擾之日」。

戟 （找，包 273）

「**找**」 ❶ **儀仗名**：包 269：「車找（戟）」。（2 例）包 273：「二找（戟），侵二就。」。❷ **古代兵器名**：曾 3：「一找（戟）」。（16 例）曾 6：「二找（戟）」。（3 例）

我 （我，葛甲三 11+甲三 24）

「**我**」 **代詞，我們、我們的**：葛甲三 11+甲三 24：「昔我先出自顓頊」。葛零 217：「自我先人」。

瑟 （瑟，望 M2.49） （桼，老 M2.1）

（琹，包 260）

「**瑟**」 **樂器名**：望 M2.49：「二瑟（瑟）」。（2 例）望 M2.50：「一瑟（瑟）」。（2 例）信 2-3 三：「漆瑟（瑟）」。老 M2.2：「一絲紙之皇瑟（瑟）」。

「**桼**」 **樂器名**：老 M2.1：「一桼（瑟）」。（2 例）

「**琹**」 **樂器名**：包 260：「一琹（瑟）」。信 2-18：「紅琹（瑟）」。信 2-18：「豆琹（瑟）」。[5]

5 范常喜：〈信陽楚簡「樂人之器」補釋四則〉，《中山大學學報（社會科學版）》2015 年第 3 期，頁 62-66。

亡 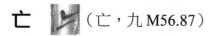（亡，九 M56.87） （芒，九 M56.46）

（𡥈，九 M56.96）

「亡」 ❶死亡：九 M56.87：「亡」。（2 例）❷丟失：九 M56.25：「亡貨」。

「芒」 死亡：九 M56.46：「芒（亡）長子」。

「𡥈」 死亡：九 M56.96：「𡥈（亡）於辰即」。九 M56.96：「𡥈（亡）於巳衰」。九 M56.96：「𡥈（亡）於午〔共〕」。

匝 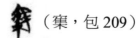（集，包 226） 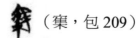（稇，包 209）

【集（匝）歲】匝歲，滿一年：包 226：「集（匝）歲」。（13 例）
【稇（匝）歲】匝歲，滿一年：包 209：「稇（匝）歲」。（6 例）

匱 （匱，包 13）

「匱」 儲放東西的箱子：包 13：「典匱」。

匹 （匹，曾 179）

「匹」 量詞：曾 130：「馬=（匹馬）」。（4 例）曾 179：「三匹駒騮」。（2 例）曾 189：「匹騮」。

匜 （它，五 14） 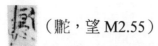（鉈，望 M2.46）

（䤲，望 M2.55）

「它」 古代一種盛水或酒的器皿：五 14：「它（匜）一偶」。

「鉈」 古代一種盛水或酒的器皿：望 M2.46：「二鉈（匜）」。信 2-8：「一鉈（匜）」。（4 例）

「䤲」 古代一種盛水或酒的器皿：望 M2.55：「一䤲（匜）」。

曲　（凵，包 260）

「凵」　彎曲，不直：包 260：「一凵（曲）轄」。老　M1.6：「一凵（曲）弓」。（2 例）

甗　（鑶，包 266）

「鑶」　古代炊器：包 266：「一鉛鑶（甗）」。

弓　（弓，包 260 下）

「弓」　射箭或打彈的器械：曾 84：「弓」。包 260 下：「鄭弓」。曾 3 ：「秦弓」。（22 例）曾 45：「紫弓」。曾 54：「革弓」。曾 95：「許弓」。老 M1.6：「五張弓」。老 M1.6：「一曲弓」。（2 例）

張　（張，老 M1.6）

【張弓】弦拉緊的弓：老 M1.6：「張弓」。

【張網】張設羅網：九 M56.14 貳：「張網」。

弩　（弡，老 M1.6）　　　　（弩，老 M1.7）

「弡」　用機械發箭的弓：老 M1.6：「一弡（弩）」。

「弩」　用機械發箭的弓：老 M1.8：「一弩」。老 M1.7：「八弩」。

【弩弓】古代一種利用機械力量射箭的弓：五 9：「弩弓」。

發　（骹，包 150 反）　　（戠，包 148）

（雙，包 85 反）

「骹」　發送：包 150 反：「骹（發）筤」。（2 例）

「戠」　發送：包 148：「戠（發）筤」。

「雙」　發送：包 85 反：「雙（發）筤」。（2 例）

強　（弡，天 9-2）

【弡（強）死】非因病、老而死；人尚壯健而死於非命：天 9-2：「弡（強）死」。（5 例）

卷十三

纓 𥿻（綏，包277）

「綏」 ❶ **繫帽的帶子**：包259：「組綏（纓）」。（3例）包277：「一滕組之綏（纓）」。❷ **彩帶**：信2-15：「綏（纓）組」。

【**綏（纓）纂項**】馬的頸部上的項圈：望M2.12：「綏（纓）纂項」。（2例）

【**綏（纓）組之綏**】懸掛鏡之繫帶：包270：「綏（纓）組之綏」。

紛 紛（紛，包271）

「**紛**」 **物品上的花紋**：包271：「紛約」。（2例）信2-28：「紛純」。包260下：「紛袼」。包268：「紛囊」。[1]

純 純（純，包263）

「**純**」 **鑲邊、邊緣**：包259：「纂純」。（3例）包263：「結芒之純」。（3例）包263：「王錦之純」。包262：「錦純」。（10例）包262：「繡純」。包261：「赭䵑之純」。（3例）包261：「樂城之純」。包271：「生絹之純」。（2例）包273：「縞純」。望M2.2：「丹觛緅之純」。望M2.3：「緅聯滕之純」。望M2.9：「纂純」。（2例）望M2.10：「靈光之純」。（4例）望M2.12：「黇緅之純」。望M2.15：「禺純」。望M2.59：「紅緅之純」。望M2.60：「五囡之純」。望M2.61：「素豸之純」。信2-8：「駇綿之純」。信2-28：「紛純」。曾67：「紫棆之純」。老M1.9：「紫純」。老M1.10：「素純」。

纅 𥿻（鈔，信2-8）

【**鈔（纅）席**】五彩絲繩製成的席子：信2-8：「鈔（纅）席」。

---

[1] 李家浩認為「紛袼」即指「粉白色花紋的袼衣」，故此處的訓解為「物品上面的花紋」。李家浩：〈楚簡中的「袼衣」〉，《中國古文字研究》第一輯（長春：吉林大學出版社，1999），頁96-102。

繫 （⿰阝𢆶，望 M2.50）

「⿰阝𢆶」 **帶子或繩子**：望 M2.50：「阩⿰阝𢆶（繫）」。[2]

縝 （寘，葛零 213+零 212）

「**寘**」 **黑色**：葛零 213+零 212：「寘（縝）⿱霝黑」。

緂 （緂，信 2-15）

「**緂**」 **青黃色**：望 M2.21：「緂席」。信 2-15：「緂裳」。

緹 （⿰食是，望 M2.49）

「⿰食是」 **橘紅色、淺絳色**：望 M2.49：「⿰食是（緹）衣」。

縢 （絣，包 276）

【絣（縢）組】**編繩織帶**：包 276：「絣（縢）組」。（6 例）

繩 （⿱畕日，信 2-28）

「⿱畕日」 **繫屨之繩**：信 2-28：「粉⿱畕日（繩）」。

繙 （反，望 M2.9） （番，包牘 1）

（繙，，包牘 1）

【反（繙）芋】**絞結狀的絲織物**：望 M2.9：「反（繙）芋」。[3]

【番（繙）芋】**絞結狀的絲織物**：包牘 1：「番（繙）芋」。（2 例）

【繙芋】**絞結狀的絲織物**：包牘 1：「繙芋」。

絕 （⿰阝𢇍，包 249）

【⿰阝𢇍（絕）無後者】**沒有後代**：包 249：「⿰阝𢇍（絕）無後者」。（2 例）

賡 （賡，葛甲三 69）

「**賡**」 **續**：葛甲三 69：「賡於景平王、昭王」。

---

[2] 李家浩：〈信陽楚簡「樂人之器」研究〉，《簡帛研究》第三輯（桂林：廣西教育出版社，1998），頁 1-22。

[3] 劉信芳認為「繙芋」指絞結狀的絲織物，用作馬頭上的飾物。劉信芳：〈楚簡器物釋名（上篇）〉，《中國文字》新廿二期（臺北：藝文印書館，1997），頁 165-208。

終　（夂，九 M56.94）

「夂」　盡：九 M56.94：「丁巳夂（終）其身」。

紡　紛（紡，包 268）

「紡」　紡絲：包 268：「紡蓋」。（3 例）望 M2.2：「紡裏」。望 M.15：「紡屋」。望 M.49：「紡襡」。望 M.61：「紡冠」。信 2-13：「紡絹」。仰 1：「紡衣」。曾 3：「紫黃紡」。（43 例）曾 4：「紡襟」。（3 例）曾 45：「黃紡」。（13 例）曾 57：「紡軒」。老 M1.11：「紡繐」。

續　贖（癪，包 240）　　　　（癪，包 247）

颜（癛，葛甲三 110）

「癪」　接連不斷：包 240：「有癪（續）」。葛甲三 284：「一癪（續）一已」。（2 例）葛乙三 39：「有癪（續）」。（2 例）天 5-2：「稍有癪（續）」。天 40：「夜中有癪（續）」。天 66：「疾有癪（續）」。天 81：「將有癪（續）」。

「癪」　接連不斷：包 247：「病有癪（續）」。葛乙二 45+乙二 41：「懼或癪（續）」。葛甲三 58：「尚毋癪（續）」。（2 例）葛甲三 192+甲三 199-1：「不癪（續）」。（2 例）葛甲一 24：「有癪（續）」。

「癛」　接連不斷：葛甲三 110：「癛〈癪（續）〉一已」。[4]

約　緒（約，包 271）

「約」　繩子：包 271：「紛約」。（2 例）望 M2.32：「纂約」。（2 例）

縞　危（高，望 M2.13）　　　　翁（縞，包 263）

「高」　細白的生絹：望 M2.13：「秦高（縞）之中干」。望 M2.13：「秦高（縞）之□旗」。老 M2.2：「高（縞）冠」。老 M2.2：「高（縞）帶」。

「縞」　細白的生絹：包 259：「縞宛」。包 259：「縞席」。（2 例）包 263：「綺

4　依據葛陵楚簡的文例，「癛」應該是「癪」的訛寫，參宋華強：《新蔡葛陵楚簡初探》（武漢：武漢大學出版社，2010），頁 388，註 2。

縞之幃」。包 269：「朱縞」。（2 例）包 273：「縞純」。包 263：「秦縞之〔席〕」。望 M2.59：「縞裏」。（4 例）仰 2：「紝縞之緈」。曾 88：「縞綏」。（2 例）老 M1.12：「縞襡」。老 M2.2：「縞紽」。

【縞衣】**白絹衣裳**：包 261：「縞衣」。

【縞帶】**白色生絹帶，樸質之衣飾**：老 M1.4：「縞帶」。（2 例）

結 （結，包 272）

【結巾】**束馬髦的幪巾**：包 272：「結巾」。（3 例）

【結衣】**有繫帶的衣服**：仰 5：「結衣」。

縠 （縛，包 263）

【縛（縠）冠】**紗冠**：包 263：「縛（縠）冠」。（2 例）

綺 （絅，包 263）

「絅」 **有花紋的絲織品**：包 263：「一絅（綺）縞之幃」。

納 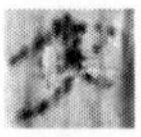（內，九 M56.27）

【內（納）室】**娶妻**：九 M56.27：「內（納）室」。（3 例）

紫 （紫，包 272）

「**紫**」 **藍和紅合成的顏色**：包 259：「紫韋之帽」。包 262：「紫裏」。（13 例）包 268：「紫絆」。（4 例）包 268：「紫鞻」。（3 例）包 272：「紫轡」。：（4 例）包 271：「紫靭」。（2 例）包 271：「紫橐」。（2 例）包 270：「紫幐」。（4 例）望 M2.6：「紫黃之組」。望 M2.11：「紫蓋」。（2 例）望 M2.32：「紫鞁」。望 M2.49：「紫衣」。信 2-6：「紫緅之巾」。信 2-21：「縉紫之寑茵」。信 2-28：「紫韋之納」。信 2-29：「紫緅百囊」。仰 12：「紫綊」。仰 20：「紫錦之席」。曾 2：「紫黃紡之繃」。（14 例）曾 4：「紫黃紡之縏」。（24 例）曾 6：「紫羊鬚之總」。（2 例）曾 6：「紫羽之常」。曾 6：「紫總」。（8 例）曾 6：「紫席」。（9 例）曾 8：「紫組之綏」。（11 例）曾 42：「紫繃」。（4 例）曾 42：

「紫錦之箙」。（2例）曾44：「紫勒」。曾45：「紫弓」。曾50：「紫檢之安」。曾53：「紫檢之襟。」曾53：「紫檢之蓋」。曾53：「紫茵之席」。（2例）曾54：「紫檢之裏」。（3例）曾54：「郬紫之綳」。（3例）曾55：「紫綏」。曾63：「紫組之綴」。（4例）曾63：「紫組之絓」。（3例）曾64：「紫組珥」。曾80：「紫縈」。（2例）曾66：「紫綠之縈」。（3例）曾67：「紫檢之純」。曾72：「紫斿」。（2例）曾88：「紫檢裏」。曾98：「紫綠之鞦」。曾127：「紫市之縢」。（13例）曾123：「紫組之縢」。（11例）曾124：「紫縷之縢」。（2例）曾137：「紫趺之縢」。老M2.1：「紫縑之迸覨」。老M2.2：「紫繢」。

【紫魚】**紫色的魚皮**：曾2：「紫魚」。（27例）

繢 （貴，老M2.1）

「**貴**」 **囊袋**：老M2.1：「疄貴（繢）」。老M2.2：「紫貴（繢）」。

絹 （宵，老M1.10）　（結，望M2.8）

（絹，包267）

「**宵**」 **平紋的生絲織物**：老M1.10：「宵（絹）繡之襃」。

「**結**」 **平紋的生絲織物**：望M2.8：「生結（絹）」。

「**絹**」 **平紋的生絲織物**：包267：「生絹（絹）」。（5例）望M2.2：「絹（絹）綵聯縢之繟」。望M2.2：「絹（絹）綵聯縢之純」。信2-13：「紡絹（絹）」。

綠 （彔，曾66）　（綠，信2-21）

（綠，包262）

「**彔**」 **一種像青草、樹葉的顏色，可用藍色和黃色顏料混合而成**：曾45：「彔（綠）裏」。（8例）曾73：「彔（綠）之裏」。曾74：「彔（綠）之鞎」。曾64：「紫彔（綠）之綏」。曾66：「紫彔（綠）之縈」。（3例）曾98：「紫彔（綠）之鞦」。曾106：「彔（綠）翌之銉貼」。

「**綠**」 一種像青草、樹葉的顏色，可用藍色和黃色顏料混合而成：
信 2-21：「縚綠之裏」。仰 1：「綠裏」。

「**緣**」 一種像青草、樹葉的顏色，可用藍色和黃色顏料混合而成：
包 262：「緣（綠）裏」。（2 例）包 269：「緣（綠）組之縢」。（2
例）

【彔（綠）魚】綠色的魚皮：曾 2：「彔（綠）魚」。（35 例）

緄 （緄，望 M2.6） （鯀，老 M2.1）

（繸，包 268） （絹，老 M2.4）

「**緄**」 編織的帶子：望 M2.6：「緄靮」。望 M2.22：「緄席」。望 M2.49：「緄
帶」。（3 例）曾 45：「緄綏」。（2 例）

「**鯀**」 編織的帶子：老 M2.1：「鯀（緄）帶」。

「**繸**」 編織的帶子：包 268：「繸（緄）緄」。

「**絹**」 編織的帶子：老 M2.4：「絹（緄）繹」。

【緄維】懸綁磬的帶子：信 2-18：「緄維」。

纏 （攴，望 M2.2）

「**攴**」 長條形的編織物：望 M2.2：「黃攴（纏）組之綴」。望 M2.8：「黃攴
（纏）組之繻」。望 M2.9：「攴（纏）組之童」。望 M2.10：「黃攴（纏）
組之綴」。望 M2.12：「攴（纏）組之霝」。望 M2.23：「黃攴（纏）
組之綴」。

纂 （剾，望 M2.15） （斷，曾 5）

（纘，望 M2.32）

「**剾**」 赤色絲帶：望 M2.9：「剾（纂）純」。（2 例）望 M2.15：「剾（纂）
坐」。

「**斷**」 赤色絲帶：曾 5：「斷（纂）攝」。（11 例）[5]

---

[5] 何琳儀：《戰國古文字典：戰國文字聲系》（北京：中華書局，1998），頁 944。

「纗」 赤色絲帶：包 259：「纗（纂）純」。（3 例）望 M2.32：「纗（纂）約」。（2 例）

紃 〔圖〕（紃，望 M2.6）

「**紃**」 以彩色絲線織成的圓形繩帶：望 M2.6：「皆紃」。望 M2.31：「五区之紃」。曾 7：「鞭紳紃」。（2 例）

【紃約】有縧帶纏束裝飾：包 268：「紃約」。

【紃綏】彎之執手：望 M2.12：「紃綏」。

【紃縫】皮革或織物的縫合之處鑲嵌紃條為飾：包 268：「紃縫」。（3 例）

縫 〔圖〕（奉，望 M2.32）　　〔圖〕（綠，包 268）

「**奉**」 縫合的地方：望 M2.32：「紃奉（縫）」。

「**綠**」 縫合的地方：包 268：「紃綠（縫）」。（3 例）

緅 〔圖〕（緅，包牘 1）

「**緅**」 青赤色：信 2-24：「緅巾」。（2 例）信 2-7：「緅衣」。包牘 1：「緅繡之橐」。（2 例）老 M 2.2：「緅帶」。信 2-12：「緅與青錦之肇囊」。信 2-12：「緅與素錦之肇囊」。信 2-15：「青緅纓組」。信 2-19：「緅禂」。（2 例）信 2-29：「紫緅百囊」。信 2-6：「紫緅之巾」。

綏 〔圖〕（妥，望 M2.9）　　〔圖〕（綏，包 277）

「**妥**」 挽以登車的繩索：望 M2.9：「白韅之妥（綏）」。

「**綏**」 ❶挽以登車的繩索：曾 4：「鼺綏」。曾 25：「革綏」。（5 例）曾 26：「獢綏」。（9 例）老 M1.1：「緄綏」。❷用以栓物的繫帶：包 270：「纓組之綏」。包 277：「一緄組綏」。包牘 1 背：「綽組綏」望 M2.60：「組綏」。（7 例）曾 2：「璊組之綏」。（19 例）曾 45：「黃紡之綏」。曾 45：「緄綏」。曾 53：「疊組之綏」。（8 例）曾 64：「紫綠之綏」。曾 8：「紫組之綏」。（1 例）曾 88：「縞綏」。（2 例）仰 7：「紅組之綏」。（2 例）

綬 （受，望 M2.12）

「**受**」 絲帶：望 M2.12：「紃受（綬）」。（2 例）

素 🖼 （索，包 254）

「**索**」 生帛：曾 122：「索（素）」。（4 例）包 254：「二索（素）王錦之繡」。（2 例）望 M2.49：「索（素）豭之毛夬」。望 M2.61：「索（素）豭之純」。信 2-7：「索（素）緯帶」。信 2-12：「緅與索（素）錦之肇囊」。老 M1.10：「索（素）純之纍廿又四」。老 M 2.4：「十索（素）王錦之紳」。（2 例）

絲 🖼 （絲，望 M2.49）

「**絲**」 絲織品的統稱：望 M2.49：「一生絲之屨」。信 2-15：「絲裏」。信 2-2：「一兩絲紙屨」。老 M2.2：「一絲紙之王瑟之綏屨」。老 M2.2：「一絲紙紡綏屨」。

繹[6] 🖼 （鯰，葛甲三 8+甲三 18） 🖼 （鮚，葛甲一 25）

🖼 （籠，葛甲三 204）

「**鯰**」 地龜：葛甲二 5：「小尨鯰（繹）」。葛甲三 8+甲三 18：「顭鯰（繹）」。

「**鮚**」 地龜：葛甲一 25：「小尨鮚（繹）」。

「**籠**」 地龜：葛甲三 204：「小尨籠（繹）」。（5 例）葛乙四 61：「尨籠（繹）」。（2 例）葛甲三 110：「顭籠（繹）」。葛甲三 157：「皎籠（繹）」。葛乙三 20：「白籠（繹）」。（2 例）

彎 🖼 （抎，包 276） 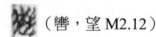 （彎，望 M2.12）

「**抎**」 控制牛、馬等牲口的韁繩：包 276：「紫抎（彎）」。（2 例）

「**彎**」 控制牛、馬等牲口的韁繩：望 M2.12：「紫彎」。（2 例）曾 93：「彎」。曾 28：「六彎」。（4 例）曾 44：「兩馬之彎」。（4 例）曾 66：「兩馬

---

6 宋華強：《新蔡葛陵楚簡初探》（武漢：武漢大學出版社，2010），頁 151-157。

之革轡」。曾 77：「革轡」。（2 例）曾 15：「犀轡貼」。曾 115：「乘馬之轡」。曾 7：「鞁轡貼」。（2 例）曾 18：「鞁轡」。（16 例）曾 60：「鞁鞁轡」。

蠲 〔圖〕（恚，葛甲三 184-2+甲三 185 甲三 222）

「**恚**」 病愈：葛乙二 3+乙二 4：「少遲恚（蠲）瘥」。葛甲三 265：「遲恚（蠲）瘥」。葛甲三 184-2+甲三 185+甲三 222：「以其不良恚（蠲）瘥之故」。

蜜 〔圖〕（窜，包 255）

「**窜**」 蜜蜂採取花中甘液所釀成的甜汁：包 255：「窜（蜜）一缶」。

【窜（蜜）梅】以蜜與梅熬煮，加食用膠冷凝而成的蜜餞：包 255：「窜（蜜）梅」。

【窜（蜜）匜】蜜錫：包 257：「窜（蜜）匜」。

龜 〔圖〕（龜，葛零 207）

「**龜**」 爬行動物的一科：葛零 207：「元龜」。（4 例）

靁 〔圖〕（靁，望 M1.91）

「**靁**」 龜名：望 M1.91：「黃靁」。（2 例）葛甲三 33：「尨靁」。（4 例）葛乙四 46：「皎靁」。葛甲三 115：「骷靁」。（2 例）葛零 244：「白靁」。葛零 213+零 212：「眞靁」。葛乙四 63+乙四 147：「駁靁」。葛零 234：「文靁」。

卵 〔圖〕（卵，包 265）

【卵缶】圓卵形尊缶：包 265：「卵缶」。（3 例）

【卵盞】圓卵形的盞：望 M2.46：「卵盞」。

恆 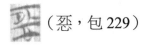（死，葛甲三 112） 〔圖〕（峊，包 233）

〔圖〕（惡，包 229）

「亟」　常也：包 197：「亟（恆）貞吉」。（51 例）葛甲三 284：「亟（恆）貞」。（13 例）葛零 330：「亟（恆）貞無咎」。葛甲三 112：「無亟（恆）祟」。（2 例）

「晉」　常也：包 233：「晉（恆）貞吉」。

「惡」　常也：包 229：「惡（恆）貞吉」。（6 例）

凡　　ㄈㄢ（凡，包 153）

「凡」　❶ 所有，凡是：包 4：「凡君子二夫」。包 153：「凡之六邑」。包 204：「凡此簸也」。九 M56.37 貳：「凡五子」。（3 例）九 M56.38：「凡五卯」。（2 例）九 M56.13 貳：「凡建日」。九 M56.14 貳：「凡贛日」。九 M56.15 貳：「凡敔日」。九 M56.16 貳：「凡坪日」。九 M56.17 貳：「凡窋日」。九 M56.18 貳：「凡工日」。九 M56.19 貳：「凡坐日」。九 M56.20 貳：「凡盍日」。九 M56.21 貳：「凡城日」。（2 例）九 M56.22 貳：「凡復日」。九 M56.23 貳：「凡葡日」。九 M56.24 貳：「凡敓日」。九 M56.39 壹：「凡秋三月」。九 M56.40 壹：「凡冬三月」。九 M56.41：「凡吉日」。九 M56.41：「凡不吉日」。九 M56.39 貳：「凡五亥」。（2 例）九 M56.48：「凡宮垉於西南之南」。九 M56.61：「凡五〔丑〕」。九 M56.62：「凡五寅」。九 M56.64：「凡五辰」。九 M56.65：「凡〔五巳〕」。九 M56.67：「凡五未」。九 M56.68：「凡五申」。九 M56.69：「凡五酉」。九 M56.97：「凡寅日□辰少日必得」。❷ 總計、總共：包 137：「凡二百人十一人」。曾 120：「凡軒車十乘又二乘」。曾 148：「凡新官之馬六乘」。曾 159：「凡太官之馬十乘」。曾 195：「凡帛洛車九乘」。曾 196：「凡洛車九乘」。曾 204：「凡帛車」。曾 207：「凡宮廄之馬與家十乘」。曾 208：「凡宮廄之馬所入長坁之宙五乘」。

【凡是】概括之詞，括某個範圍內的一切：葛甲一 10：「凡是」。

土　　ㄊㄨ（土，包 91）

「土」　土地：包 91：「謂葬於其土」。

【土田】土地：九 M56.45：「土田」。

【土螻】即地螻，古書中兼具龍虎二形的螭虎，此指伏虎形螭虎底座：信
　　　2-3：「土螻」。[7]

地　　☒（陸，包 140）

「陸」　❶ 土地：包 140：「小人各征於小人之陸（地）」。❷ 領土，屬地：
　　　包 140 反：「蔡君之陸（地）」。包 140 反：「畢陸（地）」。

【陸（地）主】神祇名：包 219：「陸（地）主」。（25 例）

增　　☒（增，九 M56.50）

「增」　益：九 M56.50：「三增三沮」。

堂　　☒（堂，九 M56.53）

「堂」　泛指房屋的正廳：九 M56.53：「堂吉」。

璽　　☒（鉥，包 13）

「鉥」　印信：包 13：「三鉥（璽）」。（3 例）

坐　　☒（𡉉，老 M1.4）　　　　　☒（促，信 2-21）

　　　☒（㽵，包 263）

【𡉉（坐）蘆】坐席：老 M1.4：「𡉉（坐）蘆」。

【促（坐）茵】坐席：信 2-21：「促（坐）茵」。

【㽵（坐）席】坐的席子：包 263：「㽵（坐）席」。

封　　☒（坅，葛乙四 136）

「坅」　領地，邦國：葛乙四 136：「坅（封）中尚大熟」。

7 范常喜：「談談遣冊名物考釋的兩個維度——以信陽楚簡『樂人之器』為例」，復旦大學出土文獻與古
　文字研究中心：出土文獻與古文字研究雲講座 013，2021.12.11。

墨　（墨，曾 46）

「**墨**」　黑色：曾 46：「墨旆之首」。

【墨乘】疑為墨車，不加文飾的黑色車乘：曾 47：「墨乘」。（2 例）

毀　（毀，九 M56.37 貳）

「**毀**」　毀壞，破壞：九 M56.37 貳：「必毀」。

塞　（賽，包 104）

【賽（塞）金】貸金：包 104：「賽（塞）金」。（11 例）

珪　（珪，葛零 207）

【珪璧】古代祭祀朝聘等所用的玉器：葛零 207：「珪璧」。

坦　（坦，九 M56.47）

「**坦**」　平直，廣闊：九 M56.47：「中坦」。

田　（田，包 67）　　　　（甸，老 M1.1）

（畋，望 M2.5）

「**田**」　❶ 耕種用的土地：包 67：「歸其田以致命」。包 81：「征其田」。包 82：「不分田」。九 M56.45：「土田驟得」。❷ 食田：包 153：「啻苴之田」。（2 例）

【田邑】田野與都邑：九 M56.25：「田邑」。（3 例）

【田獵】打獵：九 M56.31：「田獵」。

【甸（田）車】打獵用的車子：老 M1.1：「甸（田）車」。

【畋（田）車】打獵用的車子：望 M2.5：「畋（田）車」。（9 例）

里　（里，包 22）

【里人】里中主事者：葛甲三 262：「里人」。（29 例）

【里公】里社之長：包 22：「里公」。（18 例）

畹　（畹，包 151）

「畹」　古代地積單位，或以三十畝為一畹，或以十二畝為一畹，或以三十
　　　　步為一畹，說法不一：包 151：「半畹（畹）」。

野　（埜，九 M56.32）

「埜」　郊外：九 M56.43：「不周之埜（野）」。

【埜（野）外】郊外，人煙稀少的地方：九 M56.31：「埜（野）外」。（2 例）

【埜（野）事】農事：九 M56.32：「埜（野）事」。

甸　（甸，葛甲三 400+甲三 327-1）

【甸尹】職官名：葛甲三 400+甲三 327-1：「甸尹」。

留　（畱，九 M56.34）

「畱」　居留：九 M56.34：「男不畱（留）」。

畜　（畜，九 M56.39 貳）

「畜」　飼養：九 M56.39 貳：「畜六牲」。

黃　（黃，望 M1.88）　　　　（纊，仰 20）

「黃」　❶ 五色之一，即像金子或成熟的杏子的顏色：望 M1.88：「黃靁」。
　　　　（2 例）望 M 2.2：「黃纏組之綴」。（5 例）望 M2.6：「紫黃之組」。
　　　　望 M2.6：「黃裏」。望 M.8：「黃纏組之繻」。望 M 2.14：「黃纏組之
　　　　□」。信 2-1：「青黃之劃」。（3 例）曾 3：「紫黃紡」。（43 例）曾
　　　　45：「黃紡」。（11 例）❷ 黃駻，金栗色的馬：曾 143：「獲耴之黃
　　　　為左驂」。曾 142：「莆之黃為左驌」。曾 143：「某□之黃為右驌」。
　　　　曾 143：「王卲之黃為右驂」。曾 145：「大迅之黃為左驌」。曾 146：
　　　　「牢令之黃為左驌」。曾 149：「鄩君之黃為右驂」。曾 152：「宔醻
　　　　尹之黃為左驌」。曾 152：「左斗徒之黃為右驌」。曾 155：「宰尹臣
　　　　之黃為右驌」。曾 156：「悹箮尹之黃為右驂」。曾 157：「贏尹郫之
　　　　黃為右驌」。曾 162：「遱尹之一騏一黃」。曾 180：「貯公之黃為右

驌」。曾 182：「都牧之黃為右驌」。曾 183：「貯公之黃為右驌」。曾 184：「牧人之兩黃」。曾 197：「一黃駐左驌」。曾 199：「一黃駐」。

「繢」　五色之一，即像金子或成熟的杏子的顏色：仰 20：「繢（黃）裏」。

【黃金】金屬名：包 103：「黃金」。（27 例）

【黃帝】古帝名，傳說是中原各族的共同祖先：九 M56.47：「黃帝」。

男　（男，九 M56.34）

「男」　男性：九 M56.30：「生子，男吉」。九 M56.34：「生子，男不留」。九 M56.35：「生子，男必美於人」。

加　（珈，葛甲三 137）

【珈（加）璧】束帛之上又加玉璧，古代表示貴重的禮物：葛甲三 137：「束錦珈（加）璧」。（4 例）

卷十四

金 　金 （金，包116）

「金」 **錢財，貨幣：**包44：「十月辛巳之日不歸鄧人之金」。包116：「左司馬魯敓為鄝貸越異之金七鎰」。包 116：「貸越異之金三鎰」。包117：「貸越異之金三十鎰二鎰」。包 117：「貸越異之金五鎰」。包118：「貸越異之金七鎰」。包118：「貸越異之金六鎰」。包119：「貸越異之金十鎰一鎰四兩」。包119：「貸越異之金四鎰」。包129：「足金六鈞」。（3 例）包145：「反饋客之□金十兩又一兩」。包146：「金一鎰半鎰」。包146：「金五鎰」。

【金匕】金屬製成的匕器：包253：「金匕」。（3 例）

【金勺】金屬製成的勺：望 M2.47：「金勺」。

【金足】銅足：包266：「金足」。（2 例）

【金削】刮削簡牘的削刀：包263：「金削」。

【金器】金屬製成的器具：包251：「金器」。（4 例）

鑊 　鑊 （鑊，包265）

「鑊」 **無足鼎，古時煮肉及魚、臘之器：**包265：「一牛鑗（鑊）」。包265：「一豕鑗（鑊）」。

鎰 　盆 （益，包105）

「益」 **量詞，古代計算重量的單位，以二十兩或二十四兩為「一鎰」：**包105：「黃金七益（鎰）」。（6 例）包 107：「黃金三十益（鎰）二益（鎰）」。包111：「黃金十益（鎰）一益（鎰）」。包112：「黃金四益（鎰）」。包 113：「黃金五益（鎰）」。包115：「鍒金一百益（鎰）二益（鎰）」。包116：「金七益（鎰）」。（2 例）包116：「金

三益（鎰）半益（鎰）」。包 117：「金三十益（鎰）二益（鎰）」。
包 117：「金五鎰」。包 118：「金六益（鎰）」。包 119：「金十益（鎰）
一益（鎰）」。包 119：「金四益（鎰）」。包 146：「金一益（鎰）半
益（鎰）」。包 146：「金五益（鎰）」。信 2-16：「八益（鎰）」。

鑄　　（盥，包 18）

【盥（鑄）劍】**鑄造寶劍**：包 18：「盥（鑄）劍」。

釧　　（聟，葛甲三 243）

【聟（釧）牢】**即釧鼎之牢，肉羹與鹽、菜調和的一組祭品**：葛甲三 243：
　　「聟（釧）牢」。（5 例）

錦　　（絵，包 254）　　　　（檢，曾 42）

「絵」　**有彩色花紋的絲織品**：包 254：「二素王絵（錦）之韜」。包 256：「青
　　絵（錦）之囊」。包 259：「絵（錦）緙」。包 263：「王絵（錦）之
　　純」。包 260：「絵（錦）序」。包 262：「絵（錦）純」。（11 例）包
　　262：「素絵（錦）韜」。包 272：「生絵（錦）之幢」。包 2-12：「素
　　絵（錦）之鞏囊」。信 2-12：「緻與青絵（錦）之鞏囊」。信 2-15：「絵
　　（錦）緣」。信 2-19：「絵（錦）絛」。信 2-21：「絵（錦）坐茵」。
　　信 2-23：「一絵（錦）終枕」。仰 3：「絵（錦）褚」。仰 13：「絵（錦）
　　巾」。仰 18：「絵（錦）韜」。仰 20：「紫絵（錦）」。老 M2.4：「十
　　素王絵（錦）之紳」。葛甲三 137：「束絵（錦）」。（2 例）

「檢」　**有彩色花紋的絲織品**：曾 42：「紫檢（錦）之籨」。

鈃　　（鐙，包 252）　　　　（銅，信 2-14）

「鐙」　**古代的一種盛酒器，似鍾而長頸**：包 252：「二瓶鐙（鈃）」。

「銅」　**古代的一種盛酒器，似鍾而長頸**：信 2-14：「二銅（鈃）」。

鑣　　（杧，包 277）　　　　（鹿，望 M2.13）

　　　（氁，包 276）

「耗」　馬口中所含的鐵環：包 277：「二馬之耗（鑣）」。

「廘」　馬口中所含的鐵環：望 M2.13：「角廘（鑣）」。

「甀」　馬口中所含的鐵環：包 276：「舊甀（鑣）」。（2 例）

鈁　（方，信 2-1）

「方」　方形腹的壺：信 2-1：「青方（鈁）」。

鑑　（監，包 265）[1]　　（濫，信 2-9）

（鑑，包 263）

「監」　❶ 古器名，形似大盆，有耳：包 265：「二監（鑑）」。信 2-1：「二方監（鑑）」。信 2-1：「二圓監（鑑）」。望 M2.53：「二監（鑑）」。
❷ 鏡子：望 M2.48：「一大監（鑑）」。

「濫」　鏡子：信 2-9：「二方濫（鑑）」。

「鑑」　鏡子：包 263：「二鑑」。仰 33：「一鑑」。

銜　（鑑，包 277）

「鑑」　裝在馬口用來控制馬匹的鐵製用具：包 277：「二鑑（銜）」。

鑪　（墉，信 2-14）[2]

「墉」　盛火的器具，作冶煉、取暖、烹飪等用：信 2-14：「二墉（鑪）」。

鑿　（臿，九 M56.27）

【臿（鑿）井】挖掘井：九 M56.27：「臿（鑿）井」。

鈞　（勻，包 129）

「勻」　三十斤：包 129：「六勻（鈞）」。（3 例）葛甲三 220+零 343：「一

---

[1] 本書匿名審查人認為此字從「血」，此說有可能，但楚簡的「血」字上方的橫筆大多較短，因此仍將此字隸從皿旁。

[2] 此字原隸為「膚」，此處依《楚地出土戰國簡冊合集・二，葛陵楚墓竹簡、長臺關楚墓竹簡》紅外線影像隸作「墉」。武漢大學簡帛研究中心、湖北省文物考古研究所、黃崗市物館編：《楚地出土戰國簡冊合集・二，葛陵楚墓竹簡、長臺關楚墓竹簡》（北京：文物出版社，2013），頁 153，註 93。

勻（鈞）」。葛零 444：「五十勻（鈞）」。

錯 （舄，信 2-7）

「舄」 **金銀嵌飾**：信 2-7：「黃金與白金之舄（錯）」。信 2-24：「一舄（錯）釞」。

鐃 （銚，包 270）

「銚」 **小鉦**：包 270：「一銚（鐃）」。

鐶 （鐶，望 M2.6）

「**鐶**」 **銅環**：望 M2.6：「提鐶」。信 2-10：「一小鐶」。信 2-17：「□鋪首，屯有鐶」。

鐘 （鐘，葛甲三 261）

「**鐘**」 **古樂器**：葛甲三 261：「棧鐘」。（11 例）

鋪 （甫，老 M1.9） （鈇，信 2-5）

【甫（鋪）環】**鋪首銜環**：老 M1.9：「甫（鋪）環」。

【鈇（鋪）首】**著於門上的銜環獸面**：信 2-5：「鈇（鋪）首」。（2 例）

勺 （勺，望 M2.47）

「**勺**」 **舀東西的用具，有柄**：望 M2.47：「二金勺」。五 13：「彫勺二」。

几 （几，包 260 上） （机，望 M2.47）

（𠙴，包 266） （梠，信 2-8）

（幾，五 8）

「**几**」 **古人坐時憑依或擱置物件的小桌**：包 260 上：「凭几」。老 M1.4：「一几」。

「**机**」 **古人坐時憑依或擱置物件的小桌**：望 M2.45：「一房机（几）」。望 M2.47：「一机（几）」。

「凭」　古人坐時憑依或擱置物件的小桌：包 266：「房凭（几）」。

「椸」　古人坐時憑依或擱置物件的小桌：信 2-8：「房椸（几）」。

「幾」　古人坐時憑依或擱置物件的小桌：五 8：「幾（几）一」。

處　**𡰥**（凥，包 3）

「凥」　**居住，居於，處在**：包 3：「凥（處）於廣路區湶邑」。包 7：「凥（處）鄝里」。包 10：「凥（處）於鄇國之少桃邑」。包 132：「凥（處）衾郗之東躬之里」。包 156：「尹冠以其不得執之凥（處）」。包 238：「思左尹遷復凥（處）」。包 250：「且徙其凥（處）而樹之」。葛甲三 132+甲三 130：「以其不安於是凥（處）也」。葛甲三 165+甲三 236：「徙去是凥（處）也」。葛甲二 19+甲二 20：「且君必徙凥（處）焉善」。夕 1：「王凥（處）於藏鄅之遊宮」。天 15-1：「既訛凥（處）其新室」。天 15-1：「尚宜焉長凥（處）之」。天 137：「幾中將遖去凥（處）」。

且　**後**（虘，葛乙三 60+乙二 13）　　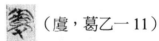（虘，葛乙一 11）

「虘」　**連詞，連接兩個動詞，表示兩件事同時進行**：葛乙三 60+乙二 13：「薦虘（且）禱之地主」。

「虗」　❶ **連詞，連接兩個動詞，表示兩件事同時進行**：包 198：「少又感於躬身，虗（且）志事少遲得」。包 202：「少有感於躬身，虗（且）爵位遲遷」。包 210：「少有感於躬身與宮室，虗（且）間有不順」。包 211：「使攻解於盟詛，虗（且）除於宮室」。包 213：「少有惡於王事，虗（且）有感於躬身」。包 217：「少又感於躬身，虗（且）間有不順」。包 219：「擇良月良日饋之，虗（且）為巫繡珮」。包 244：「舉禱巫一全貑，虗（且）豆保」。包 250：「命攻解於斬木位，虗（且）徙其處而樹之」。葛甲三 291-1：「疾虗（且）脹」。葛甲三 138：「既皆告，虗（且）禱已」。葛乙一 11：「樂虗（且）贛之」。葛甲三 233+甲三 190：「既心疾，以合於背，虗（且）心悶」。葛甲

三 401：「薦虞（且）禱之」。葛零 452：「皆告，虞（且）禱之」。葛零 331-1：「樂虞（且）贛之」。天 4-2：「虞（且）有閒惡」。天 27：「虞（且）有惡於東方田邑與兵甲之事」。❷ 連詞，而且，並且，表遞進：葛甲三 198+甲三 199-2：「虞（且）疥不出」。

俎 （脀，信 2-27）　　（俎，望 M2.45）

（柤，老 M1.3）　　（緐，包 266）

「脀」　古代祭祀、燕饗時陳置牲體或其他食物的禮器：信 2-26：「皇脀（俎）」。信 2-26：「□脀（俎）二十〔又〕五」。信 2-26：「一□脀（俎）」。信 2-27：「一脀（俎）」。

「俎」　古代祭祀、燕饗時陳置牲體或其他食物的禮器：望 M2.45：「四皇俎」。

「柤」　古代祭祀、燕饗時陳置牲體或其他食物的禮器：老 M1.3：「四柤（俎）」。

「緐」　古代祭祀、燕饗時陳置牲體或其他食物的禮器：包 266：「五皇緐（俎）」。

斤　（斤，老 M2.4）

「斤」　斧斤之屬：老 M2.4：「二金斤」。

斷　（剚，包 16）

「剚」　判決：包 16：「新造迅尹不為僕剚（斷）」。包 102：「以其為其兄蔡暴剚（斷）不法」。包 123：「傳傮未至剚（斷）」。包 134：「子宛公囑之於陰之謹客，思剚（斷）之」。包 134：「今佥之謹客不為其剚（斷）」。包 135 反：「久不為剚（斷）」。包 135 反：「君命速為之剚（斷）」。包 137：「未有剚（斷）」。包 137 反：「將至時而剚（斷）之」。

新 （𣂺，包 146）

「𣂺」 **沒有用過的**：仰 15：「𣂺（新）鞮屨」。仰 15：「𣂺（新）屨」。

【𣂺（新）客】**新來聘者**：包 146：「𣂺（新）客」。

【𣂺（新）承惪】**卜筮用具**：葛甲三 193：「𣂺（新）承惪」。

升 （䀁，包 265）

【䀁（升）鼎】**平底束腰鼎**：包 265：「䀁（升）鼎」。

矛 （翆，望 M2.9）

「翆」 **矛與柄之間飾以短繐如羽，故作「翆」以示意**：望 M2.9：「短翆（矛）」。

穳 （𣪘，包 273）

「𣪘」 **小刺矛**：包 269：「𣪘（穳）」。（2 例）包 272：「舊𣪘（穳）」。包 273：「二𣪘（穳）」。

車 （車，包 269）

「**車**」 **車馬器**：望 M2.1：「車與器之典」。

【車馬】**車和馬**：九 M56.36：「車馬」。（3 例）

【車戟】**旆的旗杆**：包 269：「車戟」。（2 例）

【車轄】**車軸兩端的鍵，即銷釘**：包 157：「車轄」。

軎 （大，包牘 1） （鈦，包 276）

「**大**」 **車**軎：包牘 1：「縢組軨之大（軎）」。

「**鈦**」 **車**軎：包 272：「赤金之鈦（軎）」。包 272：「縢組之軨鈦（軎）」。包 276：「縢組之軨之鈦（軎）」。包 276：「白金之鈦（軎）」。（3 例）

軨 （繻，包 268）

「繻」 **車軸上的裝飾**：包 268：「緄組之繻（軨）」。包 272：「縢組之繻（軨）軎」。包 276：「縢組之繻（軨）之軎」。包牘 1：「縢組繻（軨）之軎」。

轎[3] （轎，信 2-4）　　（檷，望 M2.15）

「轎」　一種用若干人在前後抬著的交通工具：信 2-4：「一乘良轎（轎）」。
信 2-4：「二乘良迖轎（轎）」。

「檷」　一種用若干人在前後抬著的交通工具：望 M2.15：「一檷（轎）」。

軒　**軒**（軒，包 267）

「軒」　軒車，曲輈上揚，車廂兩側有屏蔽：包 267：「一乘軒」。望 M2.2：
「軒軓」。（2 例）信 2-4：「一良圓軒」。曾 4：「圓軒」。（7 例）曾
26：「瞏軒」。（5 例）曾 48：「襠軒」。曾 50：「少軒」。曾 50：「下
軒」。曾 54：「魚軒」。（2 例）曾 57：「左軒」。曾 57：「紡軒」。

軓　**反**（反，望 M2.2）

「反」　車輪之上、車廂之側，屏之下有一對用以遮擋車輪帶起的塵泥
之物：望 M2.2：「軒反（軓）」。（2 例）

載　**材**（材，包 269）　　**載**（載，曾 2）

「材」　記錄：包 269：「其上材（載）」。（3 例）

「載」　❶ 車蓋：信 2-4：「載紡蓋」。❷ 運載，裝運：曾 2：「二載厬」。
曾 5：「一襠載厬」。（4 例）曾 14：「二襠載厬」。（7 例）曾 31：「二
畫厬之載」。曾 37：「二漆載厬」。曾 42：「二載厬」。曾 83：「載厬」。

軍　**軍**（軥，包 61）

「軥」　軍隊：包 61：「長沙公之軥（軍）」。包 158：「莫敖之軥（軍）」。

轃[4] （鞏，曾 62）　　（甧，曾 26）

（鞏，曾 60）

3　陳偉：〈車輿名試說（二則）〉，《古文字研究》第 28 輯（北京：中華書局，2010），頁 384-388。

4　陳偉認為曾侯乙簡的「坙」從「外」聲，與「鞏」為同一字，可釋為「輶」，讀為「轃」或「棧」，字
　途有臥車、兵車等說法。筆者此處取「轃」字之說。陳偉：〈車輿名試說（二則）〉，《古文字研究》第
　28 輯（北京：中華書局，2010），頁 384-388。

「𤜼」　臥車、兵車：曾 62：「𤜼＝（轃車）」。

「𤜼」　臥車、兵車：曾 26：「𤜼（轃）軒」。

「𤜼」　臥車、兵車：曾 28：「𤜼（轃）軒」。（7 例）曾 4：「乘𤜼（轃）」。
　　　（3 例）曾 60：「一𤜼（轃）」。曾 120：「𤜼（轃）車」。

軥　（軥，望 M2.11）

「軥」　車軛兩邊下伸反曲夾貼馬頸的部分：望 M2.11：「軥」。

轅　（孚，望 M2.2）

「孚」　象牙裝飾的車轅：望 M2.2：「齒孚（轅）」。

軛　（厄，望 M2.6）

「厄」　在車衡兩端扼住牛、馬等頸背上的曲木：望 M2.6：「衡厄（軛）」。
　　　（2 例）

輪　（輇，包 268）　　（輪，曾 1 正）

「輇」　車輪：包 268：「翟輇〈輪〉」。（4 例）

「輪」　車輪：望 M2.2：「翟輪」。（3 例）曾 1 正：「膞輪」。（12 例）

斬　（漸，包 140）

「漸」　伐：包 140：「漸（斬）木」。包 249：「漸（斬）木位」。（2 例）

官　（官，包 18）

「官」　官吏：包 5：「新官」。（15 例）包 18：「鑄劍之官」。包 124：「酷
　　　官」。包 176：「宵官司敗」。（2 例）曾 149：「太官」。（11 例）

【官事】官府的事、公事：包 18：「官事」。

除　（敘，包 138 反）

「敘」　❶ 去掉、排除：包 138 反：「思𡭰之仇敘（除）於𡭰之所證」。❷
　　　被除：包 211：「敘（除）於宮室」。包 229：「攻敘（除）於宮室」。
　　　九 M56.28：「敘（除）不祥」。九 M56.28：「敘（除）疾」。九 M56.34：

「敘（除）盟詛」。❸ **病愈**：葛甲三 201：「占之：吉。既敘（除）
之」。

【敘（除）去】**除去，去掉**：葛零 148：「敘（除）去」。

阞　（阞，望 M2.50）

【阞繼】**纏弦的絲帶**：望 M2.50：「阞繫」。[5]

綴　（贅，望 M2.7）　　（敪，曾 63）

（繢，望 M2.8）

「贅」　**綴飾**：望 M2.7：「黃攴組之贅（綴）」。望 M2.10：「黃攴組之贅
（綴）」。

「敪」　**綴飾**：曾 50：「黿組之敪（綴）」。（3 例）曾 63：「紫組之敪（綴）」。
（4 例）老 M2.1：「左右組敪（綴）」。老 M2.2：「組敪（綴）」。（3
例）

「繢」　**綴飾**：望 M2.2：「黃攴組之繢（綴）」。（3 例）望 M2.8：「組繢（綴）」。
望 M2.27：「□組之繢（綴）」。望 M2.48：「組繢（綴）」。

禽　（脍，唐 2）

「脍」　**禽牲**：唐 2：「因其脍（禽）」。（2 例）

甲　（㽍，包 20）　　（㢚，老 M1.4）

「㽍」　**用皮革、金屬等製成的護身服**：曾 125：「一吳㽍（甲）」。（10 例）
曾 126：「二吳㽍（甲）」。（3 例）曾 43：「三吳㽍（甲）」。曾 126：
「一楚㽍（甲）」。（4 例）曾 122：「一真楚㽍（甲）」。（2 例）曾 122：
「二真楚㽍（甲）」。曾 124：「三真楚㽍（甲）」。（3 例）曾 123：「一
真吳㽍（甲）」。（4 例）曾 61：「二真吳㽍（甲）」。（2 例）曾 122：

[5] 李家浩：〈信陽楚簡「樂人之器」研究〉，《簡帛研究》第三輯（桂林：廣西教育出版社，1998），頁
1-22。

「三真吳𢼄（甲）」。（2 例）曾 43：「兩馬之漆𢼄（甲）」。曾 122：「乘馬之彤𢼄（甲）」。曾 124：「乘馬畫𢼄（甲）」。（5 例）曾 125：「乘馬彤𢼄（甲）」。（5 例）曾 130：「匹馬索𢼄（甲）」。曾 130：「一索楚𢼄（甲）」。曾 129：「三匹馬漆𢼄（甲）」。曾 131：「三匹馬畫𢼄（甲）」。曾 141：「三十匹之𢼄（甲）」。曾 128：「六馬畫𢼄（甲）」。曾 137：「備𢼄（甲）」。曾 141：「大凡八十馬𢼄（甲）又六馬之𢼄（甲）」。

「韗」　用皮革、金屬等製成的護身服：老 M1.4：「一貞（領）□韗（甲）」。天 27：「兵韗（甲）」。（2 例）仰 6：「韗（甲）衣」。

成　　（戌，包 215）

「戌」　❶ 完成、實現、成功：包 215：「盬吉占之曰：吉。大、后土、司命、司禍、大水、二天子、峗山既皆戌（成）」。包 202 反：「親父既戌（成）」。包 202 反：「親母既戌（成）」。[6]葛甲一 17：「既戌（成）」。（6 例）葛甲三 10：「志戌（成）」九 M56.26：「百事順戌（成）」。九 M56.26：「小夫四戌（成）」。九 M56.37 貳：「不戌（成）」。❷ 成熟：九 M56.26：「四戌（成）」。❸ 法律用語，表示爭訟雙方已達成和解：包 140：「畢賠尹栖臽與蔡君之司馬奉爲皆告戌（成）」。[7]

【戌（成）收】完成徵收稅賦：包 147：「戌（成）收」。

【戌（成）言】訂約，成議：九 M56.21 貳：「戌（成）言」。

【戌（成）事】成功；辦成事情：九 M56.41：「戌（成）事」。

已　　（㠯，包 134）　　　　（巳，包 207）

「㠯」　已經：包 134：「謹客、百宜君既㠯（已）致命於子宛公」。包 147：「將㠯（已）成收」。

---

[6] 包山 202 反的「親父既成」、「親母既成」的「成」指「完成」，「既成」當是「完成了移祟」的意思。沈培：〈從戰國簡看古人占卜的「蔽志」──兼論「移祟」說〉，《古文字與古代史》第一輯（臺北：中央研究院歷史語言研究所，2007），頁 391-434。

[7] 李家浩認為「告成」似為一個法律用語，指雙方達成和解。李家浩：〈談包山楚簡「歸鄧人之金」一案及其相關問題〉，《出土文獻與古文字研究》第一輯（上海：復旦大學出版社，2006），頁 16-32。

「巳」　❶ 完畢：葛甲三 138：「且禱巳（已）」。❷ 病愈：包 207：「貞吉，
　　　　少未巳（已）」。葛甲三 110：「瘥一巳（已）」。葛甲三 96：「遲巳（已）」。
　　　　葛甲一 22：「疾一續一巳（已）」。（3 例）

聶　（旂，望 M2.45）

「旂」　匜形陶器：望 M2.45：「二旂（聶）」。信 2-11：「三彫旂（聶）」。信
　　　　2-11：「一厚奉之旂（聶）」。

辜　（姑，包 217）　　（砧，包 248）

「姑」　罪，罪過：包 217：「不姑（辜）」。（6 例）

「砧」　罪，罪過：包 248：「不砧（辜）」。

辭　（詢，包 102）

「詢」　訟：包 102：「既詢〈詞（辭）〉」。

子　（子，包 66）

「子」　❶ 表示地支的第一位，用以紀日：九 M56.67：「子少瘳」。
　　　　九 M56.64：「死生在子」。❷ 專指兒子：包 66：「鄧骰之子」。包
　　　　92：「喪其子」。包 151：「其子番寁後之」。包 151：「寁死無子」。
　　　　包 151：「黯死無子」。包 190：「褱君之子連郢」。葛乙一 13：「令
　　　　尹之子」。九 M56.36：「幼子者不吉」。九 M56.37 貳：「五子」。（2
　　　　例）九 M56.38 貳：「長子」。（2 例）九 M56.50：「不利於子」。❸ 專
　　　　指女兒：九 M56.21 貳：「嫁子」。❹ 古代兼指兒女：九 M56.25：「生
　　　　子」。（2 例）

㜻　（仗，包 123）

「仗」　子、妻：包 122：「子收傅佫之仗（㜻）」。包 123：「傅佫之仗（㜻）
　　　　既走於前，子弗返」。[8]

---

[8] 陳偉與劉信芳皆認為應讀為「㜻」，訓為「子」或「妻」。陳偉：《包山楚簡初探》（武漢：武漢大學出
　版社，1996），頁 145。劉信芳：〈包山楚簡近似之字辨析〉，《考古與文物》1996 年第 2 期，頁 78-86，
　69。

季 （季，包 127）

【季父】指最小的叔父：包 127：「季父」。（2 例）

孤 （孤，葛零 9+甲三 23+甲三 57）

「孤」 幼年喪父或父母雙亡：葛零 9+甲三 23+甲三 57：「早孤」。

疏 （琉，葛乙三 44+乙三 45）

【琉（疏）璜】刻鏤之璜：葛乙三 44+乙三 45：「琉（疏）璜」。

未 （未，包 177）

「未」 沒有：包 3：「王大子而以登刲人所幼未登刲之玉府之典」。包 8：
「未在典」。包 23：「未受幾」。包 123：「傅倝未至斷」。包 137：「未
有斷」。望 M1.22：「未有爵位」。（2 例）望 M1.135：「既禱，未賽」。
唐 7：「以其未可以禱」。

酒 （酉，包 200）

【酉（酒）食】酒與飯食：包 200：「酉（酒）食」。（32 例）

配 （配，葛零 92）

【配饗】賢人或有功於國家的人，附祀於朝，同受祭饗：葛零 92：「配饗」。

酷 （酷，包 124）

【酷官】職官名：包 124：「酷官」。（3 例）

尊 （酓，望 M2.45）

「酓」 酒器：望 M2.45：「一酓（尊）櫅」。信 2-11：「一酓（尊）〔㭇〕」。

引用文獻

于成龍：《楚禮新證——楚簡中的紀時、卜筮與祭禱》，北京：北京大學博士學位論文，2004。

中山大學古文字學研究室：《戰國楚簡研究（二）》，廣州：中山大學，1977。

王先福主編；襄陽市博物館、老河口市博物館編著：《老河口安崗楚墓》，北京：科學出版社，2018。

王　穎：《包山楚簡詞匯研究》，廈門：廈門大學出版社，2008。

古敬恒：〈楚簡遣策絲織品字詞考辨〉，《徐州師範大學學報（哲學社會科學版）》2002 年第 28 卷第 2 期，頁 28-31。

古敬恒：〈楚簡遣策車類字詞考釋〉，《徐州師範大學學報（哲學社會科學版）》2001 第 27 卷第 2 期，頁 45-48。

史樹青：《長沙仰天湖出土楚簡研究》，上海：群聯出版社，1955。

田　河：《出土戰國遣冊所記名物分類匯釋》，長春：吉林大學博士論文，2007。

田　河：《信陽長臺關楚簡遣策集釋》，長春：吉林大學碩士論文，2005。

田　煒：〈用字習慣對古文字文獻釋讀的影響——以戰國楚璽中的「行枲」為例〉，《古文字論壇》待刊稿。

白於藍：〈曾侯乙墓竹簡考釋（四篇）〉，《中國文字》新三十期，臺北：藝文印書館，2005，頁 193-202。

石小力：〈楚璽「行枲」新說〉，中國古文字研究會第二十三屆年會論文集，開封：中國古文字研究會主辦，2020.10.30-11.2，頁 325-327。

后德俊：〈「包山楚簡」中的「金」義小考〉，《江漢論壇》1993 年第 11 期，頁 70-71。

朱曉雪：〈天星觀卜筮祭禱簡文整理〉，武漢大學簡帛網，2018.2.2。

朱曉雪：《包山楚簡綜述》，福州：福建人民出版社，2013。

朱德熙、裘錫圭：〈信陽楚簡考釋（五則）〉，《考古學報》1973 年第 1 期，頁 121-129。

朱鳳瀚：《中國青銅器綜論》，上海：上海古籍出版社，2009。

何　浩、劉彬徽：〈包山楚簡「封君」釋地〉，《包山楚墓》，北京：文物出版社，
　　　1991，頁 569-579。

何琳儀：《戰國古文字典：戰國文字聲系》，北京：中華書局，2004。

吳振武：〈說仰天湖 1 號簡中的「蘆茈」一詞〉，《簡帛》第二輯，上海：上海古
　　　籍出版社，2007，頁 39-44。

宋華強：《新蔡葛陵楚簡初探》，武漢：武漢大學出版社，2010。

宋華強：〈楚簡中從「黽」从「甘」之字新考〉，武漢大學簡帛網，2006.12.30。

李天虹：〈新蔡楚簡補釋四則〉，簡帛研究網，2003.12.17。

李守奎、賈連翔、馬楠編：《包山楚墓文字全編》，上海：上海古籍出版社，2012。

李守奎：〈包山楚簡 120-123 號簡補釋〉，《出土文獻與傳世典籍的詮釋：紀念譚
　　　樸森先生逝世兩週年國際學術研討會論文集》，上海：上海古籍出版社，
　　　2010，頁 203-212。

李守奎：〈出土簡策中的「軒」和「圓軒」考〉，《古文字研究》第 22 輯，北京：
　　　中華書局，2000，頁 195-199。

李松儒（松鼠）：〈棗林鋪楚簡釋文訂補〉，武漢大學簡帛論壇，2019.12.27。

李家浩：〈楚墓卜筮簡說辭中的「樂」「百」「贛」〉，《出土文獻綜合研究集刊》第
　　　十輯，成都：巴蜀書社，2019，頁 1-19。

李家浩：〈楚墓卜筮簡說辭中的「樂」「百」「贛」〉，西南大學漢語言文獻所網，
　　　2020.10.10。

李家浩：〈楚簡所記楚人祖先「娊（鬻）熊」與「穴熊」為一人說——兼說上古
　　　音幽部與微、文二部音轉〉，《文史》2010 年第 3 輯，頁 5-44。

李家浩：〈仰天湖楚簡剩義〉，《簡帛》第二輯，上海：上海古籍出版社，2007，
　　　頁 31-38。

李家浩：〈談包山楚簡「歸鄧人之金」一案及其相關問題〉，《出土文獻與古文字
　　　研究》第一輯，上海：復旦大學出版社，2006，頁 16-32。

李家浩：〈九店楚簡「告武夷」研究〉，《第一屆簡帛學術研討會論文集》，臺北：
　　　中國文化大學，2003，頁 324-325。

李家浩：《著名中年語言學家自選集‧李家浩卷》，合肥：安徽教育出版社，2002。

李家浩：〈包山祭禱簡研究〉，《簡帛研究》二〇〇一，桂林：廣西師範大學出版社，2001，頁 25-36。

李家浩：〈楚簡中的「袷衣」〉，《中國古文字研究》第一輯，長春：吉林大學出版社，1999，頁 96-102。

李家浩：〈信陽楚簡「樂人之器」研究〉，《簡帛研究》第三輯，桂林：廣西教育出版社，1998，頁 1-22。

李家浩：〈包山楚簡「簸」字及其相關之字〉，《第三屆國際中國古文字學研討會論文集》，香港：香港中文大學，1997.10.15-17，頁 555-578。

李家浩：〈信陽楚簡中的「柿枳」〉，《簡帛研究》第二輯，北京：法律出版社，1996，頁 1-11。

李家浩：〈包山楚簡中的旌旆及其他〉，《第二屆國際中國古文字學研討會論文集（續編）》，香港：香港中文大學中國語言及文學系，1995，頁 374-392。

沈　培：〈從戰國簡看古人占卜的「蔽志」──兼論「移祟」說〉，《古文字與古代史》第一輯，臺北：中央研究院歷史語言研究所，2007，頁 391-434。

周鳳五：〈九店楚簡《告武夷》重探〉，《中央研究院歷史語言研究所集刊》第七十二本第四分，2001，頁 951-953。

周鳳五、林素清：〈包山二號楚墓出土文書簡研究〉，臺北：行政院國家科學委員會專題研究計劃成果報告，1995。

宗福邦、陳世鐃、蕭海波主編：《故訓匯纂》，北京：商務印書館，2003。

房振三：《信陽楚簡文字研究》，合肥：安徽大學碩士論文，2003。

武漢大學簡帛研究中心、湖北省文物考古研究所編，李家浩、白於藍著：《楚地出土戰國簡冊合集‧伍，九店楚墓竹書》，北京：文物出版社，2021。

武漢大學簡帛研究中心、湖北省文物考古研究所、黃崗市物館編：《楚地出土戰國簡冊合集‧四，望山楚墓竹簡、曹家崗楚墓竹簡》，北京：文物出版社，2019。

武漢大學簡帛研究中心、湖北省文物考古研究所、黃崗市物館編：《楚地出土戰

國簡冊合集・三，曾侯乙墓竹簡》，北京：文物出版社，2019。

武漢大學簡帛研究中心、湖北省文物考古研究所、黃崗市物館編：《楚地出土戰
　　　國簡冊合集・二，葛陵楚墓竹簡、長臺關楚墓竹簡》，北京：文物出版
　　　社，2013。

河南省文物考古研究所編著：《新蔡葛陵楚墓》，鄭州：大象出版社，2003。

河南省文物研究所：《信陽楚墓》，北京：文物出版社，1986。

邴尚白：《葛陵楚簡研究》，臺北：臺灣大學博士論文，2007。

侯乃峰：〈說楚簡「及」字〉，武漢大學簡帛網，2006.11.29。

施謝捷：〈楚簡文字中的「囊」字〉，《楚文化研究論集》第 5 輯，合肥：黃山書
　　　社，2003，頁 334-339。

胡雅麗：〈包山二號楚墓遣策初步研究〉，《包山楚墓》，北京：文物出版社，1991，
　　　頁 508-520。

范常喜：《出土文獻名物考》，北京：中華書局，2022。

范常喜：〈信陽楚簡「樂人之器」所記編鐘、鐘槌名新釋〉，《文物》2021 年第 12
　　　期，頁 56-60。

范常喜：談談遣冊名物考釋的兩個維度──以信陽楚簡「樂人之器」為例，復旦
　　　大學出土文獻與古文字研究中心：出土文獻與古文字研究雲講座 013，
　　　2021.12.11。

范常喜：〈望山楚簡遣冊所記「彤关」新釋〉，《江漢考古》2018 年第 2 期，頁
　　　115-117、122。

范常喜：〈信陽楚簡「樂人之器」補釋四則〉，《中山大學學報（社會科學版）》2015
　　　年第 3 期，頁 62-66。

范常喜：〈上古漢語方言詞新證舉隅〉，復旦網，2010.2.19。

孫啟燦：《曾文字編》，長春：吉林大學碩士論文，2016。

徐在國：〈談新蔡葛陵楚簡中的幾支車馬簡〉，《簡帛》第二輯，上海：上海古籍
　　　出版社，2007，頁 353-356。

徐在國：《新出楚簡文字考》，合肥：安徽大學出版社，2007。

時　兵：〈釋楚簡中的「椳」字〉，復旦網，2008.5.24。

晏昌貴：〈天星觀「卜筮祭禱」簡釋文輯校（修訂稿）〉，武漢大學簡帛網，2005.11.2。

馬　楠：〈清華簡第一冊補釋〉，《中國史研究》2011 年第 1 期，頁 93-98。

商承祚：《戰國楚竹簡匯編》，濟南：齊魯書社，1995。

張光裕、陳偉武：〈戰國楚簡所見病名輯證〉，《中國文字學報》第 1 輯，北京：
　　　商務印書館，2006，頁 82-91。

張吟午：〈先秦楚系禮俎考述〉，《楚文化研究論集》第 5 輯，合肥，黃山書社，
　　　2003，頁 470-485。

張新俊、張勝波：《新蔡葛陵楚簡文字編》，成都：巴蜀書社，2008。

陳　偉：〈讀清華簡《繫年》札記（二）〉，武漢大學簡帛網，2011.12.21。

陳　偉：〈關於包山楚簡中的「弱典」〉，《簡帛研究二○○一》，桂林：廣西師範
　　　大學出版社，2001，頁 14-18。

陳　偉：〈楚簡中某些「外」字疑讀作「間」試說〉，武漢大學簡帛網，2010.5.28。

陳　偉：《新出楚簡研讀》，武漢：武漢大學出版社，2010。

陳　偉：〈車輿名試說（二則）〉，《古文字研究》第 28 輯，北京：中華書局，2010，
　　　頁 384-388。

陳　偉：〈九店楚日書校讀及其相關問題〉，《人文論叢》，武漢：武漢大學出版社，
　　　1998，頁 151-164。

陳　偉：《包山楚簡初探》，武漢：武漢大學出版社，1996。

陳偉等著：《楚地出土戰國簡冊〔十四種〕》，北京：經濟科學出版社，2009。

陳偉武：〈說「貘」及其相關諸字〉，《古文字研究》第 25 輯，北京：中華書局，
　　　2004，頁 251-254。

陳斯鵬：〈論周原甲骨和楚系簡帛中的「囟」與「思」——兼論卜辭命詞的性質〉，
　　　《第四屆國際中國古文字學研討會論文集：新世紀的古文字學與經典詮
　　　釋》，香港：香港中文學學中國文化研究所、中國語言及文學系，
　　　2003.10.15-17，頁 393-414。

陳　劍：〈釋「夅」及相關諸字〉，出土文獻研究方法國際學術研討會，臺北：臺
　　　灣大學文學院，2011.11.26-27，頁 197-218。

陳　劍：〈試說戰國文字中寫法特殊的兀和从兀諸字〉,《出土文獻與古文字研究》
　　　　第三輯，上海：復旦大學出版社，2010，頁 152-182。

陳　劍：〈甲骨金文舊釋「鼎」之字及相關諸字新釋〉,《出土文獻與古文字研究》
　　　　第二輯，上海：復旦大學出版社，2008，頁 13-47。

陳　劍：《甲骨金文考釋論集》，北京：線裝書局，2007。

單育辰：〈戰國卜筮簡「尚」的意義——兼說先秦典籍中的「尚」〉,《中國文字》
　　　　新三十四期，臺北：藝文印書館，2009，頁 107-126。

單育辰：〈談戰國文字中的「梟」〉，武漢大學簡帛網，2007.5.30。

彭　浩：〈信陽長臺關楚簡補釋〉,《江漢考古》 1984 年第 2 期，頁 64-66、63。

曾憲通：〈包山卜筮簡考釋〉,《古文字與出土文獻叢考》，廣州：中山大學出版社，
　　　　2005，頁 201-210。

曾憲通：〈包山卜筮簡考釋（七篇）〉,《第二屆國際中國古文字學研討會論文集》，
　　　　香港：香港中文大學，1993，頁 405-424。

湖北省文物考古研究所、北京大學中文系編：《九店楚簡》，北京：中華書局，1999。

湖北省文物考古研究所、北京大學中文系編：《望山楚簡》，北京：中華書局，1995。

湖北省荊州地區博物館：〈江陵天星觀 1 號楚墓〉,《考古學報》第 1982 第 1 期，
　　　　頁 71-136。

湖北省荊沙鐵路考古隊：《包山楚簡》，北京：文物出版社，1991。

湖北省博物館編：《曾侯乙墓》，北京：文物出版社，1989。

湖南省博物館等編：《長沙楚墓》，北京：文物出版社，2000。

程　燕：《望山楚簡文字編》，北京：中華書局，2007。

程　燕：〈望山楚簡考釋六則〉,《江漢考古》2003 年第 3 期，頁 85-90。

程　燕：《望山楚簡文字研究》，合肥：安徽大學碩士論文，2002。

黃德寬：〈從出土文獻資料看漢語字詞關係的複雜性〉,《歷史語言學研究》第七
　　　　輯，北京：商務印書館，2014，頁 84-90。

黃儒宣：《九店楚簡研究》，臺北：國立臺灣師範大學國研所碩士論文，2003。

楊啟乾：〈常德市德山夕陽坡二號楚墓竹簡初探〉,《楚史與楚文化》，長沙：求索
　　　　雜誌社，1987，頁 336-349。

葛　亮：〈古文字「丙」與古器物「房」〉，《出土文獻與古文字研究》第七輯，上海：上海古籍出版社，2018，頁 50-70。

董　珊：〈楚簡簿記與楚國量制研究〉，《簡帛文獻考釋論叢》，上海：上海古籍出版社，2014，頁 174-218。

董　珊：〈楚簡簿記與楚國量制研究〉，復旦網，2010.6.6。

董　珊：〈信陽楚墓遣策所記的陶壺和木壺〉，《簡帛》第 3 輯，上海：上海古籍出版社，2008，頁 29-39。

董　珊：〈楚簡中從「大」聲之字的讀法（一）〉，武漢大學簡帛網，2007.7.8。

董　珊：〈楚簡中從「大」聲之字的讀法（二）〉，武漢大學簡帛網，2007.7.8。

董蓮池：《新金文編（上中下）》，北京：作家出版社，2011。

裘錫圭：〈釋戰國楚簡中的「𠚢」字〉，《裘錫圭學術文集第二卷　簡牘帛書卷》，上海：復旦大學出版社，2012，頁 456-464。

裘錫圭：〈釋「𢤱」〉，《古文字研究》第 28 輯，北京：中華書局，2010，頁 25-35。

裘錫圭、李家浩：〈曾侯乙墓竹簡釋文與考釋〉，《曾侯乙墓》，北京：文物出版社，1989，頁 487-531。

雷黎明：《戰國楚簡字義通釋》，上海：上海古籍出版社，2020。

趙平安：《新出簡帛與古文字古文獻研究續集》，北京：商務印書館，2018。

趙平安：《新出簡帛與古文字古文獻研究》，北京：商務印書館，2009。

趙曉斌：〈荊州棗林鋪楚墓出土卜筮祭禱簡〉，《簡帛》第十九輯，上海：上海古籍出版社，2019，頁 21-28。

劉永華：《中國古代車輿馬具》，北京：清華大學出版社，2013。

劉思亮：〈說「土螻」〉，《出土文獻》2022 年第 1 期，頁 69-75。

劉信芳：〈信陽楚簡 2-04 號所記車馬器研究〉，《古文字研究》第 26 輯，北京：中華書局，2006，頁 293-296。

劉信芳：《包山楚簡解詁》，臺北：藝文印書館，2003。

劉信芳：〈楚簡釋字四則〉，《古文字研究》第 24 輯，北京：中華書局，2002，頁 375-378。

劉信芳：〈望山楚簡校讀記〉，《簡帛研究》第三輯，南寧：廣西教育出版社，1998，
　　　頁 35-39。

劉信芳：〈楚簡器物釋名（上篇）〉，《中國文字》新廿二期，臺北：藝文印書館，
　　　1997，頁 165-208。

劉信芳：〈楚簡器物釋名（下篇）〉，《中國文字》新廿三期，臺北：藝文印書館，
　　　1997，頁 79-120。

劉信芳：〈包山楚簡近似之字辨析〉，《考古與文物》1996 年第 2 期，頁 78-86，
　　　69。

劉　釗：《新甲骨文編》增訂本，福州：福建人民出版社，2014。

劉　釗：《古文字構形學》，福州：福建人民出版社，2008。

劉　釗：《出土簡帛文字叢考》，臺北：臺灣古籍出版公司，2004。

劉國勝：《楚喪葬簡牘集釋》，北京：科學出版社，2011。

劉國勝：〈信陽遣冊「梐」蠡測〉，武漢大學簡帛網，2010.10.22。

劉國勝：〈楚簡文字中的「綉」和「緅」〉，《江漢考古》2007 年第 4 期，頁 76-80。

劉國勝：《楚喪葬簡牘集釋》，武漢：武漢大學博士論文，2003。

蕭聖中：《曾侯乙墓竹簡釋文補正暨車馬制度研究》，北京：科學出版社，2011。

蕭聖中：《曾侯乙墓竹簡釋文補正暨車馬制度研究》，武漢：武漢大學博士論文，
　　　2005。

賴怡璇：〈曾侯乙簡「顏色字」相關詞例考釋三則與用字習慣研究〉，《第三十二
　　　屆中國文字學國際學術研討會論文集》，臺北：國立台北教育大學、中
　　　國文字學會，2021.5.21-22，頁 377-386。

賴怡璇：〈葛陵簡用字習慣與特殊字形考察〉，《簡帛研究》二〇一九（秋冬卷），
　　　桂林：廣西師範大學出版社，2020，頁 52-57。

賴怡璇：〈說「窠」〉，《勵耘語言學刊》2020 年第 1 輯（總第 32 輯），北京：中
　　　華書局，2020.6，頁 1-8。

羅小華：《戰國簡冊中的車馬器物及制度研究》，武漢：武漢大學出版社，2017。

羅新慧：〈說新蔡楚簡「嬰之以兆玉」及其相關問題〉，《文物》2005 年第 3 期，
　　　頁 88-91。

蘇建洲：〈荊州唐維寺 M126 卜筮祭禱簡釋文補正〉，武漢：武漢大學簡帛研究中心、武漢大學歷史地理研究所、「新資料與先秦秦漢荊楚地區的空間整合」青年學者學術團隊主辦，《第九屆出土文獻青年學者國際論壇會議論文集》， 2021.3.20-21，頁 1-8。

蘇建洲：〈荊州唐維寺 M126 卜筮祭禱簡釋文補正〉，武漢大學簡帛網，2020.1.14。

蘇建洲：〈談談楚文字的「龜」與「𪊨」〉，「出土文獻與物質文化第五屆出土文獻青年學者論壇」，香港：香港浸會大學饒宗頤國學院，2016.7.28-29，頁 7-24。

蘇建洲：《《上博楚竹書》文字及相關問題研究》，臺北：萬卷樓圖書公司，2008。

蘇建洲：《楚文字論集》，臺北：萬卷樓圖書公司，2011。

詞頭索引

筆畫索引

二十九畫

三十畫

三十三畫

三十九畫

後記

　　《戰國楚簡詞典（文書卷）》是我在廣州中山大學中國語言文學系擔任博士後研究的出站報告，感謝陳偉武老師、季旭昇老師、楊澤生老師、禤健聰老師、田煒老師抽空擔任出站答辯委員，提出許多修改意見，讓這本書能夠減少錯誤。這本小書是在田煒老師以及林清源老師的督促之下誕生的，感謝兩位老師給我繼續修改的動力。暨南大學的陳美蘭老師以及成功大學的高佑仁老師，得知小書即將修改出版，便馬上幫我審閱、提出寶貴意見，真的非常感謝。

　　我從小到大都是在臺中這座城市求學和工作，因緣際會到廣州中山大學擔任博士後研究。2018 年 1 月到校面試，因為諸多原因，直到同年的 10 月才正式入站。在校期間，旁聽了陳偉武老師、田煒老師與陳斯鵬老師的課程，開闊研究視野，也經由李美辰師妹的引領，與中山大學古文字專業的學弟妹日漸熟悉，同期入站的梁超更是一同奮鬥的伙伴。2020 年，新冠疫情爆發，我回臺灣過寒假後，就沒辦法回學校了，這期間，感謝美辰師妹幫我收拾房間、寄送我的生活用品回臺，謝謝楊菁師妹協助處理我的項目報帳、出站答辯等等事務。

　　博士後研究期間，最感謝我的合作老師：田煒教授，田老師是我在 2013 年參加中央研究院歷史語言研究所舉辦的「第四屆古文字與古代史研討會」中認識的前輩學者，五天的研討會時間，僅有幾面之緣、交談幾句話，但當我 2017 年詢問是否可擔任我的博士後合作老師時，田老師馬上回信答應，給當時的我一道希望之光。入站之後，田老師體恤我第一次離開家的不適應，即使非常擔心我的進度，仍然循循善誘地等我，在站的三年，沒讓田老師少操心。出站之後，田老師希望這本書能夠問世，因此不斷地叮嚀我好好修改、趕緊出版，出站後的這一年，老師花費不少心力幫我一頁頁審閱，提出許多修改意見，希望這本書能夠盡量完善，這本書的封面題箋亦是田老師的墨寶，真的非常感謝。田老師做學問的態度非常嚴謹，但私下待人溫暖，對於我的諸多事情（問題），老師都能站在我

的立場為我思考，在中山大學的這三年，受到老師非常多的照顧，真的非常幸運可以成為田老師的博士後。書籍修改期間，田門的楊菁師妹、蔡苑婷師妹線上陪伴，讓我舒緩焦慮感，遇到問題時，兩位師妹都能很好地提出意見，讓我的修改工作可以更加順利。

小書正式出版前，送交兩位匿名審查委員，謝謝委員細心審閱，給我許多寶貴意見以及不同的思考方向，也謝謝萬卷樓的編輯林以邠小姐，花費了非常多的心力細心修改格式，讓全書的格式更為統一。

2019 年 1 月，我離家後的三個月，陪伴我 14 年的小狗吉利永遠離開我了，帶給我巨大的打擊，這本書的出版，是我的博士後成果，同時也遙寄給在彩虹橋的吉利。

賴怡璇

2022 年 7 月 16 日

文獻研究叢書·出土文獻譯注研析叢刊 0902021

戰國楚簡詞典（文書卷）

作　　者　賴怡璇
責任編輯　林以邠

發 行 人　林慶彰
總 經 理　梁錦興
總 編 輯　張晏瑞
編 輯 所　萬卷樓圖書股份有限公司
　　　　　臺北市羅斯福路二段 41 號 6 樓之 3
　　　　　電話 (02)23216565
　　　　　傳真 (02)23218698

發　　行　萬卷樓圖書股份有限公司
　　　　　臺北市羅斯福路二段 41 號 6 樓之 3
　　　　　電話 (02)23216565
　　　　　傳真 (02)23218698
　　　　　電郵 SERVICE@WANJUAN.COM.TW
香港經銷　香港聯合書刊物流有限公司
　　　　　電話 (852)21502100
　　　　　傳真 (852)23560735

ISBN 978-986-478-714-2

2022 年 8 月初版一刷
定價：新臺幣 420 元

如何購買本書：
1. 劃撥購書，請透過以下郵政劃撥帳號：
　　帳號：15624015
　　戶名：萬卷樓圖書股份有限公司
2. 轉帳購書，請透過以下帳戶
　　合作金庫銀行 古亭分行
　　戶名：萬卷樓圖書股份有限公司
　　帳號：0877717092596
3. 網路購書，請透過萬卷樓網站
　　網址 WWW.WANJUAN.COM.TW
大量購書，請直接聯繫我們，將有專人為您
服務。客服：(02)23216565 分機 610

如有缺頁、破損或裝訂錯誤，請寄回更換
版權所有·翻印必究
Copyright©2022 by WanJuanLou Books CO.,
Ltd.
All Rights Reserved　　　Printed in Taiwan

國家圖書館出版品預行編目資料

戰國楚簡詞典. 文書卷/賴怡璇著. -- 初版.
-- 臺北市 ： 萬卷樓圖書股份有限公司,
2022.08
　　面；　公分. -- (文獻研究叢書. 出土文
獻譯注研析叢刊 ; 902021)
ISBN 978-986-478-714-2(平裝)

1.CST: 漢語　2.CST: 詞彙　3.CST: 戰國時代
802.18　　　　　　　　　　　　111012518